CLÉLIE AVIT

Ich kenne dich aus meinen Träu

GOLDMANN
Lesen erleben

Buch

Elsa verspürt keine Kälte mehr, keinen Hunger, keine Angst, seit sie vor ein paar Monaten nach einem Unfall in den Bergen ins Koma gefallen ist. Doch sie hört alles um sich herum. Hört, dass die Ärzte und ihre Familie die Hoffnung aufgegeben haben und die Maschinen, die sie am Leben erhalten, abstellen wollen. Als Thibault eines Tages aus Versehen in ihr Zimmer platzt – er scheint Ruhe vor seinem eigenen Familiendrama zu suchen –, soll sich alles verändern. Er beginnt mit ihr zu sprechen, ohne Antworten zu erwarten. Erzählt ihr von sich und dem Leben. Und er kommt wieder. Jeden Tag, da er sie in ihrem Zimmer besucht, wächst das Gefühl der Verbundenheit zwischen dem fremden Mann und dem schlafenden Mädchen. Denn Thibault sieht etwas, das alle anderen nicht mehr erkennen: Elsa ist noch da.

Autorin

Clélie Avit wurde 1986 geboren und wuchs in der Auvergne auf. Heute ist sie Physik- und Chemielehrerin an einem Gymnasium in Nizza und unterrichtet auch Tanz. »Ich kenne dich aus meinen Träumen« ist ihr erster Roman, mit dem die junge Autorin einen renommierten Talentwettbewerb in Frankreich gewann. Er wurde in 21 Länder verkauft.

Clélie Avit

Ich kenne dich aus meinen Träumen

Roman

Aus dem Französischen
von Doris Heinemann

GOLDMANN

Die französische Originalausgabe erschien 2015
unter dem Titel »Je suis là« bei JC Lattès, Paris.

Dieses Buch ist auch als E-Book erhältlich.

MIX
Papier aus verantwortungsvollen Quellen
FSC® C014496

Verlagsgruppe Random House FSC® N001967

1. Auflage
Deutsche Erstveröffentlichung Juni 2016

Umschlaggestaltung: UNO Werbeagentur, München
Umschlagmotiv: FinePic®, München
Redaktion: Antje Steinhäuser
MR · Herstellung: Str.
Satz: DTP Service Apel, Hannover
Druck und Bindung: GGP Media GmbH, Pößneck
Printed in Germany
ISBN: 978-3-442-48424-9
www.goldmann-verlag.de

Besuchen Sie den Goldmann Verlag im Netz

1

ELSA

Mir ist kalt. Ich habe Hunger. Ich habe Angst.

Glaube ich wenigstens.

Ich liege jetzt schon zwanzig Wochen im Koma und stelle mir vor, dass ich Kälte, Hunger und Angst empfinden müsste. Das klingt völlig unsinnig, denn wenn jemand wissen sollte, was ich spüre, dann ja wohl ich, aber … Ich kann mir alles nur vorstellen.

Ich weiß, dass ich im Koma liege, weil ich gehört habe, wie sie darüber redeten. In Andeutungen. Es muss etwa sechs Wochen her sein, dass ich zum ersten Mal »gehört« habe. Wenn ich richtig gezählt habe.

Ich zähle, so gut ich kann. Ich habe damit aufgehört, in Besuchen des Arztes zu zählen. Er kommt praktisch nicht mehr. Lieber zähle ich in Runden der Krankenschwestern, doch die sind ziemlich unregelmäßig. Am einfachsten ist es, die Runden der Putzfrau zu zählen. Jede Nacht gegen ein Uhr morgens kommt sie in mein Zimmer. Das weiß ich, weil ich immer den Jingle des Radios an ihrer Putzkarre höre. Und den habe ich jetzt zweiundvierzig Mal gehört.

Seit sechs Wochen bin ich wach.

Seit sechs Wochen merkt es niemand.

Sie können mich ja auch nicht rund um die Uhr in diese Röhre schieben. Solange der Empfänger, der neben mir piept, nicht anzuzeigen geruht, dass mein Hirn die fürs Hören zuständigen Areale wieder aktivieren kann, wird niemand auf die Idee kommen, meinen Kopf in einen achthunderttausend Euro teuren Computertomografen zu stecken.

Alle glauben, ich sei nicht mehr zu retten.

Sogar meine Eltern beginnen, mich aufzugeben. Meine Mutter kommt nicht mehr so oft. Mein Vater hat seine Besuche wohl schon nach zehn Tagen eingestellt. Nur meine kleine Schwester kommt regelmäßig jeden Mittwoch, manchmal in Begleitung ihres gerade aktuellen Freundes.

Meine Schwester benimmt sich wie ein Teenager. Sie ist fünfundzwanzig und wechselt praktisch jede Woche den Freund. Am liebsten würde ich ihr die Ohren lang ziehen, aber da ich das nicht kann, höre ich ihr zu.

Wenn es eins gibt, was die Ärzte zu sagen wissen, dann: »Sprechen Sie mit ihr.« Jedes Mal, wenn ich höre, wie einer von ihnen es sagt (was natürlich nicht mehr oft der Fall ist, da sie immer seltener vorbeikommen), möchte ich ihm seinen grünen Kittel ins Maul stopfen. Ich weiß übrigens nicht, ob er grün ist, aber ich stelle ihn mir grün vor.

Ich stelle mir vieles vor.

Sonst habe ich eigentlich auch nichts zu tun. Denn von den ewigen Liebesgeschichten meiner Schwester bekomme ich schnell genug.

Sie ist keineswegs rücksichtslos, meine kleine Schwester, aber sie wiederholt sich ein bisschen. Es ist immer der gleiche Anfang, der gleiche Mittelteil und das gleiche Ende. Nur die Jungs wechseln. Alle sind Studenten. Alle Motorradfahrer. Und an allen ist etwas faul, aber das ist ihr nicht klar. Ich habe es ihr nie gesagt. Das muss ich tun, wenn ich eines Tages aus diesem Koma rauskomme. Es könnte ihr nützen.

Die Besuche meiner Schwester haben allerdings einen großen Vorteil: Sie beschreibt mir meine Umgebung. Nur fünf Minuten lang. Die ersten fünf Minuten, nachdem sie mein Zimmer betreten hat. Sie beschreibt mir die Farbe der Wände, das Wetter draußen, den Rock unter dem Kittel der Krankenschwester und das brummige Gesicht des Sanitäters, der ihr auf dem Weg zu mir begegnet ist. Meine kleine Schwester geht auf die Kunsthochschule. Deshalb habe ich bei ihren Beschreibungen immer den Eindruck, ich läse ein Gedicht in Bildern. Aber es dauert nur fünf Minuten. Danach kommt unweigerlich eine Stunde Kitschroman.

Heute ist der Himmel anscheinend grau, wodurch die milchigen Wände meines Zimmers wohl noch fürchterlicher aussehen als sonst. Der Rock der Krankenschwester ist beige, also nicht gerade geeignet, das Ganze auch nur im Geringsten aufzufrischen. Und der neueste augenblickliche Freund heißt Adrien. Nach Adrien habe ich abgeschaltet. Und bin in meine Umgebung zurückgekehrt, als sich die Tür schloss.

Ich bin wieder allein.

Ich bin seit zwanzig Wochen allein und weiß es erst

seit sechs Wochen. Trotzdem, es kommt mir vor wie eine Ewigkeit. Vielleicht würde die Zeit schneller vergehen, wenn ich mehr schliefe. Ich meine, wenn sich mein Geist ausschalten würde. Aber ich schlafe nicht gern.

Ich weiß nicht, ob ich irgendeinen Einfluss auf meinen Körper habe. Ich bin eher »an« oder »aus« wie ein Elektrogerät. Mein Geist tut, was er will. Ich bin Mieterin im eigenen Körper. Und ich schlafe nicht gern.

Ich schlafe nicht gern, weil ich dann nicht einmal mehr Mieterin bin, sondern nur noch Zuschauerin. Ich sehe all diese Bilder vorüberziehen und habe keinerlei Möglichkeit, sie schnell zu verscheuchen, indem ich aufwache oder schwitze oder um mich schlage. Ich kann sie nur vorüberziehen sehen und auf das Ende warten.

Jede Nacht ist es dasselbe. Jede Nacht derselbe Traum. Jede Nacht durchlebe ich, was mich hierher gebracht hat, in dieses Krankenhaus. Und das Schlimmste daran ist, dass ich mich ganz allein in diesen Zustand gebracht habe. Ich ganz allein. Ich und meine dämliche Gletscher-Leidenschaft, wie mein Vater immer sagte. Deshalb hat er übrigens auch aufgehört, mich zu besuchen. Wahrscheinlich denkt er, ich hätte es darauf angelegt. Er hat nie verstanden, warum ich das Gebirge so sehr liebe. Er sagte oft, es würde mich noch umbringen. Er hat sicher den Eindruck, durch den Unfall eine Schlacht gewonnen zu haben. Ich habe nicht den Eindruck, ich hätte verloren oder gewonnen. Ich habe überhaupt keinen Eindruck. Ich will nur aus diesem Koma raus.

Ich will wirklich Kälte, Hunger und Angst spüren.

Wahnsinn, was man über den Körper lernen kann, wenn man im Koma liegt. Man versteht wirklich, dass Angst eine chemische Reaktion ist. Denn ich könnte ja einen Horror haben, wenn ich jede Nacht meinen Albtraum durchlebe, aber nein, ich sehe nur zu. Ich sehe mich um drei Uhr morgens im Schlafraum der Hütte aufstehen und die anderen Mitglieder meiner Seilschaft wecken. Ich sehe, wie ich mich kaum entschließen kann zu frühstücken und wieder einmal zögere, einen Tee zu trinken, weil ich auf dem Gletscher keine volle Blase haben will. Ich sehe, wie ich methodisch von Kopf bis Fuß eine Kleidungsschicht nach der anderen anlege. Ich sehe mich die winddichte Jacke schließen, die Handschuhe anziehen, die Stirnlampe zurechtrücken und die Steigeisen befestigen. Ich sehe mich mit meinen Wanderkameraden lachen, die ebenfalls noch nicht ganz wach sind, aber randvoll mit Freude und Adrenalin. Ich sehe mich, wie ich den Klettergurt befestige, Steve das Seil zuwerfe und meinen Achterknoten binde.

Diesen verdammten Achterknoten.

Diesen Knoten, den ich schon unzählige Male gemacht habe.

An diesem Morgen habe ich ihn nicht von Steve kontrollieren lassen, weil er gerade einen Witz erzählte.

Dabei schien der Knoten völlig in Ordnung zu sein.

Aber ich kann mich nicht warnen. Also sehe ich zu, wie ich das zusammengerollte überstehende Seilende in die eine und den Eispickel in die andere Hand nehme und mich auf den Weg mache.

Ich sehe mich atmen, lächeln, zittern, gehen, gehen, gehen und immer weiter gehen. Ich sehe mich mit gleichmäßigen Schritten voranschreiten. Ich sehe, wie ich zu Steve sage, er solle bei der Schneebrücke auf der Gletscherspalte über uns aufpassen. Ich sehe mich die Zähne zusammenbeißen, als ich selbst diese heikle Stelle überwinde, und dann, auf der anderen Seite, erleichtert aufatmen. Ich sehe mich darüber witzeln, dass es so einfach war.

Und ich sehe meine Beine unter mir wegsacken.

Was folgt, kenne ich auswendig. Die Schneebrücke war ein riesiges Schneebrett. Ich stand als Einzige noch darauf. Der Schnee rutscht unter mir weg, und ich rutsche mit. Ich spüre den Ruck des plötzlich gespannten Seils, das Steve und mich verbindet wie eine Nabelschnur. Ich spüre die Erleichterung, die mich überflutet, und dann die Angst, weil sich das Seil um einige Zentimeter verlängert. Ich höre die Stimme von Steve, der sich mit seinen Steigeisen und dem Pickel ins Eis krallt. Ich höre undeutlich Anweisungen, doch der Schnee geht immer noch über mich hinweg und lastet immer schwerer auf meinem Körper. Die Spannung um meine Taille nimmt stetig ab, der Knoten löst sich, und ich rutsche weg.

Nicht sehr weit. Vielleicht zweihundert Meter. Ich bin vollständig von Schnee bedeckt. Mein rechtes Bein tut schrecklich weh, und meine Handgelenke scheinen in einem seltsamen Winkel zu stehen.

Ich habe den Eindruck, für einige Sekunden einzuschlafen, dann bin ich wieder wach, wacher denn je. Mein

Herz rast. Ich habe Todesangst. Ich versuche, mich zu beruhigen, doch das ist schwierig. Ich kann keinen Teil meines Körpers bewegen. Der Druck ist zu stark.

Ich atme kaum, trotz der wenigen Kubikzentimeter Hohlraum vor mir. Ich öffne den Mund ein wenig und finde mühsam die Kraft zum Husten. Speichel fällt auf meine rechte Wange. Ich liege also vermutlich auf der Seite. Ich schließe die Augen und versuche mir vorzustellen, ich läge im Bett. Es ist schlicht unmöglich.

Ich höre Schritte über mir. Ich höre Steves Stimme. Ich möchte schreien. Ihm sagen, dass ich hier bin, genau unter seinen Füßen. Ich höre auch andere Stimmen. Sicher die Bergsteiger, die wir kurz vorher überholt hatten. Ich möchte in meine Pfeife blasen, aber dafür müsste ich den Kopf bewegen, und das geht nicht. Also warte ich, eiskalt, versteinert. Nach und nach verhallen die Geräusche. Ich weiß nicht, ob es so ist, weil sie sich entfernen oder weil ich einschlafe, jedenfalls wird alles schwarz.

Und danach kann ich mich erst wieder an die Stimme des Arztes erinnern, der meiner Mutter sagt, es müssten noch Papiere ausgefüllt werden, man habe mich in ein anderes Zimmer verlegt, denn wissen Sie, Madame, nach Ablauf von vierzehn Wochen lässt sich medizinisch nicht mehr viel ausrichten.

Danach begriff ich, dass ich nur hören konnte. Mein Geist wollte weinen, aber natürlich gelang es mir nicht. Ich empfand nicht einmal Traurigkeit. Ich empfinde immer noch keine. Ich bin ein leerer Kokon. Nein, ich wohne in einem leeren Kokon.

Eine Schmetterlingspuppe als Mieterin in einem Kokon, so ist es vielleicht hübscher. Ich würde ihn gern verlassen, um zu sagen, dass ich auch die Besitzerin bin.

2

THIBAULT

»Lass mich in Ruhe, hab ich gesagt!«

»Du gehst nirgendwohin, bevor du ihn nicht besucht hast.«

»Lass mich! Ich habe es schon fünfzehn Mal versucht, und es ist immer das Gleiche. Er ist abstoßend, widerlich, ordinär und gemein. Wie aus einem schlechten Zeichentrickfilm. Er interessiert mich nicht.«

»Verdammt noch mal, er ist dein Bruder!«

»Er war mein Bruder, bevor er diese beiden Mädchen überfahren hat. Wenigstens ist auch er nicht ganz heil davongekommen. Vielleicht wäre er besser mit ihnen krepiert, aber womöglich ist es für ihn ja auch so eine Strafe.«

»Mensch, Thibault, hör dich mal reden! Du meinst doch nicht, was du sagst!«

Ich erstarre. Seit einem Monat sage ich allen immer dasselbe, und mein Vetter glaubt immer noch, dass ich es nur aus Angst tue. Ich habe keine Angst mehr. Angst hatte ich anfangs, als das Krankenhaus anrief, als meine Mutter auf dem Fliesenboden der Küche zusammenbrach, als wir in dem alten Peugeot 206 meines Vetters die zulässige Höchstgeschwindigkeit überschritten. Angst hatte ich, bis ich den Polizisten vor der Zimmertür meines Bruders stehen sah. Seither bin ich nur noch zornig.

»Doch, ich meine jedes Wort.«

Diesen Satz habe ich in eisigem Ton gesagt. Anscheinend war mein Vetter nicht darauf gefasst. Auch er ist jetzt im Gang stehen geblieben. Ich weiß, dass meine Mutter bereits in Zimmer 55 ist.

Einige Krankenschwestern gehen an uns vorüber, ungerührt. Ich werfe meinem Vetter einen Blick zu. Er ist starr vor Scham.

»Hör auf, dich verrückt zu machen, und lass mich in Frieden. Erzähl meiner Mutter, was du willst. Ich treffe euch am Ausgang.«

Ich drehe mich um, öffne die Tür rechts von mir, die zum Treppenhaus führt, und schlage sie dann hinter mir zu. Niemand nimmt je die Treppe in einem Krankenhaus, also schließe ich die Augen, lehne mich gegen die Wand und lasse mich dann langsam zu Boden sacken.

Die Kälte des Betonbodens dringt durch meine Jeans, doch das ist mir egal. Meine Füße sind sowieso eiskalt von der Fahrt im ungeheizten Auto, und meine Hände sind vermutlich blau gefroren. Ich wage mir gar nicht auszumalen, welche Farbe sie im Winter annehmen, wenn ich weiterhin jedes Mal beim Verlassen der Wohnung die Handschuhe vergesse. Noch ist Herbst, jedenfalls offiziell, doch es liegt schon ein Hauch von Winter in der Luft. Mir steigt wieder die Galle hoch, wie jedes Mal, wenn ich den Fuß in dieses Krankenhaus setze. Ich möchte meinen Bruder auskotzen, seinen Unfall auskotzen und den Alkoholrausch, den er am Tag, nachdem er die beiden Mädchen überfahren hatte, ausgeschlafen hat. Doch meine Kehle öffnet und schließt sich nur krampfhaft, ohne dass etwas herauskäme. Toll. Ich kotze Luft.

Der Krankenhausgeruch dringt in meine Nase. Seltsam. Normalerweise ist er im Treppenhaus schwächer. Ich öffne die Augen, um nachzusehen, ob vielleicht ein Arzt irgendetwas verloren hat, und fluche.

Ich habe mich vertan, ich bin in einem Krankenzimmer. Ich muss das Notausgangs-Symbol mit einem anderen Schild auf der Tür verwechselt haben. Ich sollte lieber verschwinden, bevor der Mensch in dem Bett aufwacht.

Aus meiner jetzigen Position kann ich nur den unteren Teil der Beine sehen. Genauer gesagt, das rosa Laken, das sie bedeckt. Es riecht tatsächlich nach Krankenhaus-Chemie, aber mir fällt noch etwas anderes auf. Ein weiterer Geruch, der nichts mit den Medikamenten und dem ständigen Desinfizieren hier zu tun hat. Ich schließe die Augen, um mich zu konzentrieren.

Jasmin. Es riecht nach Jasmin. Kein ganz alltäglicher Geruch. Aber ich bin sicher, dass es genauso riecht wie der Tee, den meine Mutter morgens immer trinkt.

Komisch, das Geräusch der Tür hat die Person nicht aufgeweckt. Vielleicht schläft sie noch. Ich kann nicht erkennen, ob es sich um einen Mann oder eine Frau handelt, aber allein schon wegen des Geruchs tippe ich eher auf eine Frau. Ich kenne keinen Mann, der sich mit Jasmin parfümieren würde.

Ich pirsche mich vor und verstecke mich dabei wie ein Kind hinter der Wand der kleinen Nasszelle. Der Jasminduft wird stärker, ich strecke den Kopf aus der Deckung.

Eine Frau. Das ist letztlich nicht überraschend, aber irgendwie hatte ich das Bedürfnis, mir Gewissheit zu verschaffen. Sie schläft. Sehr gut. Ich werde wieder verschwinden können, ohne einen Aufruhr zu verursachen.

Als ich mich auf den Rückweg mache, sehe ich in dem kleinen Spiegel an der Wand mein Gesicht. Meine Augen wirken verstört, mein Haar steht in alle Richtungen. Meine Mutter sagt immer, ich könnte schicker aussehen, wenn ich mir ein bisschen Mühe mit meiner Frisur gäbe. Ich antworte dann, dazu hätte ich keine Zeit. Worauf sie erwidert, dass ich den Frauen besser gefiele, wenn mein dunkler Schopf gezähmt würde. In solchen Fällen verkneife ich mir die Bemerkung, dass ich Besseres zu tun habe, als Mädels aufzureißen, aber im Allgemeinen lässt sie es an diesem Punkt ohnehin gut sein.

Seit Cindy und ich uns vor einem Jahr getrennt haben, vergrabe ich mich in meiner Arbeit. Nun wirken sich sechs Jahre Zusammenleben ja auch auf die Persönlichkeit aus. Es war ein mächtiger Schlag für mich, als sie mich verließ, und seither versuche ich mich davon zu erholen. Meine Frisur ist also wirklich das Letzte, was mir Sorgen macht.

Schlecht rasiert bin ich auch. Sogar unrasiert, seit zwei Tagen. Es sieht gar nicht so übel aus, aber meine Mutter würde auch dazu sagen, dass ich mich ein bisschen bemühen sollte. Wenn man mich so hört, könnte man meinen, ich würde bei ihr wohnen. Doch nein, ich habe eine eigene Wohnung, eine kleine Zweizimmerwohnung im dritten Stock ohne Aufzug. Sehr nett und vor allem bezahlbar. Nur ist meine Mutter seit einem Monat so aus der Fassung, dass ich ziemlich oft in ihrem Wohnzimmer kampiere. Nachdem mein Vater sie verlassen hat, ist sie ebenfalls umgezogen und hat deshalb kein Gästezimmer mehr. Das Sofa habe sowieso ich gekauft. Ich hatte eine Vorahnung, dass ich es eines Tages brauchen würde. Das war zwei Monate, bevor Cindy mich verließ.

Ich reibe mir kräftig über die Wangen, um meine Hände warm zu kriegen. Dann hole ich meinen Hemdkragen unter dem Pullover hervor und zerre daran, um ihn wenigstens halbwegs in Form zu bringen. Kaum zu glauben, dass ich den ganzen Tag auf der Arbeit so angezogen war und niemand was gesagt hat. Wahrscheinlich wissen sie, dass heute, am Mittwoch, Besuchstag ist. Wahrscheinlich haben sie meinen Blick gesehen und die Klappe gehalten. Aus Höflichkeit. Oder aus Gleichgültigkeit. Oder weil sie bloß darauf warten, dass ich entlassen werde und sie meine Stelle erben.

Natürlich habe ich einige Bemerkungen zu hören bekommen, nachdem ich Cindy auf dem Gang beleidigt und sie angebrüllt habe, sie schlafe mit dem Chef, aber inzwischen ist sie in einer anderen Zweigstelle, und ich bin einer der besten Mitarbeiter, also wollen sie mich nicht verlieren.

Aus dem Spiegel sehen mich meine grauen Augen an. Im Vergleich zu meinem schwarzen Haar könnte man sie blass finden. Ich fahre mir mit der Hand über den Kopf, als wollte ich meiner Mutter einen Gefallen tun, doch ich höre sofort wieder damit auf. Wozu? Ich suche niemanden.

Ein leises Prasseln lenkt meinen Blick zum Fenster.

Scheiße. Es hat angefangen zu regnen. Und ich habe keine Lust, mir draußen einen abzufrieren, während ich auf meine Mutter und meinen Vetter warte. Ich sehe mich um. Eigentlich ist es in diesem Zimmer schön warm. Die Frau schläft immer noch, und die völlig sauberen Möbel lassen darauf schließen, dass sie nicht oft Besuch bekommt. Ich überlege einen Augenblick, ob es wirklich so verrückt wäre.

Wenn die Frau aufwacht, kann ich mir immer noch eine Ausrede einfallen lassen, zum Beispiel, ich sei gerade erst reingekommen und hätte mich in der Tür geirrt. Und falls Besuch auftaucht, könnte ich behaupten, ich sei ein alter Freund, und dann verschwinden. Aber dann sollte ich vielleicht vorher ihren Vornamen in Erfahrung bringen.

In dem Heft am Fußende des Bettes steht: »Elsa Bilier, neunundzwanzig Jahre, Schädeltrauma, schwere Verletzungen der Handgelenke und des rechten Knies. Zahlreiche Prellungen, bereits heilender Wadenbeinbruch.« Die Liste geht noch weiter, und dann kommt eins der schrecklichsten Wörter dieses Planeten:

»Koma.«

Es bestand eben also wirklich keine Gefahr, sie aufzuwecken.

Ich lasse das Heft sinken und sehe die Frau an. Neunundzwanzig Jahre. In dieser Position, mit all den Schläuchen und Kabeln, sieht sie eher aus wie eine vierzigjährige Mutti, die in ein Spitzennetz geraten ist. Doch aus größerer Nähe nehme ich ihr die neunundzwanzig Lenze wieder ab. Hübsches, zartes Gesicht, kastanienbraunes Haar, ein paar vereinzelte Sommersprossen hier und da, ein Schönheitsfleck in der Nähe des rechten Ohrs. Nur die mageren Arme, die unter den Laken hervorkommen, und die eingefallenen Wangen könnten mich etwas anderes vermuten lassen.

Ich sehe wieder aufs Heft, und mir stockt der Atem.

Unfalldatum: 10. Juli.

Fünf Monate ist sie schon in diesem Zustand. Ich müsste das Heftchen wieder ablegen, aber jetzt hat mich die Neugier gepackt.

Unfallursache: Bei Gletscherwanderung von Lawine verschüttet.

Es gibt überall Verrückte. Ich habe nie verstanden, warum es Leute gibt, die auf Gletschern herumkraxeln, diesen Eisdingern voller Löcher und Spalten, auf denen man bei jedem Schritt sein Leben riskiert. Jetzt ärgert sie sich bestimmt tot darüber. Nun ja, nur so eine Redewendung. Sicher merkt sie gar nicht, was mit ihr geschieht. Das macht doch ein Koma aus: Du bist woanders, und keiner weiß, wo.

Plötzlich überkommt mich der schreckliche Wunsch, die Situation meines Bruders mit der dieses Mädchens zu vertauschen. Sie hat sich ganz allein hineingebracht. Sie hat niemandem geschadet, glaube ich wenigstens. Mein Bruder hingegen hatte zu viel getrunken und ist dann trotzdem Auto gefahren. Er hat zwei vierzehnjährige Mädchen umgebracht. Eigentlich sollte er im Koma liegen. Nicht sie.

Ich werfe einen letzten Blick in das Heft, bevor ich es weglege.

Elsa. Neunundzwanzig Jahre (geboren am 27. November).

Teufel auch, heute ist ihr Geburtstag.

Ich weiß nicht, warum, aber ich nehme den Bleistift mit Radiergummi, der an dem Heft hängt, und radiere die Neunundzwanzig aus. Es gibt eine ziemliche Schmierspur, aber das macht nichts.

»Heute bist du dreißig geworden, meine Schöne«, sage ich leise, als ich die neue Zahl hinschreibe.

Ich sehe sie weiter an. Irgendetwas stört mich, und nach einem kurzen Augenblick weiß ich, was. Dass sie an all diese Geräte angeschlossen ist, macht sie hässlich. Wenn ich alles abstöpseln würde, würde sie fast so aussehen wie eine Jasminblüte – mit all dem Duft, der noch im Zimmer liegt. Im Augenblick gibt es eine Diskussion über »Abschalten« und »Nicht abschalten«. Bislang hatte ich keine Meinung dazu. Jetzt würde ich am liebsten alle Schläuche und Kabel entfernen, einfach um ihr ihre Natürlichkeit zurückzugeben.

»Wie hübsch du bist, du hast dir wirklich einen Geburtstagskuss verdient.«

Ich bin selbst überrascht über meine Worte, aber ich fange schon an, die paar Schläuche wegzuschieben, die mir den Zugang zu ihrer Wange verwehren. Aus so geringem Abstand ist der Jasmin klar als Jasmin zu erkennen. Ich drücke meine Lippen auf ihre warme Wange, und es trifft mich wie ein elektrischer Schlag.

Seit einem Jahr habe ich keine Frau mehr geküsst, mal abgesehen von den Küsschen für die Kolleginnen. Was ich eben getan habe, hatte nichts Sinnliches oder Sexuelles an sich, aber verdammt noch mal, ich habe gerade einer Frau einen Wangenkuss geraubt. Bei diesem Gedanken muss ich lächeln, ich entferne mich wieder von ihr.

»Du hast Glück, draußen regnet es, ich leiste dir noch ein bisschen Gesellschaft, Jasminblüte.«

Ich ziehe mir den Stuhl heran und setze mich. Wahrscheinlich brauche ich keine zwei Minuten, um einzuschlafen.

3

ELSA

Ich würde gern etwas spüren, aber nichts. Gar nichts. Ich spüre absolut nichts.

Dabei ist, wenn ich glaube, was ich höre, vor zehn Minuten jemand in mein Zimmer gekommen. Ein Mann. Um die dreißig, nehme ich an. Der Stimme nach Nichtraucher. Aber das ist alles, was ich über ihn sagen kann.

Und ich kann ihm nur aufs Wort glauben, wenn er sagt, er habe mich auf die Wange geküsst.

Was hatte ich mir erhofft? Den Schneewittchen-Effekt? Der Prinz auf dem Schimmel kommt an, küsst mich und *voilà*: »Hallo, Elsa, ich bin der Dingsda, blablabla, ich hab dich wachgeküsst, los komm, wir heiraten.«

Hätte ich das geglaubt, dann wäre ich grausam enttäuscht worden, denn nichts dergleichen ist geschehen. Es ist viel weniger spannend. Ich würde es eher so zusammenfassen: »Ich bin ein Typ, der sich in der Tür geirrt hat (nehme ich wenigstens an, denn ich wüsste nicht, wieso er sonst hier gelandet sein sollte) und der sich hier einnistet, bis der Schauer vorbei ist (den ich vor einigen Augenblicken zu hören begonnen habe).« Ein Typ, der bereits tief und regelmäßig atmet.

Ich bin neugierig. Für Neugier braucht der Körper keine chemischen Botschaften. Ich bin also neugierig und wüsste gern, wer neben mir auf dem Stuhl sitzt. Ich habe keine Möglichkeit, es herauszufinden, also begnüge ich mich damit, es mir vorzustellen. Allerdings gebe ich den Versuch bald auf. Bisher sind abgesehen von den Ärzten, den Krankenschwestern und der Putzfrau nur Leute in dieses Zimmer gekommen, die ich bereits kannte. Ich musste mir eventuell vorstellen, was sie anhatten, aber mehr nicht. Doch jetzt stecke ich in der Klemme, außer seiner Stimme habe ich nicht den geringsten Anhaltspunkt.

Ich finde sie übrigens eher angenehm. Mal eine Abwechslung. Die erste neue Stimme seit sechs Wochen, und ich glaube, selbst wenn sie heiser oder langweilig wäre, würde sie mir gefallen. Die Freunde meiner Schwester sagen nie etwas, von ihnen höre ich höchstens einen Speichelaustausch mit meiner Schwester, oder aber sie bleiben gleich auf dem Gang. Diese neue Stimme hat wirklich ein besonderes Timbre, etwas, worin sich Leichtigkeit und Leidenschaft mischen.

Er hat mir auch ermöglicht, das heutige Datum leichter zu bestimmen.

Ich bin also tatsächlich seit fünf Monaten hier und habe wohl heute Geburtstag.

Mich wundert nur, dass meine Schwester nicht zum Gratulieren gekommen ist. Vielleicht hält sie es für unnötig. Oder vielleicht hat sie es auch ganz einfach vergessen. Ich wäre ihr gern böse, aber ich kann es nicht. Andererseits, den Dreißigsten, den feiert man doch, oder?

Auf dem Stuhl neben mir rührt sich etwas. Ich höre

Stoff über Stoff gleiten und erkenne das Geräusch von jemandem, der einen Pullover auszieht. Ich höre ihn den Atem anhalten, während er den Halsausschnitt über den Kopf zieht, dann die kurzen Atemstöße, während er die Arme und den Oberkörper befreit. Ich höre, dass der Pulli irgendwohin gelegt wird, und dann wieder den regelmäßigen Atem.

Ich stehe unter Spannung. Zumindest stelle ich mir spaßeshalber vor, ich stünde unter Spannung. Alles, was in mir aktiv ist, also nur mein Hören, klammert sich an dieses Neue wie an einen Rettungsring. Ich lausche und lausche und lausche. Und male mir ganz langsam ein Bild in meinem Kopf.

Sein Atem ist friedlich. Wahrscheinlich ist er eingeschlafen. Die Regentropfen schlagen nur leicht gegen das Fenster, und ich kann das Geräusch erkennen, das die Reibung seines T-Shirts am Plastik des Stuhls verursacht. Sehr dick kann der Mann nicht sein, sonst würde er nicht so atmen. Ich versuche einen Vergleich mit der Atmung von Leuten, die ich kenne, aber man hört selten auf den Atem der Leute. Manchmal habe ich es getan, bei meinen Exfreunden, wenn ich vor ihnen aufwachte. Einige von ihnen sagten, das sei albern, im Allgemeinen waren es die, mit denen es nicht lange dauerte. Ich erinnere mich an einen Typen, der im Dreivierteltakt atmete, im ersten Moment hätte ich gern darüber gelacht, aber ich verkniff es mir, ich wollte ihn nicht aufwecken. Auch mit ihm dauerte es nicht lange.

Meine Liebesbeziehungen sind sowieso eher chaotisch.

Viel weniger zahlreich und regelmäßig als die meiner Schwester. Bei mir waren es etwa zehn, wenn ich mich recht erinnere. Einige kurz, andere deutlich länger. Im Augenblick bin ich allein. Ist auch besser so, ich weiß ja nicht, wie der Betreffende auf mein Koma reagiert hätte. Hätte er mich gleich fallenlassen? Hätte er gewartet? Hätte er sein Leben weitergelebt, ohne mir etwas davon zu erzählen? Hätte er auf die Ärzte gehört, wäre er zu mir gekommen, um mit mir zu sprechen und mir zu sagen, es sei aus? Das hätte ihn nicht viel Überwindung gekostet, er wäre ja davon überzeugt gewesen, dass ich nichts höre. Und damit hätte er während der ersten vierzehn Wochen meines Komas sogar recht gehabt.

Also ungebunden und froh darüber. Es ist schon hart genug, meine Mutter zu hören, die jedes Mal weint, wenn sie kommt – ich habe wenig Lust, diese Erfahrung noch mit jemand anderem zu machen.

Während mir all diese Erinnerungen durch den Kopf gehen, bleibe ich auf meinen Zufallsbesucher konzentriert. Sein Atmen ist tiefer geworden. Er ist tatsächlich richtig eingeschlafen.

Ich halte meine ganze Aufmerksamkeit auf ihn gerichtet. Ich will nicht, dass die Zeit vergeht. Er ist die einzige Ablenkung, das einzig Neue, fast das Einzige, das mich daran erinnert, dass ich irgendwo tatsächlich lebendig bin.

Denn ich kann nicht behaupten, dass ich an der Regelmäßigkeit meiner Schwester, der Krankenschwestern und der Tränen meiner Mutter besonders viel Freude hätte. Aber das hier ist wie ein Stein, der ins Wasser geworfen wurde. Es schafft neue Bedingungen. Es brächte mich zum Erbeben, wenn ich mich rühren könnte.

Ich will, dass die Zeit stehen bleibt, aber sie bleibt nicht stehen. Ich habe nur dieses kurze Nickerchen, das er sich in meinem Zimmer gönnt. Sobald er gegangen ist, wird alles wieder so sein wie vorher. Ich werde nur ein Geschenk bekommen haben, ein Geburtstagsgeschenk. Über diesen Gedanken würde ich gern lächeln können.

Plötzlich quietscht der Türgriff. Ich höre Stimmen, und mein ganzes Sein beginnt von innen zu leuchten. Ich erkenne Steve, Alex und Rebecca. Sie scheinen gut drauf zu sein und reden fröhlich miteinander. Plötzlich habe ich das Bedürfnis, ihnen zu sagen, sie sollten leise sein, damit mein Besucher nicht aufwacht. Aber wie gewöhnlich kann ich nichts tun, und letzten Endes bin ich auch neugierig, wie mein Unbekannter seine Anwesenheit erklären wird. Das Geräusch der Schritte und die zunehmende Lautstärke der Stimmen sagen mir, dass meine drei Freunde näher kommen, dann bleiben sie plötzlich stehen.

»Da ist ja wer!«, ruft Rebecca.

»Kennst du ihn?«, fragt Alex.

Ich nehme an, Rebecca schüttelt den Kopf. Ich höre, wie sie um den Stuhl herumgehen, und stelle mir vor, dass sie sich über meinen Gast beugen.

»Aha, er schläft«, stellt Rebecca fest. »Lassen wir ihn hier sitzen?«

»Nein, wir schmeißen ihn raus.« Steve klingt entschlossen.

»Er stört doch niemanden«, widerspricht ihm Rebecca. »Und falls er ein Freund von Elsa ist, könnte er mitfeiern, meinst du nicht?«

»Hmm…«

Ich stelle mir Steves mürrischen Gesichtsausdruck vor. Ich weiß, dass er vor einigen Jahren eine Schwäche für mich hatte. Mädchen, die Bergtouren machen, findet man nicht an jeder Ecke, nicht einmal, wenn man im Gebirge wohnt. Rebecca hat vor drei Jahren damit aufgehört, sie fing an, zu viel Angst zu haben. Vielleicht hätte ich auf sie hören sollen, als sie mich dazu überreden wollte, ebenfalls aufzuhören. Aber nein, meine Leidenschaft war stärker. Steve hat sich also rasch in mich verliebt. Doch damals hatte ich einen festen Freund, ich gab ihm zu verstehen, dass ich nur jemanden für meine Seilschaft suchte. Meine anderen Freunde waren zu groß für mich, ich brauchte jemanden meines Gewichts. Steve ist bemerkenswert gut proportioniert. Wir waren ein umwerfendes Team.

Sobald klar war, dass ich keine Beziehung mit ihm wollte, verschanzte er sich in der Rolle des großen Bruders. Wenn man immer die Ältere war, ist es schön, jemanden als Rückhalt zu haben. Und da Alex und Rebecca ein Paar sind, hat Steve sich noch mehr in diese Rolle verrannt.

Auch jetzt nimmt er genau diese Haltung ein. Die des großen Bruders, der es nicht duldet, dass jemand seiner kleinen Schwester zu nahe kommt.

»Nun mal sachte, Steve«, sagt Alex. »Was soll in einem

Krankenhaus schon passieren? Wahrscheinlich ist er ein Freund von Elsa, weiter nichts! Er ist eingeschlafen. Daraus werden wir doch jetzt kein Drama machen. Die Frage ist nur, wecken wir ihn, oder fangen wir ohne ihn mit der Party an?«

»Ich glaube, er hat uns gerade die Entscheidung abgenommen«, bemerkt Rebecca.

In der Tat, ich höre meinen Besucher aufwachen. Ich stelle mir vor, wie sich seine Augen öffnen und sich auf die Umgebung einzustellen versuchen, und mir ist nach Lachen, als ich seine Überraschung über die drei Menschen ahne, die ihn ansehen.

»Wer bist du?«

Steve hat keine Zeit verloren. Ich wette, sein Gesicht ist zehn Zentimeter von dem des Unbekannten entfernt, und er kneift die Augen zusammen, als wollte er Supermans Laserstrahlen imitieren. Ich kann bis fünf zählen, bevor mein Unbekannter antwortet. Seine Stimme ist immer noch melodisch.

»Ein Freund.«

»Hmm …«

»Doch, ich sag's dir, ich bin ein Freund.«

Stimmt, er muss um die dreißig sein. Sonst hätte er Steve nicht geduzt.

»Glaub ich dir nicht.«

»Steve, hör auf«, mischt sich Alex ein.

»Ich kenne ihn nicht, und ich wüsste nicht, was er hier zu suchen hat«, gibt Steve zurück. »Man muss doch Himmel und Hölle in Bewegung setzen, um in diesen Flügel der Klinik vorzudringen, ohne durchleuchtet zu werden, deshalb will ich wissen, wer er ist und was er hier treibt!«

»Und aus genau diesen Gründen kann er hier kein Unheil anrichten!«

»Hmm …«

Mein Unbekannter richtet sich auf und zieht seinen Pullover wieder an. »Kannst du auch noch was anderes sagen als ›Hmm …‹?«

Oh, oh. Der Unbekannte weiß nicht, auf was er sich da eingelassen hat. Ich würde ihn gern warnen, doch es ist schon zu spät. Mir ist klar, dass Steve ihn am Kragen gepackt und vom Stuhl hochgezogen hat.

»Für wen hältst du dich eigentlich?«

»Steve, hör auf!«, schreit Rebecca.

»Scheiße! Wer ist das?«, fragt Steve noch einmal.

»Setz ihn wieder ab«, befiehlt Alex. »Und du, du entschuldigst dich, sonst kriegen wir nie Ruhe.«

Alex, der Ritter ohne Furcht und Tadel. Ich verstehe, warum Rebecca sich in ihn verliebt hat.

»Verzeihung«, sagt mein Besucher ausdruckslos. »Lässt du mich jetzt los?«

Ich höre Steve knurren und danach die Bewegung, mit der er den Unbekannten wieder auf den Stuhl fallen lässt. Dann merke ich, dass er sich neben mich aufs Bett gesetzt hat. Dicht an meinem Ohr wird das Laken zusammengeknüllt.

»Tut mir leid, Elsa«, flüstert Steve und streichelt mir übers Haar. »Ganz schön was los an deinem Geburtstag, oder?«

Einige Sekunden lang höre ich die Tränen in seiner Stimme. Er kann sich immer noch nicht verzeihen, dass er meinen Knoten nicht kontrolliert hat, dass seine Kraft nicht reichte, um zu verhindern, dass mich die Lawine mitriss.

Soweit ich verstanden habe, war er es, der mich unter dem Schnee gefunden hat. Der Arzt sagte, es sei ein Wunder gewesen. Ich weiß nur, dass es meine Verbindung zu ihm ist, die uns geholfen hat. Ein großer Bruder beschützt einen immer.

Heute allerdings treibt er es ein bisschen weit, muss ich sagen.

»Also! Elsa, wir haben dir einen Kuchen mitgebracht, mit dreißig Kerzen, die du sicher nicht hättest ausblasen wollen, aber das ist uns egal, denn ich hätte dich doch dazu gezwungen, und außerdem noch ein kleines Geschenk.«

Von Rebeccas Ton wird mir warm ums Herz (stelle ich mir wenigstens vor). Sie packt den Inhalt einer Plastiktüte aus, und sicher hilft Alex ihr dabei, die Kerzen aufzustecken. Inzwischen steht mein Besucher vom Stuhl auf.

»Bist du sicher, dass du ein Freund von Elsa bist?«

Jetzt fängt Steve schon wieder damit an. Der soll was erleben, wenn ich aus diesem Koma rauskomme!

»Ja.«

»Und wie heißt sie?«

»Elsa. Das hast du schon mindestens dreimal gesagt.«

»Ihr Familienname.«

»Bilier. Und heute wird sie dreißig Jahre alt.«

»Diese Info hast du gerade von Rebecca bekommen.«

»Was ist das hier? Ein Verhör?«

»Vielleicht.«

Steve, der überbehütende große Bruder.

»Und was studiert sie?«

Es vergehen zwei Sekunden, bevor mein Unbekannter antwortet.

»Sie studiert nicht. Sie arbeitet.«

»Auf welchem Gebiet?«

Wieder zwei Sekunden.

»Die Berge.«

Ich bin beeindruckt. Natürlich blufft er, aber er macht seine Sache sehr gut. Ich frage mich fast, ob er mich nicht doch kennt.

»Und was genau macht sie in Bezug auf die Berge?«

Jetzt verliere ich doch alle Hoffung, dass mein Unbekannter richtig rät. Ich habe einen eher seltenen Beruf.

Es vergehen zehn lange Sekunden. Alex und Rebecca sind dabei, die Kerzen anzuzünden, ich höre sie leise miteinander sprechen. Der Unbekannte macht einige Schritte im Zimmer, dann bleibt er stehen. Wahrscheinlich dreht er sich zu Steve um.

»Hör zu«, beginnt er. »Du hast recht. Ich kenne Elsa nicht. Alles, was ich gesagt habe, habe ich mir aus dem zusammengereimt, was in dem Heft unten an ihrem Bett steht. Ich bin lediglich ein Besucher, der sich in der Tür geirrt hat. Es war ruhig hier, ich habe mich für einen Moment niedergelassen. Ich habe niemanden gestört. Und jetzt verlasse ich euch.«

Seltsamerweise antwortet Steve nicht. Stattdessen ergreift jetzt Rebecca das Wort.

»Hast du nicht Lust, noch zum Kerzenauspusten zu bleiben?«

Jetzt muss mein Unbekannter ziemlich überrascht sein. Aber so ist Rebecca, hinreißend und manchmal zu naiv. Zum Glück ist ihr Ritter immer an ihrer Seite.

»Ja, bleib noch ein bisschen«, sagt Alex.

»Ich möchte nicht stören«, antwortet der Unbekannte.

»Du hast es doch selbst gesagt, du hast niemanden gestört. Dann sind wir zu viert, Elsa würde sich darüber freuen.«

Ich merke, dass er zögert.

»In Ordnung.«

Der Unbekannte kommt wieder näher und verschiebt den Stuhl. Ich habe den Eindruck, er versucht Alex mit einer Sache in einer Plastiktüte zu helfen, während Rebecca nach dem Heft unten an meinem Bett greift.

»Anscheinend gibt es keine großen Fortschritte«, sagt sie zu den anderen. »Nicht einmal etwas Neues. Ah, doch. Jemand hat ihr Alter geändert. Irgendwie schön, dass sie darauf geachtet haben.«

»Äh … Nein, das war … Das war ich«, sagt der Unbekannte. »Ich hab die Blätter durchgesehen, um herauszufinden, wie sie heißt, und dabei ist mir aufgefallen, dass sie heute Geburtstag hat. Tut mir leid, wenn euch das stört. Vielleicht hätte ich es nicht tun sollen.«

»Machst du Witze? Das ist supernett!«

»Wirklich?«

»Ich finde es total nett, wenn jemand, der Elsa gar nicht kennt, sich die Zeit nimmt und ihr Alter auf dem Bogen korrigiert. Also was ist jetzt, holst du es raus, das Päckchen, oder nicht?«

»Oh, pardon. Hier, bitte.«

»Gib es Steve. Ich glaube, er möchte es gern auspacken. Auch wenn er genau weiß, was drin ist!«

Steve streckt sicher den Arm aus und wendet sich dann mir zu. Rebecca bringt den Kuchen zu dem kleinen Tisch an meinem Bett. Ich stelle mir den Geruch von Früchten vor, das Licht der Kerzenflammen und das traurige Lächeln meiner Freunde.

»Also … Herzlichen Glückwunsch zum Geburtstag, *Chérie*«, sagt Rebecca und pustet dann auf meine dreißig Kerzen.

»Herzlichen Glückwunsch zum Geburtstag, Elsa«, sagt Alex.

»Ja, du, herzlichen Glückwunsch zum Geburtstag«, schließt sich Steve an.

Von ferne dringt das Murmeln meines Unbekannten an mein Ohr.

»Herzlichen Glückwunsch zum Geburtstag.«

Er sagt es leise. Mir ist nicht klar, ob aus Schüchternheit, Traurigkeit oder aus einem anderen Grund. Aber es berührt mich. Tief.

»Hier ist dein Geschenk.« Steve bringt mich wieder auf die konkreteren Dinge zurück. »Es ist ein Ring. Du hast immer gesagt, dass du nie heiraten willst und sowieso keine Ringe trägst, weil die nur stören. Deshalb haben wir dir einen gekauft. Vielleicht fällt dir die Rückkehr leichter, wenn du eine Tracht Prügel an uns loswerden willst.«

Ich nehme an, Steve steckt ihn mir an einen Finger. Ich weiß weder, an welche Hand, noch, an welchen Finger.

»Sagst du ihr nicht, wie er aussieht?«

Diese Einmischung meines Unbekannten scheint alle zu überraschen.

»Ich weiß ja nicht«, fährt er fort, »aber wenn man mit ihr sprechen soll, kann man ihr doch auch alles sagen, oder?«

Einige Augenblicke Schweigen.

»Ich überlasse dir die Ehre«, knurrt Steve dann, als wäre er enttäuscht, nicht selbst darauf gekommen zu sein.

»Äh …«

»Na los! Du hast doch recht!«

»Gut … In Ordnung.«

Mein Besucher kommt näher.

»Also, es sieht aus wie Silber.«

»Es ist Weißgold«, unterbricht ihn Steve.

»Ach so. Verzeihung. Wo ist denn da der Unterschied?«

»Weißgold hält mehr aus.«

»Okay. Es ist also Weißgold. Sie haben ihn in Weißgold genommen, damit er mehr aushält. Falls dich also die Lust packt, mal mit dem Eispickel draufzuhauen, kann nichts passieren.«

Über diese kleine Anspielung hätte ich gern gelacht – oder wenigstens gelächelt.

»Und dann sind da zwei Zweige, die sich rundherum verflechten. Ein bisschen wie Lianen. Oder eher wie eine Art Blumenstängel. Ah! Wie ein Jasminstrauch, du scheinst diesen Duft ja zu mögen!«

Ich bin verblüfft. Wie hat er das erraten können?

»Woher weißt du das?«, fragt Steve wie ein Echo meines Gedankens.

»In diesem Raum riecht es eindeutig nach Jasmin. Und der Geruch geht von ihr aus.«

»Bist du Parfümeur oder so was?«

»Nein, ich bin in der Umweltbranche, das ist was ganz anderes. Kann ich weitermachen?«

»Nur zu.«

Ich merke, dass ich auf die Fortsetzung ganz begierig warte.

»Er glänzt, er ist wirklich hübsch. Und er steckt an deinem rechten Ringfinger.«

Das war ein bisschen enttäuschend. Fast bin ich Steve böse, weil er ihn unterbrochen hat.

»Und ansonsten: Der Kuchen ist ein Birnenkuchen«, fährt er fort. »Rebecca hat dich angelogen, sie hat einunddreißig Kerzen draufgesteckt, bloß um dich zu ärgern, und ich kann dir sagen, dass es tolle Freunde sind, die dir nach zwanzig Wochen Abwesenheit zum Geburtstag gratulieren.«

Jetzt wird das Schweigen lastend. Einen Augenblick lang habe ich fast Angst, das Gehör verloren zu haben. Doch die ans Fenster schlagenden Regentropfen beruhigen mich. Ich höre, wie sich jemand die Nase putzt. Ich wette, es ist Rebecca. Alex hat sie wahrscheinlich in den Arm genommen. Alle versuchen, sich irgendwie zu beschäftigen, als wollten sie die Traurigkeit verscheuchen, die vermutlich das Zimmer verpestet. Kuchenstücke werden weitergereicht, Löffelchen schaben über Pappteller.

»Erzählst du uns noch was über dich?«, fragt Rebecca nach einer kleinen Pause.

»Wie meinst du das?«, erkundigt sich mein Besucher.

»Du könntest zum Beispiel mit deinem Namen anfangen. Wir wissen ja gerade mal, wie du hier gelandet bist. Ich jedenfalls wüsste gern mehr über einen Typen, der keine fünf Minuten braucht, um so viel über eine Unbekannte herauszufinden.«

»Ich heiße Thibault. Ich bin vierunddreißig. Und ich sollte jetzt eigentlich im Zimmer meines Bruders sein, der einen Autounfall hatte.«

»O Mist. Hoffentlich war es kein schwerer Unfall.« Rebecca ist voller Mitgefühl.

»Durchaus. Er wird sich davon erholen, aber mir wäre das Gegenteil lieber. Er hat nebenher noch zwei Mädchen getötet, weil er betrunken war. Ich habe eigentlich keine Lust mehr, ihn zu sehen.«

Wieder Schweigen. Ich denke über das nach, was ich gerade gehört habe. Das Profil meines Unbekannten wird deutlicher, aber mir fehlen noch wesentliche Einzelheiten. Ich bezweifle, dass einer meiner Freunde ihn auffordert, sich zu beschreiben.

Thibault. Diesen Vornamen muss ich mir merken.

»Wie ist sie dahin gekommen?«, fragt er plötzlich. »Ich meine, mal abgesehen von ›Bei Gletscherwanderung von Lawine verschüttet‹.«

Steve steht auf. Er geht im Zimmer auf und ab und erzählt, was ich schon weiß. Dann lausche ich brav der Fortsetzung, von dem Moment an, als sie mich gefunden haben. Ich erfahre noch ein zusätzliches Detail: Ich wurde mit dem Hubschrauber geborgen. Schade, ich hatte immer davon geträumt, in einem Hubschrauber über diesen Gletscher zu fliegen, und dann war ich bewusstlos und konnte es nicht sehen. Mein Besucher stellt noch einige Fragen und kommt auch zu meiner Lieblingsfrage. Ich hätte ihm so gern selbst geantwortet …

»Warum macht sie das? Ich meine, warum klettert sie in den Bergen herum? Was ihr da treibt, ist doch riskant.«

»Es liegt ihr im Blut«, sagt Steve.

»Das genügt mir nicht«, antwortet Thibault.

»Weißt du, was Glück ist?«

»Ist das eine Fangfrage?«

»Nun, Elsa weiß es«, antwortet Steve, ohne auf die Bemerkung einzugehen. »Wenn sie da oben wandert, ist sie sie selbst, dann ist sie glücklich. Sie strahlt. In den Bergen ist sie in ihrem Element. Sie hat aus dieser Leidenschaft sogar ihren Beruf gemacht.«

»Was? Ist sie Bergführerin?«

»Nein, dafür war sie zu zart. Sie arbeitet für das Institut, das die Wanderkarten herausgibt. Sie hat sich auf Gletschergebiete spezialisiert.«

»Ich wusste gar nicht, dass es so was gibt. Dabei habe ich solche Karten schon benutzt.«

»Da siehst du's. Die Berge und sie sind eins. Wenn du

mit ihr über einen Gletscher gehst, ist es, als würdest du sie nackt sehen. Verletzlich bis zum Äußersten. All ihre Gefühle und Empfindungen liegen bloß. Sie macht einem damit ein echtes Geschenk.«

»Oh … Bist du in sie verliebt?«

Thibault hat es ganz ernsthaft gefragt. Und nach all dem, was Steve gerade gesagt hat, bin auch ich neugierig auf die Antwort.

»Ich war es. Jetzt bin ich nur noch eine Art großer Bruder, der seine Aufgabe nicht erfüllt hat.«

»Sag das nicht. Du kannst nichts dafür, dass ihr Axerknoten nicht richtig gebunden war.«

»Achterknoten«, korrigiert Steve. »Aber ich hätte ihn überprüfen müssen.«

Rebecca verhindert ein erneutes Schweigen, indem sie die Teller und Löffel einsammelt. Hört sich so an, als ginge meine kleine Geburtstagsparty langsam zu Ende, mein Besucher ist aufbruchsbereit.

»Also, danke für den Kuchen und danke, dass ich bleiben durfte.«

»Bist du sicher, dass du nicht noch ein bisschen bleiben willst?«, bietet Alex an.

»Nein, ich muss jetzt zu meiner Mutter und meinem Vetter zurück. Wahrscheinlich suchen sie mich schon.«

»Okay. Es war nett, dich kennenzulernen.«

»Ich hab mich auch gefreut. Sagt ihr ihr von mir noch Auf Wiedersehen?«

»Das kannst du doch selbst tun«, meint Rebecca.

Mein Besucher scheint zu zögern, dann höre ich ihn

näher kommen. Eben, als er allein mit mir war, war er viel entspannter.

»Wir küssen sie immer auf die Stirn«, erläutert Rebecca. »Die einzige Stelle, an der nicht zu viele Kabel sind.«

»Ach so, okay.«

Ich höre das Geräusch seiner Lippen auf meiner Haut, aber genau wie eben spüre ich nichts. Ich höre die leisen Worte, die er mir möglichst diskret ins Ohr flüstert, bevor er sich wieder aufrichtet.

»Auf Wiedersehen, Elsa.«

Er entfernt sich von meinem Bett. Die anderen sind mit ihren eigenen Sachen beschäftigt.

»Nochmals danke. Ich geh jetzt.«

»Du kannst sie gern wieder besuchen.«

Natürlich ist es Alex, der ihm das anbietet.

»Ah. Das ist nett. Danke. Ich weiß nicht, ob …«

»Du brauchst keine Hemmungen zu haben«, ermuntert ihn Rebecca. »Sie freut sich bestimmt, auch mal von anderen Besuch zu bekommen. Da bin ich sicher.«

»Gut. Auf Wiedersehen.«

Die Tür wird geschlossen. Mein Besucher ist hinausgegangen. Das bisschen Freude, das ich hatte, ist mit ihm gegangen.

»Steve?«, fragt Alex. »Du sagst ja gar nichts mehr. Weil ich ihm vorgeschlagen habe wiederzukommen?«

»Nein, das ist schon in Ordnung.«

»Was ist es denn sonst?«

»Es hat gerade angefangen zu schneien, und das liebte sie.«

Die Trauer lastet in jedem seiner Worte. Mir kommt der Gedanke, dass es mir lieber wäre, wenn nur Thibault käme. Dann wäre es weniger emotional. Ich höre, wie meine Freunde ihre Taschen einräumen und sich wieder warm anziehen. Ich höre, wie sie mich nacheinander auf die Stirn küssen, und habe nicht die geringste Möglichkeit zu reagieren.

Die Tür wird sanft geschlossen, und dann herrscht wieder völlige Stille. Nicht einmal mehr das Geräusch der Regentropfen am Fenster. Nicht einmal ein Atmen außer meinem.

Ich wünschte, er käme wieder.

4

THIBAULT

Meine Mutter sieht aus dem Autofenster, mein Vetter sitzt hinten und telefoniert. Und ich lenke mechanisch den Wagen, um alle heil nach Hause zu bringen. Ich kenne den Weg in- und auswendig, trotzdem sollte ich mich mehr auf die Straße konzentrieren.

Unmöglich. Mein Geist ist anderswo.

In diesem Krankenzimmer. Nummer 52. Ich habe nachgeguckt, als ich rausging. Unter der Nummer hing ein Foto von einem Berg, was eher Spezielles voller Eis. Und wegen dieses Fotos hatte ich, wie mir dann klar wurde, die Tür mit der zum Treppenhaus verwechselt.

Als ich unten vor dem Krankenhaus ankam, wartete mein Vetter schon auf mich. Er versuchte zu erfahren, was ich die ganze Zeit gemacht hatte. Ohne Erfolg. Ich habe ihm kein Wort darüber gesagt. Als meine Mutter ein paar Minuten später herauskam, waren ihre Augen rot. Inzwischen hat sie sich ein bisschen beruhigt. Als wäre das Krankenhaus ein riesiger Tränenmagnet, es gibt allerdings auch zu Hause manchmal böse Überraschungen.

Ich bin froh, wenn ich sie gleich abgesetzt habe. Ich kann all diese Emotionen immer schlechter ertragen. Nicht, dass sie im Unrecht wäre, überhaupt nicht. Sie hat das Recht, traurig zu sein, und ich wäre sicher im selben

Zustand, wenn es mein Kind wäre, das da im Krankenhausbett liegt, aber verglichen mit der Situation in Zimmer 52 hat mein Bruder fast schon etwas Unechtes an sich.

Es hat mich mehr aufgewühlt, als ich geglaubt hätte. Dabei wollte ich nur ein bisschen schlafen, und jetzt habe ich den Kopf voller neuer Informationen. Die waren nett, die drei. Sogar dieser Steve, denn hinter der Fassade des beschützenden großen Bruders war er einfach besorgt. Und so traurig. Er hätte meiner Mutter Konkurrenz machen können. Das hat mich an ihm am meisten genervt. Außerdem wirkte er eifersüchtig, aber auf was oder wen, weiß ich nicht. Wenn er wirklich nicht mehr verliebt ist, hat er doch nichts zu befürchten. Wenn er es noch ist, übrigens genauso wenig.

Das Mädchen, diese Rebecca, ist süß. Ein bisschen naiv, aber nett. Und Alex, ihr Kerl, ist richtig sympathisch und sehr umgänglich. Es wäre vielleicht gar nicht schlecht, sich noch einmal mit ihnen zu treffen, um auf andere Gedanken zu kommen. Doch dann wird mir klar, dass das nicht geht, es sei denn, ich hinterließe einen Zettel in Zimmer 52: »Hallo, ich bin's, Thibault, der Typ, der letztes Mal hier eingeschlafen ist. Wenn ihr Lust habt, mich wiederzusehen, hier ist meine Telefonnummer.« Daraus wird wohl nichts.

Letzten Endes kann ich als Einzige die wiedersehen, mit der ich mich nicht unterhalten kann. Weil sie mir nicht antworten wird.

Elsa. Die verkabelte Jasminblüte. Ich habe nicht gefragt, warum da so viele waren. Ich verstehe absolut nichts von Medizin. Dabei arbeite ich für die »Heilung der Erde«, wie manche es nennen. Aber was den menschlichen Körper angeht, bin ich ziemlich unterbelichtet. Als der Arzt meines Bruders anfing, mir dessen Verletzungen zu erklären, verlor ich nach fünf Sekunden den Faden. Meine Mutter hörte geduldig zu, obwohl auch sie nichts verstand. Mein Vetter, der Sportlehrer ist, lieferte uns eine Art Übersetzung, aber ehrlich gesagt erschreckte mich der Polizist an der Tür so sehr, dass ich nicht viel mitbekam.

Zum Glück ist der Polizist weg. Mein Bruder hat seine Aussage gemacht. Die Gerichtsverhandlung findet in vier Monaten statt. Denn bis dahin müsste er sich theoretisch von seinem Unfall erholt haben. In der Zwischenzeit steht seine Wohnung leer. Mein Vetter und ich waren da und haben den Kühlschrank geleert und ein bisschen aufgeräumt und geputzt, damit es während seiner Abwesenheit nicht eklig wird. Es war schon so nicht richtig toll, da brauchte die Wohnung nicht auch noch zum Saustall zu verkommen. Wir haben übrigens gemerkt, dass er eine Freundin hatte, weil hier und da Unterwäsche herumlag. Das Mädel hat sich offensichtlich keinerlei Gedanken um ihn gemacht, aber vielleicht war es auch nur ein One-Night-Stand, jedenfalls hat niemand angerufen.

Ich halte auf dem Parkplatz vor dem Haus meiner Mutter. Der Schnee beginnt, die abgestellten Wagen zu bedecken. Auf dem Asphalt bleibt nichts liegen, aber auf dem Gras hat sich schon eine dünne Schicht gebildet. Ich kann nicht behaupten, dass ich den Schnee mag oder nicht mag.

Er ist da, und ich nehme ihn, wie er kommt. Für mich gehört er einfach zum Stoffwechsel des Planeten.

Meine beiden Fahrgäste steigen aus. Mein Vetter wohnt direkt neben meiner Mutter. Er hat die Wohnung für sie gefunden, als damals mein Vater fortgegangen war. Ich fühle, wie sich der Wagen, von ihrem Gewicht befreit, hebt. Mein Vetter streckt noch einmal den Kopf durch die Autotür.

»Kommst du nicht mit?«

»Heute Abend nicht.«

»Du, ich glaube, sie hätte es gern.«

»Und ich glaube, ich bin dazu nicht in der Lage.«

»Du bist gemein.«

»Hör zu, ich komme morgen mit. Aber … nicht heute Abend.«

Mein Vetter sieht mich an, fast überrascht darüber, dass ich von morgen gesprochen habe.

»Okay. Fahr vorsichtig.«

Er schlägt die Tür zu. Meine Mutter sieht mich durch die Scheibe an und winkt. Ich werfe ihr eine Kusshand zu und lasse den Motor wieder an. Kaum habe ich das Tor der Wohnanlage hinter mir, geht es mir besser. Ich muss aufhören, zu viel Zeit mit ihnen zu verbringen. Ihre Niedergeschlagenheit färbt auf mich ab. Ich bin der reinste Schwamm.

Ich fahre, ohne groß nachzudenken, bis mir klar wird, dass ich überhaupt nicht auf dem richtigen Weg bin. Ich bin gerade dabei, in die Stadt zu fahren. Ist vielleicht sogar das Beste. Ich habe keine Lust, heute Abend allein zu sein, aber ich habe auch keine Lust auf Gesellschaft. In meinem Kopf läuft es nicht rund. Zum Glück weiß ich genau, was ich in einem solchen Fall brauche.

»Hallo? Ju?«

Die Stimme meines besten Freundes dringt aus dem Telefon.

»Ja, ja, ich weiß, besser nicht beim Autofahren. Sag mal, was machst du heute Abend? … Hättest du Lust rauszugehen? Treffen wir uns im Pub? … Was? Früher kannst du nicht? Na schön … Bis nachher!«

Ich beende das Gespräch. Julien, Exworkaholic und jetzt seiner fünf Monate alten Tochter verfallen. Glücklicherweise ist seine Frau eine meiner engsten Studienfreundinnen, sie wird also Verständnis haben, wenn er ihr erklärt, er müsse sich mit mir treffen. Wenn ich richtig gehört habe, war da noch was mit Baden oder Fläschchen oder so. Stimmt, mittwochs ist er dran. Die beiden haben sich einen perfekten Rhythmus zusammengebastelt! Ich beneide sie, obwohl ich selbst gar nicht auf der Suche bin. Aber das ist es, was ich erreichen möchte. Dieses Gleichgewicht.

Mit Cindy war es kein Gleichgewicht, sondern jeden Tag Kampf. Ich redete mich damit heraus, dass es eine andere Art Gleichgewicht sei. Ich hatte schlicht und einfach unrecht. Wenn ich sehe, was Julien und seine Frau sich aufgebaut haben, bekomme ich eben auch Lust. Doch wenn man eine Beziehung hinter sich hat wie meine mit Cindy, dann fragt man sich, ob man überhaupt noch fähig ist zu lieben.

Also liebe ich in der Zwischenzeit meine Arbeit, meine Freunde und meine Mutter, auch wenn sie pausenlos flennt, aber meinen Bruder liebe ich nicht mehr. Seit einem bestimmten Tag ist das mein Lebensinhalt. Festzustellen, was ich liebe und was ich nicht liebe. Es ist nicht einfach.

Manchmal dann doch, denn ich liebe diese Idioten nicht, die auf den kostenlosen Parkplätzen so miserabel parken, dass du ihretwegen bezahlen musst, um einen anständigen Parkplatz zu bekommen. Genau das muss ich nämlich heute Abend.

Da ich ohnehin blechen muss, entscheide ich mich für das dem Pub am nächsten liegende Parkhaus. Ich werde zweihundert Meter Fußweg haben, höchstens. Das passt gut, denn bei dem Schnee würde mir sonst noch kälter. Ich parke den Wagen ordentlich, damit ich niemandem im Weg bin. Ich verstaue den Parkschein sorgfältig in meinem Rucksack, um nicht wieder so reinzufallen wie beim letzten Mal, als ich zwei Stunden danach gesucht habe, um schließlich festzustellen, dass ich ihn auf dem Armaturenbrett vergessen hatte. Dann mache ich mich im Laufschritt auf den Weg zum Pub.

Welche Erleichterung, als ich drin bin. Es ist warm. Die Leute reden und lachen, es gibt gute Musik, und ein Tischchen ist noch frei. Ich setze mich hin und lege zwei Bierdeckel auf die Tischplatte, um zu signalisieren, dass ich noch jemanden erwarte. Solche Zeichen haben etwas Beruhigendes. Niemand wird kommen und mich fragen, ob der andere Stuhl noch frei ist.

Ich bestelle einen Birnensaft. Der Kellner sieht mich verblüfft an. Ich erkläre, ich müsse noch fahren, und das genügt ihm. Fast scheint er mir zu meiner Entscheidung gratulieren zu wollen. Ich weiß, dass Julien ein Bier nehmen wird. Vielleicht nehme ich auch einen Schluck davon, als kleinen Genuss, aber ich trinke nicht gern, bevor ich Auto fahre. Mein Bruder hätte genauso vernünftig sein sollen.

Ich habe meinen Birnensaft noch keine fünf Minuten auf dem Tisch, da steht ein Mädel vor mir.

»Ist der Stuhl noch frei?«

Ich zeige auf den leeren Bierdeckel.

»Ach so, Verzeihung, den hatte ich nicht gesehen. Erwartest du noch wen?«

»Ja, einen Freund.«

Ich hatte überlegt, ob ich zum Spaß »meine Freundin« oder sogar »meinen Freund« hätte sagen sollen, denn das Mädchen verhält sich ziemlich seltsam. Es sieht stark nach Anmache aus. Dabei steht der Pub eher im Ruf, ein angenehmes Lokal zu sein und keine Anbagger-Speeddating-Kneipe. Ich lächle beim Gedanken an die Vorhaltungen meiner Mutter. Anscheinend schreckt mein Haarwust nicht jede ab. Aber die hier versucht wahrscheinlich nur, ein Bier spendiert zu bekommen. Ich hasse solche Begegnungen.

»Möchtest du, dass ich dir Gesellschaft leiste, bis er kommt?«

In meinem Kopf gibt es kein Zögern, ich habe so etwas wie ein Buch-mit-Ihnen-als-Held, das nur darauf wartet, aufgeschlagen zu werden. Wenn Sie einen Drachen töten wollen, schlagen Sie Seite 62 auf. Wenn Sie sich lieber verstecken wollen, Seite 33. Und sie hat die ultimative Karte gezogen. Seite 0.

»Du siehst wirklich sehr gut aus, aber du bist nicht intelligent genug, um mitzukriegen, ob jemand für dich offen ist oder nicht. Dazu braucht man ja auch Feingefühl, ich weiß, und das ist offenbar nicht deine Stärke. Ich frage mich sogar, ob du weißt, was es bedeutet. Also, es tut mir sehr leid, aber ich möchte absolut nicht, dass du mir Gesellschaft leistest, bis mein Kumpel kommt.«

Das Mädchen ist empört, doch ich frage mich tatsächlich, ob sie alles verstanden hat, was ich gesagt habe. Ihrer Reaktion nach zu urteilen ist sie nicht daran gewöhnt, so abgewiesen zu werden, aber ich habe eben einfach keine Lust.

Anscheinend hat sie meine Botschaft weiterverbreitet, oder aber der deutlich sichtbare zweite Bierdeckel auf dem Tisch wirkt, denn ich bleibe ungestört, bis Julien ankommt. Es ist fast 20 Uhr. Er hat Schnee auf den Haaren.

»Brrr! Was für ein Wetter!«, ruft er und setzt sich mir gegenüber.

»Es ist nur Schnee«, bemerke ich.

»Aber man erfriert«, antwortet er und zieht seine Handschuhe aus.

»Wem sagst du das …«

Julien schält sich aus der Jacke und bestellt mit einem Handzeichen ein Bier. Ich hebe mein Birnensaftglas hoch, und der Typ hinter der Theke nickt zustimmend.

»Also, was ist los?«, fragt mich Julien ernst.

»Nichts Besonderes. Heute ist Mittwoch.«

»Der Besuch bei deinem Bruder, ist es das? Du fährst doch auch an anderen Tagen mal hin, oder?«

»Genauer gesagt, ich bringe meine Mutter hin.«

»Willst du ihn immer noch nicht sehen?«

»Nein.«

»Na schön, wo hakt es?«

»Warum fragst du das?«

»Thibault … Es steht dir auf der Stirn geschrieben. Und wenn es nicht wichtig wäre, hättest du mich niemals um 18 Uhr angerufen, wo du doch weißt, dass ich mich mittwochabends um Clara kümmere.«

»Wie geht es Clara? Ich hoffe, du hast jetzt nicht meinetwegen Ärger mit Gaëlle bekommen …«

»Keine Sorge, Gaëlle hat problemlos übernommen, und Clara geht es bestens. Kerngesund, der Kinderarzt sagt, sie ist voll in Form. Bist du übrigens immer noch bereit, Pate zu werden?«

»Ja, ich bin immer noch bereit. Deine Kleine ist ein Schatz, wie sollte ich da meine Meinung ändern? Und wenn sie so weitermacht, werde ich sie am Ende noch heiraten!«

»Pfff …« Julien lacht. »Es geht also um ein Mädchen?«

»Nein. Das heißt … Vielleicht. Aber es hat nichts mit dem zu tun, was du denkst.«

»Womit hat es dann zu tun?«

Ich stelle mein Glas ab und lehne mich auf meinem Stuhl zurück.

»Es hat mit einem Mädchen zu tun, mit Freunden von ihr, mit meinem Bruder, der Polizei, lauter Kabeln, Jasmin und Autofahrten ins Krankenhaus.«

»Au Mann! Mal langsam, ich hab jetzt nichts kapiert.«

Der Kellner kommt mit dem Bier und meinem Birnensaft. Wir bedanken uns, und ich fülle mein Glas auf. Ich verschütte ein wenig Saft auf den Tisch und wische ihn ungeschickt weg.

»Könntest du mir das bitte mal genauer erklären?«, fragt Julien.

»Jaaa … Warte.«

Meine Hände sind klebrig, und ich hole ein Papiertaschentuch aus meinem Rucksack. Seit ich meine Mutter ins Krankenhaus fahre, habe ich immer welche dabei.

»Es ist etwas, was mir eben gerade passiert ist.«

Ich erzähle ihm von meinem Nachmittag. Julien schweigt die ganze Zeit und hört mir geduldig zu. Als ich fertig bin, sieht er mich weiterhin stumm an.

»Hast du nichts dazu zu sagen?«

»Nun ja, was soll ich sagen?«, antwortet er. »Ziemlich witzig.«

»Witzig? Das Wort wäre mir dazu nicht eingefallen.«

»Na schön, kurios, gefällt dir das besser? Ich kann nur nicht verstehen, warum es dich derart aufgewühlt hat. Du bist ins falsche Zimmer geraten, weiter nichts!«

Julien erwartet eine Erklärung. Er bekommt die Antwort, die mir seit drei Stunden durch den Kopf geht.

»Warum würde ich die Lage dieses Mädchens gern mit der meines Bruders vertauschen?«

Das macht Julien Sorgen. Ich sehe es an seinen Augen.

»Du meinst, du möchtest, dass sie aufwacht und dein Bruder ins Koma fällt?«

»Genau das.«

»Du weißt sehr gut, warum.«

»Nein, das weiß ich nicht.«

»Ach, hör doch auf, Thibault. Du hast immer noch nicht verkraftet, dass dein Bruder diese beiden Mädchen überfahren hat. Und ehrlich gesagt kann dir das niemand verübeln. Mir ginge es an deiner Stelle genauso. Dieses Mädchen, diese Elsa, scheint nett zu sein, und du möchtest, dass sie wach wird, was ihr auch alle anderen wünschen, die auf dieser Welt ein Herz haben. Also ist es ganz normal, dass du so denkst.«

»Ein Herz … Ich möchte meinen Bruder nie wiedersehen, und du glaubst trotzdem, ich hätte ein Herz?«

»Jeder hat ein Herz, Thibault. Die Frage ist nur, was man damit macht. Deins ist seit Cindy in tausend Stücke gebrochen. Und seit dem Unfall in eine Million Stücke. Du sagst dir, wenn du etwas tätest, um dieses Mädchen aufzuwecken, dann könntest du vielleicht wieder ein paar Stückchen zusammenkleben. Und damit anfangen, dir zu verzeihen, dass du das über deinen Bruder denkst.«

Ich bin sprachlos, wie immer, aber genau deshalb ist Julien ja auch mein bester Freund. Zum ersten Mal seit einem Jahr spüre ich, dass mir Tränen in die Augen steigen, aber nein, das geht nicht. Nicht hier. Nicht in diesem knallvollen Pub. Nicht an einem Mittwochabend.

»Komm, wir gehen raus«, sagt Julien.

»Was?«

»Du brichst gerade zusammen.«

Julien leert sein Glas und zwingt mich, meins ebenfalls schnell auszutrinken. Zwei Minuten später stehen wir auf dem weißen Bürgersteig. Er hatte recht, man erfriert.

Julien packt meinen Arm und zieht mich noch ein Stück von der Tür weg. Ich achte auf gar nichts mehr, ich habe eine Art Schleier vor den Augen, und ich weiß, dass es nicht der Schnee ist.

»Na los«, sagt er.

Ich breche zusammen. Zwei Kerle, die sich in den Armen liegen, so etwas sieht man auf der Straße selten. Häufig denkt man dann, sie seien schwul. Wenn jetzt jemand vorbeikäme, könnte der von mir aus denken, was er wollte. Ich möchte nur dieses ganze Wasser loswerden, das mir die Sicht versperrt. Ich will diesen ganzen Speichel ausspucken, der meinen Mund überflutet. Ich will der ganzen Welt meine Verzweiflung ins Gesicht schreien.

Ich begnüge mich damit, an Juliens Schulter zu weinen, während er mich an sich drückt. Seit Monaten habe ich nicht mehr die Wärme eines Menschen gespürt. Und die eines besten Freundes ist wirklich tröstlich. Es dauert ein paar Minuten, dann gewinnt die Kälte die Oberhand. Julien hält mir ein Taschentuch hin, er hat auch immer welche dabei, aber wegen seiner Tochter.

»Du kommst mit zu uns.«

»Wie bitte?«

»Du wirst heute Nacht bei uns schlafen, in dem Zustand lasse ich dich nicht nach Hause fahren.«

»Ich habe nicht getrunken, ich überfahre schon niemanden.«

»Ich weiß, dass du nicht getrunken hast! Du warst immer nüchtern und seit einem Monat nüchterner denn je, aber jetzt bist du zu sehr aus der Fassung, um die Nacht allein zu verbringen. Wo ist dein Wagen?«

»Gleich im nächsten Parkhaus.«

»Okay, gib mir den Schlüssel, ich fahre.«

Ich gehorche wortlos und folge Julien zum Parkhaus. Ich zahle für die Parkzeit und setze mich auf den Beifahrersitz. Im eigenen Wagen ist so etwas immer komisch.

Julien fährt gut. Ich lasse mich wiegen. Es ist nicht wirklich weit bis zu ihm, also sind wir bald da. Er ist zu Fuß zum Pub gelaufen. Als wir schließlich seine Wohnung betreten, kommt uns seine Frau lächelnd entgegen.

»Thibault!«, ruft sie, jedoch gedämpft, sicher, weil die Kleine schläft.

»Guten Abend, Gaëlle«, antworte ich lächelnd. »Tut mir leid, dass ich euch so überfalle.«

»Du brauchst dich doch nicht zu entschuldigen.« Sie küsst mich auf die Wangen. »Julien hat mich vorgewarnt. Ich habe dir sogar schon das Bett in Claras Zimmer fertig gemacht. Du darfst nur nicht zu laut schnarchen, und, tut mir leid, aber gegen 4 Uhr morgens wirst du geweckt, da bekommt sie ihr Fläschchen.«

»Macht nichts, sie ist doch meine kleine Prinzessin, ich nehme es ihr nicht übel. Aber … Julien hat dich vorgewarnt?« Ich wende mich Julien zu. »Wann hast du das gemacht?«

»Per SMS auf meinem Handy, während du in meinen Armen weintest.«

»Du Schuft, du hast dich nicht mal auf mich konzentriert!«

»Du warst drauf und dran, meine Jacke zu ruinieren, da musste ich schnell eine Lösung finden.«

»Wenn ihr dann irgendwann fertig seid mit euren Frotzeleien«, unterbricht uns Gaëlle, »da sind noch Reste in der Küche. Thibault, ich hab dir ein Handtuch rausgelegt, falls du duschen möchtest.«

»Danke, Gaëlle, das ist wirklich nett.«

»Du würdest das Gleiche für uns tun«, antwortet sie.

»Trotzdem danke.«

Ich ziehe meine Jacke und die Schuhe aus, während sie sich rasch küssen und zwei, drei Infos über die Kleine austauschen. Gaëlle sagt mir, ich dürfe zu Clara ins Zimmer gehen und meine Sachen abstellen, sie schlafe noch nicht.

Als ich ins Zimmer komme, betrete ich eine andere Dimension. Früher war es Juliens Arbeitszimmer; er hat alles daraus ins Wohnzimmer geräumt, und zwar so gründlich, dass das Bettsofa hierher umziehen musste. Im Wohnzimmer steht nur noch eine Art Bank, weil man dort gar keine ganze Matratze mehr ausklappen könnte. Ihre Wohnung ist nicht groß, trotzdem haben sie ihrer Tochter einen besonderen Raum geschaffen.

Ich beuge mich über das Gitterbettchen, sodass Clara mich wie einen Außerirdischen ankommen sieht. Sie bewegt leicht die Finger und zeigt mir ihr Engelsgesicht. Gaëlle und Julien haben sie wirklich gut hingekriegt.

Ich wende mich von meiner kleinen Prinzessin ab und schaue mich um. Das Sofa ist ausgeklappt, und Decke und Kopfkissen sehen richtig gemütlich aus. Sie wirken viel einladender auf mich als das baggernde Mädel gerade im Pub. Ich gehe leise aus dem Zimmer und schließe die Tür hinter mir. Gaëlle sitzt im Wohnzimmer und sieht fern, Julien erwartet mich in der Küche.

Ich habe Hemmungen, mich an den Tisch zu setzen, aber jetzt, wo die Tränen geflossen sind, merke ich, wie furchtbar hungrig ich bin. Während des Essens reden wir über alles und nichts. Natürlich auch viel über Clara, aber das ist nur logisch, dein Kind wird zu deiner absoluten Priorität. Als Julien und ich den Tisch abräumen, kommt Gaëlle und sagt uns, sie wolle jetzt ins Bett. Sie müsse um 4 Uhr aufstehen, weil die Kleine dann nach ihrem Fläschchen weine. Ich biete ihr an, es zu übernehmen, damit sie schlafen kann.

»Das würdest du tun?«

»Aber gern. Ich muss doch ein Muster-Pate sein, oder?«

»Super, vielen Dank! Dann könnten wir alle beide eine ganze Nacht durchschlafen.«

»Gut, und wo steht der ganze Kram?« Ich sehe mich in der Küche um.

»Es ist alles da.« Sie zeigt auf eine Ecke der Arbeitsfläche. »Du musst nur das da im Wasserbad aufwärmen.«

Gaëlle küsst uns auf die Wange und geht ins Schlafzimmer. Ich sage Julien, dass ich erst noch duschen will.

Das warme Wasser tut mir unheimlich gut. Ich lasse es ziemlich lange laufen, obwohl ich weiß, dass es nicht gut für unsere Erde ist. Es ist wirklich eine Ausnahme, und außerdem geht es mir nicht so besonders, insofern kann mir die Erde heute …

Als ich aus dem Bad komme, verabschiedet sich auch Julien ins Bett. Ich sitze noch ein bisschen vor dem Fernseher, dann schalte ich alles aus. Ich habe nicht einmal ein Buch dabei, aber ich bin mir sowieso nicht sicher, dass ich Lust zu lesen habe.

Leise gehe ich in Claras Zimmer und schlüpfe unter die Decke. Bei der Berührung mit den Laken wird mir eiskalt. Es ist wunderbar, wenn jemand da ist und sie aufwärmt, aber ich habe keinen solchen Jemand, und ich frage mich wieder einmal, ob ich bereit bin, diesen Jemand zu suchen.

Durch die beiden halb offenen Türen höre ich Julien und Gaëlle leise sprechen. Dann höre ich Laken rascheln. Ich glaube, ich habe ihnen viel mehr als nur einen vollständigen Nachtschlaf ermöglicht. Es macht mir nichts aus zu wissen, dass sie sich im Zimmer nebenan lieben. Ich weiß, dass sie gerade einen wunderbaren gemeinsamen Moment erleben.

Ich schlafe ein, doch um 2 Uhr morgens liege ich wieder mit weit offenen Augen da. Unter größtmöglicher Geräuschvermeidung wälze ich mich im Bett herum. Mein Krankenhausbesuch dreht sich in meinem Kopf wie Wäsche in einer Waschmaschine. Langsam vergehen die Minuten bis zu dem Augenblick, in dem ich Clara unruhig werden höre. Ich gehe in die Küche, wärme das Fläschchen auf und komme dann mit dem Stillkissen zurück.

Ich weiß nicht, wer sich das ausgedacht hat, aber es wirkt Wunder in Sachen Muskelschonung, während das Baby nuckelt. Als ich Clara zum ersten Mal ohne dieses Ding das Fläschchen gegeben habe, habe ich mir wirklich einen abgebrochen.

Vorsichtig nehme ich Clara aus dem Bett, bevor sie richtig zu weinen anfängt, und bringe sie zwischen mir und dem Kissen unter. Ich bin wieder in meinem Bett, jetzt mit dem Rücken an die Wand gelehnt, um es bequemer zu haben. Sie nimmt den Sauger in ihren kleinen Mund. Das Geräusch des Nuckelns wirkt auf mich wie ein langsames Wiegen. Als sie fertig ist, stelle ich das Fläschchen neben uns ab. Und dann schlafen wir ein, einer im Arm des anderen.

5

ELSA

Ich frage mich, wie lange es dauert, bis ich noch etwas anderes kann als nur hören. Ich frage mich, ob ich eines Tages richtig aufwache. Ich weiß, dass ich nach Meinung der Ärzte nicht einmal richtig imstande bin, selbstständig zu atmen. Ich weiß, dass sie regelmäßig Tests durchführen, und ich weiß, dass ich nur wenige Stunden durchhalte, bis sie mich wieder für zu schwach halten, um allein weiterzuatmen. Die Mechanik des Körpers ist wirklich etwas Spezielles. Aber auch etwas Wunderbares. Wie ist es möglich, dass ich weiteratmen kann, und sei es nur für wenige Minuten, wo ich doch absolut nichts spüre?

Wenn ich aus diesem Koma rauskomme, ist auch das noch etwas, wonach ich fragen muss. Er wird einiges auszuhalten haben, dieser Arzt, der mich nur einmal in der Woche besucht. Das wird ein echtes Verhör.

Wir haben Samstag. Es ist drei Tage her, dass meine Schwester mich besucht hat, und es bleiben noch vier, bis sie wiederkommt. Vielleicht kommen meine Eltern heute vorbei, immerhin war am Mittwoch mein Geburtstag.

Und der war richtig nett. Ich konnte meinen Freunden zuhören, die schon ziemlich lange nicht mehr hier gewesen waren. Ich konnte mir vorstellen, wie sie meinen Kuchen aßen, meine Kerzen auspusteten und mein Geschenk auspackten. Und ich konnte jemand Neuen kennenlernen.

Thibault. Ich habe seinen Vornamen behalten. Seltsam, ich hatte Angst, ihn zu vergessen. Dabei ist mein Gedächtnis von meinem vegetativen Zustand überhaupt nicht betroffen, aber ich hatte trotzdem Angst. Und zum ersten Mal seit sechs Wochen habe ich meinen Unfall nicht noch einmal im Traum durchlebt. Ich habe auch sonst keinen besonderen Traum gehabt. Es war nur einfach dunkel und tief. Das reicht wohl, um zu sagen, dass es erholsam war.

Heute Morgen ist wie jeden Morgen die Pflegehelferin gekommen, um mich zurechtzumachen. Sie hat mich fast ganz gewaschen. Sie hat mir die Haare gemacht, jedenfalls hoffe ich, es ist nicht ein furchtbarer Wust daraus geworden. Sie sind eigentlich leicht zu frisieren, aber wahrscheinlich ist es nicht so einfach, sich um einen passiven Körper zu kümmern. Ich habe gehört, wie sie sie bürstete, aber was danach kam, weiß ich nicht so genau. Es ist manchmal schwer herauszufinden, was die Leute rings um mich treiben. Man bräuchte Vergleichsmöglichkeiten. Da ich mich überhaupt nicht mehr daran erinnern kann, wie es sich anhörte, wenn meine Mutter mich frisierte, kann ich auch nicht sagen, was die Pflegehelferin gemacht hat. Aber dafür weiß ich, dass sie vergessen hat, meine Lippen einzufetten, denn ich habe das klebrige Reiben des Pflegestifts nicht gehört. Vierundzwanzig Stunden, das ist nicht dramatisch, es ist ja nicht so, dass ich mit jemandem plaudern müsste, aber dennoch: Meine Lippen sind mir wichtig.

Bei der Arbeit verbrauchte ich mindestens einen Stift pro Monat. Manche greifen auf der Straße nach ihrem Handy wie nach einem Rettungsring, ich zücke in den Bergen mindestens jede Stunde den Lippenbalsam. Sonst ist die Haut rings um meinen Mund wie Pappe, und das fühlt sich unangenehm an.

Für wen?, könnte man mich fragen. Für mich. Weniger für die Männer, die ich küsste, eher weil ich sie küsste. Die gegenseitige Berührung von Lippen ist ein wahres Wunder. Ich küsse einfach gern, ich kann nichts dafür. Aber ich trage niemals Lippenstift, nicht einmal bei besonderen Anlässen. Das stumpft die Sinne ab.

Und heute hat die Pflegehelferin es vergessen. Ich glaube, auf dem Korridor ist nach ihr gerufen worden. Sie hat sich beeilt und ist dann weggerannt. Seither höre ich nur noch die üblichen Geräusche eines Krankenhaus-Nachmittags. Am Samstag bekommen viele Besuch. Nur ich nicht.

Ah, doch. Pardon, da habe ich etwas Dummes gesagt. Ich höre die Klinke meiner Tür. Ich erkenne den Gang meiner Mutter und den etwas schwereren meines Vaters. Sie reden leise miteinander. Das gefällt mir nicht. Sie klingen, als kämen sie aus einer Leichenhalle. Am liebsten würde ich schreien, dass ich immer noch da bin, lebendig, bei ihnen, aber sie reden weiter, so leise, als sollte ich sie nicht hören.

»... berechtigt, sich die Frage zu stellen. Es sind jetzt schon fast fünf Monate, Henry.«

»Wie kannst du es wagen, so etwas zu sagen?«

Das zornige Knurren meines Vaters sticht sogar aus seinem Gemurmel heraus.

»Ich versetze mich in ihre Lage«, erwidert meine Mutter. »Was würde ich über all das denken? Würde ich weitermachen wollen?«

»Wie willst du dir ihre Lage vorstellen können?«

»Ich versuche es! Und hör auf, mir zu widersprechen, bloß um mich zu ärgern!«

»Ich suche nach Gründen dafür und dagegen. Wir reden über das Sterben unserer Tochter. Nicht über die Farbe eines neuen Teppichs!«

Wenn ich spüren könnte, wie das Blut durch meine Adern fließt, dann hätte ich es jetzt stocken gespürt. Allein schon, weil mein Vater mich gerade mehr oder weniger verteidigt hat. Und dann, weil meine Eltern darüber nachdenken, meine elektronische Lebenshilfe zu stoppen.

»Aber vielleicht atmet sie ja dann weiter«, sagt meine Mutter vorsichtig.

»Es wird sein wie sonst auch, nach zwei Stunden wird sie anfangen zu ersticken.«

»Vielleicht will sie nicht länger kämpfen?«

»Hör auf, für sie zu denken«, gibt mein Vater zurück. »Du weißt gar nichts.«

»Henry!«

»Was?«

»Denk wenigstens ernsthaft darüber nach!«

Ein kurzer Moment des Schweigens. Ich weiß nicht, ob mein Vater mit einer Geste geantwortet hat oder ob er noch grübelt.

»Na gut, ich werde darüber nachdenken, aber nicht heute.«

Vor ihrem weiteren Gespräch ergreife ich entschlossen die Flucht. Ich bin anderswo. Ich fantasiere, deliriere fast, ganz allein mit meinen Gedanken. Wenn man nur mit sich selbst spricht, kann man leicht den Verstand verlieren. Aber wenn man den anderen zuhört, entsteht manchmal noch mehr Chaos in den eigenen Gedanken.

Die Anwesenheit meiner Eltern wird mir erst wieder bewusst, als sie aufstehen, um wegzugehen. Ich sollte mal damit aufhören. Diese Menschen kommen hierher, um mich zu sehen, um mir etwas zu sagen. Vielleicht hoffen sie, dass ich ihnen zuhöre. Mindestens bei meiner Schwester ist es so. Und ich schenke ihnen nur fünf Minuten Aufmerksamkeit, vier zu Beginn, eine am Schluss. Aber letzten Endes ist es mir egal. Sie wissen ja nichts davon.

Meine Eltern verlassen das Zimmer. Ich habe nicht einmal einen Kuss bekommen, oder aber er war so leicht, dass ich ihn nicht hören konnte.

Ich mache mich darauf gefasst, wieder allein mit mir zu sein, da quietscht wieder der Türgriff. Meine Mutter hat sicher einen Schal oder so etwas vergessen. Aber es ist nicht ihr Gang, auch nicht der meines Vaters. Er ist leichter und zugleich zögernder. Meine Schwester kann es nicht sein, die hätte sich sofort bemerkbar gemacht. Vielleicht ist es die Pflegehelferin, die ihre Arbeit vom Morgen zu Ende bringen will. Wer weiß, vielleicht ist ihr eingefallen, dass sie meine Lippen nicht eingefettet hat.

»Guten Tag, Elsa.«

Die leisen Wörter treffen wie eine Brise auf meine Ohren. Und mit der Macht eines Unwetters taucht sein Vorname in meinem Geist auf. Thibault. Er ist wiedergekommen. Ich weiß nicht, warum. Ich habe Lust zu glauben, dass er einfach Lust dazu hatte. Wie auch immer, er ist da, frischer Wind für mich, selbst wenn er nur zum Schlafen gekommen sein sollte.

»Es riecht immer noch so nach Jasmin in diesem Zimmer. Aber wer legt dir diesen Duft auf?«

Die Pflegehelferin, hätte ich ihm gern gesagt, mit dem Fläschchen ätherisches Öl, das meine Mutter ihr gegeben hat. Vielleicht war sie ein bisschen zu großzügig.

»Macht nichts, es riecht ja eher gut.«

Ich höre ihn eine Jacke ausziehen, ich höre ihn sogar die Schuhe aufschnüren. Er hat die Absicht, es sich bequem zu machen, was bedeutet, dass er bleiben wird. Ich würde gern vor Freude in die Luft springen.

Die Schuhe werden in eine Ecke gestellt, die Jacke hinter mir über ein Möbel gehängt. Auch noch ein Pulli oder ein Sweatshirt. Es muss warm sein in meinem Zimmer. Einige Augenblicke darauf erhalte ich die Bestätigung.

»Mensch, ist das heiß hier! Ich setz mich im T-Shirt hin, du hast doch nichts dagegen? Keine Sorge, weiter ziehe ich mich nicht aus, man muss ja höflich bleiben.«

Ich höre ihm gierig zu, obwohl es mir schwerfällt, sein Verhalten, seine Art, seine Anwesenheit zu verstehen. Warum ist er wiedergekommen?

»Du fragst dich bestimmt, wieso ich hier bin, nicht? Ich habe meine Mutter hergefahren, sie besucht meinen

Bruder. Er liegt in Zimmer 55, ich weiß nicht, ob du dich noch erinnerst. Eigentlich weiß ich nicht, weshalb du dich überhaupt an irgendetwas erinnern können solltest. Wahrscheinlich kannst du mich auch nicht hören, und wenn ich deinen Arm berühren würde, würdest du nichts spüren. Verdammt, ich rede da gerade ins Leere … Was ist bloß in mich gefahren?«

Ich verstehe seine Verwirrung, aber ich würde ihn trotzdem gern ohrfeigen, um wieder für Ordnung in seinem Kopf zu sorgen, und ich würde ihm gern sagen, dass er weitersprechen soll. Hat ihm denn niemand gesagt, dass man mit Leuten, die im Koma liegen, sprechen soll?

»Ich verstehe nichts vom Koma«, redet er plötzlich weiter. »Ich hab nie wen gekannt, der im Koma lag, und ich bin auch nicht besonders scharf drauf. Ich meine, ich hätte gehört, man könne mit den Leuten reden, also werde ich's tun. Aber ich habe nicht die geringste Hoffnung, dass du mich hörst. Was vielleicht gar nicht schlecht ist, eine kostenlose Psychotherapiesitzung mit der Gewissheit, dass niemand etwas von dem ausplaudern wird, was ich sage. Aber vorher mache ich das Fenster auf, ich friere zwar leicht, aber jetzt ist mir total heiß. Ich bitte dich nicht um Erlaubnis, du könntest sie mir ja doch nicht geben.«

Ich bin angenehm überrascht. Zum ersten Mal legt jemand mir gegenüber keine herablassende Rücksicht an den Tag. Normalerweise machen alle, die mich besuchen, Kopfstände, um höflich, nett und überaus zuvorkommend zu sein. Thibault ist der Erste, der meint, da ich fast im Zustand der Vegetation sei, brauche man auch keine besonderen Umstände zu machen, um in meinem Zimmer bleiben zu dürfen.

Ich höre, wie das Fenster aufgeschoben wird. Jetzt muss die kalte Luft eindringen. Ich stelle mir vor, ich fröstele.

»Brrr! Hier will ich aber auch nicht sitzen!«, ruft Thibault. »Aber hier lässt es sich aushalten«, fügt er hinzu und zieht einen Stuhl auf die linke Seite meines Betts.

Ein leicht ersticktes Klingeln.

»Scheiße! Ich hab mein Handy nicht ausgestellt. Entschuldige, ich geh dran. Auch wenn es dir total egal ist.«

Ich möchte lachen. Und plötzlich möchte ich weinen. Oder eher, ich möchte, dass mein Körper imstande ist zu weinen. Keine Trauer, keine Freude. Thibault ist auch der Erste seit sechs Wochen, der in mir die Lust zu lachen geweckt hat. Das ist selbst dem Moderator im Radio der Putzfrau mit all seinen blöden Witzen nicht gelungen.

Kaum hat er angenommen, da höre ich, wie er sich in einen Umweltberater verwandelt.

»Was erzählst du da? Nein, das Projekt ist doch noch gar nicht abgesegnet! Die Wasserbehörde hat sich noch nicht drum gekümmert … Ja, ich weiß, dass uns bei Windkraftprojekten die Wasserbehörde normalerweise sonst wo vorbeigeht, aber so steht es nun mal im Gesetz … Was, deine Vorgesetzten machen dir Druck? … Siehst du, es ist ihnen völlig egal. Na und? … Ah … Hör mal, entspann dich, heute ist Samstag. Bis Montag wird die Welt nicht untergehen, es sei denn, ein durchgeknallter Diplomat lässt zum Spaß eine Atombombe hochgehen. Dann hätten wir zwei Monate zu früh Karneval. Jedenfalls würde sich dann niemand mehr um das Windkraftprojekt kümmern. Also atme erst mal durch, und wir kümmern uns Montagmorgen zusammen darum. Wenn du willst, komme ich ein bisschen früher. Das wäre dir eine Beruhigung? … Na gut, dann sagen wir 7 Uhr. Aber das mach ich nicht umsonst, so früh aufstehen … Hm, weiß ich auch nicht … Einen Birnensaft? O ja, gern!«

Thibault fängt an zu lachen. Mir ist, als hätte ich nie etwas Schöneres gehört. Sofort beginne ich im Geist dieses Lachen zu zeichnen. Ich denke es mir als funkelnde Flamme mit goldenen Flügeln, die sich, von seiner Stimme gelenkt, nach oben und unten bewegen. Mit jedem Ausbruch des Lachens wird das Schwarz, das mich umgibt, ein wenig heller. Für einen Augenblick klammere ich mich an diese Flügel. Als er zu lachen aufhört, verlöschen wir, die Flamme und ich. Thibault setzt das Gespräch fort.

»Also dann bis Montag, 7 Uhr!«

Er legt auf und tippt auf seinem Handy herum.

»So, jetzt ist es aus und kann uns nicht mehr stören. Das heißt, es kann *mich* nicht mehr stören.«

Ich höre, wie er das Handy in die Tasche seiner Jacke steckt und sich wieder auf den Plastikstuhl setzt.

»Diese Stühle sind wirklich sehr unbequem. Die könnten hier doch was Gepolstertes hinstellen. Dir ist das natürlich egal, aber für die Leute, die dich besuchen, wäre es besser. Vielleicht würden sie dann auch länger bleiben.«

Was mir Thibault da erklärt, ist gar nicht so dumm, aber ich bezweifle, dass er sich die Zeit nimmt, es auch dem Klinikpersonal zu sagen.

»Ich bin sicher, wenn du darauf säßest, würdest du genauso darüber denken. Wir probieren es irgendwann mal aus, wenn du willst. Oder eher, wenn du kannst. Ich kann mir gar nicht vorstellen, wie ich es das letzte Mal fertiggebracht habe, darauf einzuschlafen!«

Er rutscht auf seinem Stuhl tiefer und legt seine Füße auf mein Betttuch. Einige Augenblicke später atmet er tief und regelmäßig. Aber wie schafft er es, derart schnell einzuschlafen? Seine Nächte müssen ja wunderbar sein! Oder aber im Gegenteil, und am Nachmittag versucht er, Schlaf nachzuholen.

Jedenfalls höre ich ihm, wie beim ersten Mal, beim Schlafen zu. Lange.

Ich höre auch dem Wind zu. Nicht sehr weit von meinem Zimmer entfernt muss ein Baum stehen. Meine Schwester hat mir im Herbst die Farbe der Blätter beschrieben. Vielleicht sind es genau diese Blätter, die jetzt fallen. Ich würde gern das Knirschen auf den Kieswegen und die Gespräche draußen hören, aber ich liege im fünften Stock. Ich würde gern Verkehrslärm und Hupen hören, aber das ist, wie jeder weiß, in der Nähe von Krankenhäusern verboten.

Mir ist kalt.

Nein. Was erzähle ich da? Mir kann nicht kalt sein. Ich habe mir nur gerade *vorgestellt*, mir wäre kalt.

Vielleicht schlafe ich zwischendurch ein. Ich kann

es nicht wirklich wissen, weil ich immer dasselbe höre. Den Wind und Thibaults fließenden Atem. Ich möchte, dass er aufwacht und wieder so wenig gönnerhaft mit mir spricht. Einige Augenblicke später erfüllt sich mein Wunsch, ich höre, wie er sich regt.

»Argh … Das ist wirklich nicht angenehm.«

Wahrscheinlich reibt er sich die Augen, während er sich streckt und die Füße von meinem Bett nimmt.

»Nächstes Mal bringe ich mir ein Kissen mit!«

Er will wiederkommen. Wenn ich doch vor Freude schreien könnte.

»Und ich lasse beim nächsten Mal das Fenster zu. Du hast wahrscheinlich nichts gespürt, aber es ist echt eisekalt! Ich zieh mir noch was an, bevor ich es zumache.«

Das Fenster wird zugeschoben. Der Wind bringt das Laub nicht mehr zum Tanzen.

»Meine Mutter fragt sich bestimmt schon, wo ich stecke. Vor allem, wo ich ihr doch gesagt habe, sie soll mich anrufen. Ich Idiot!«

Er sucht sein Handy und schaltet es wieder ein. Ein Klingelton zeigt eine Nachricht an.

»Ja, so ist es. Sie erwartet mich. Erst seit zwei Minuten. Glück gehabt! Na gut, ich muss los.«

Er schnürt sich die Schuhe zu, zieht die Jacke an und dann die Handschuhe. Dieses Geräusch kenne ich gut, ich habe es so oft mit meinen eigenen Händen erzeugt, dass ich es problemlos erkenne. Thibault kommt näher, ich weiß, dass er kommen wird und freue mich schon darauf.

»Komm her, du kriegst einen Kuss. Na ja, sozusagen.«

Wie am ersten Tag schiebt er die Kabel, die mich mit meinen elektronischen Helfern verbinden, zur Seite. Sein Kuss ist kaum länger als beim vorigen Mal, und ich orte ihn etwa auf der Mitte meiner Wange. Er ist der Einzige, der es wagt, diesen ganzen Kram wegzuschieben.

»Deine Wangen sind kühl. Vielleicht hätte ich dieses Fenster nicht aufmachen dürfen. Aber … Das sind doch keine Lippen mehr, die du da hast!«, ruft er plötzlich und richtet sich auf. »Das reinste Zeitungspapier! Verdammt noch mal, diese Krankenschwestern werden doch schließlich dafür bezahlt, oder?«

Er entfernt sich, ich höre die Schranktüren klappen.

»Die lassen wirklich nichts hier! Mein Bruder hat die Lippen einer botoxgeschönten amerikanischen Schauspielerin, und du wirst vergessen? Das ist doch nicht normal! Jeder würde sie küssen wollen, deine Lippen!«

Und dann tritt plötzlich Stille ein. Ich habe den Eindruck, jemand hat die Tonspur mit einer Schere durchgeschnitten, aber nein, ich höre ein wenig Krach auf dem Korridor. Ich frage mich, warum Thibault so abrupt verstummt ist. Vielleicht hat er den Lippenbalsam gefunden.

»Ich nehme meinen.«

Nein, er hat ihn nicht gefunden. Und seltsamerweise hat sich seine Stimme verändert. Sie ist weniger dynamisch, tiefer. Fast verlegen.

»Voilà. So ist es besser. Ich habe noch nie jemandem Lippenbalsam aufgetragen. Ich habe meinen Exfreundinnen auch noch nie Lippenstift aufgetragen, also sagen wir mal, es ist in Ordnung. Und selbst wenn es dir so nicht recht ist, ändert das nichts.«

Mit einem leisen Klacken wird der Stift wieder geschlossen.

»Ich geh jetzt. Bis bald mal? Pfff … Du antwortest mir ja doch nicht. Dann stelle ich mir eben vor, wie du mir sagst, ich solle mich mal wieder blicken lassen, so geht's doch auch. Dann brauche ich meinem besten Freund nicht zu erklären, ich hätte dich noch einmal besucht und wüsste selbst nicht, warum.«

Damit schweigt er. Ich höre ein Seufzen. Ich nehme es als ein Auf Wiedersehen. Ich stelle mir vor, er lächelt. Ich hoffe, er tut es ehrlich und ohne Traurigkeit. Die Schritte entfernen sich, der Türgriff quietscht, die Tür schließt sich.

Wenn doch schon nächste Woche wäre.

6

THIBAULT

»Wo warst du?«

»Irgendwo hier in der Gegend.«

»Ach.«

Meine Mutter senkt den Kopf und sieht ihre Schuhe an. Sie müsste sie inzwischen auswendig kennen, wenn man bedenkt, wie oft sie sie seit einem Monat ansieht.

»Was hast du gemacht?«

»Ich habe geschlafen.«

»Tatsächlich?«

»Ja.«

Ich habe nicht gelogen, aber ich weiß, dass das kleine Verhör noch ein wenig dauern wird. Ich muss jedes Wort abwägen, damit ich nicht irgendwann die ganze Wahrheit auspacken muss.

»Du hast hier einen Ort gefunden, wo man schlafen kann?«, fragt sie verwundert.

»Ja, einen ruhigen Ort.«

Auch jetzt habe ich nicht gelogen. Ich habe sogar eine zusätzliche Info geliefert, in der Hoffnung, dass sie es dann genug sein lässt, und tatsächlich, so ist es.

Meine Mutter stellt gern Fragen, aber sie resigniert auch relativ schnell. Ich weiß nicht, ob es Resignation ist, was sie im Hinblick auf meinen Bruder empfindet. Im

Grunde weiß ich überhaupt nicht, was sie empfindet, außer dieser Traurigkeit, die aus jeder ihrer Gesten, jedem ihrer Blicke spricht. Ich finde mich erbärmlich. Meine Mutter ist neben mir in äußerster Not, und ich tue nicht mehr für sie, als dreimal in der Woche bei ihr zu übernachten. Sie tut auch nichts für mich, aber die Erwartung, dass sie sich in einem solchen Moment auch noch um mich kümmert, wäre ja auch verdammt egoistisch. Also fasse ich mir ein Herz.

»Wie geht es dir?«

Meine Frage überrascht sie, sogar so sehr, dass sie stehen bleibt, obwohl wir nur noch vier Meter vom Auto entfernt sind.

»Warum fragst du mich das?«

»Wurde doch allmählich Zeit, dass ich es tue, oder? Also: Wie geht es dir?«

»Schlecht.«

»Ja, das hab ich mir schon gedacht. Aber ich will Einzelheiten, Maman.«

Sie sieht mich an, als wollte sie in einer Werbung den Betrug herausfinden. Wie damals, als ich acht war und sie hinter meiner Engelsmiene zu erkennen versuchte, was ich ausgefressen hatte.

»Dein Bruder ist ein Sonntagsmörder, aber er ist immer noch mein Sohn.«

Da habe ich meine kalte Dusche bekommen. Ihr Ton ist so neutral wie nur was. Die ganze Zeit glaubte ich, sie sei schwach und wisse nicht, wohin mit ihren Gefühlen. Ich habe mich kläglich getäuscht. Meine Mutter ist der stärkste Mensch, den ich kenne, sie hat nur ein bisschen zu nah am Wasser gebaut.

»Und was ermöglicht es dir, beides miteinander in Einklang zu bringen?«, frage ich.

»Meine Liebe zu ihm, die genauso groß ist wie die Liebe zu dir.«

»Und das reicht, um ihm zu verzeihen?«

»Es ist nicht an mir, ihm zu verzeihen, was auch immer …«

Das Weitere kenne ich schon auswendig, weil ich es schon oft gehört habe.

»Weil es nicht an dir ist zu urteilen«, vervollständige ich ihren Satz.

Sie nickt.

»Wir haben nicht das Recht zu urteilen, weder du noch ich. Dein Bruder hat schon genug damit zu tun, über sich selbst zu urteilen. Und obwohl ich euch eure ganze Kindheit hindurch gesagt habe, ihr solltet nicht über euch urteilen, finde ich es zugegebenermaßen eher gut, dass er so viel Zeit zum Nachdenken hat. Ich bin für ihn da, wenn er mich braucht. Es tut mir nur sehr leid, dass meine Erziehung nicht streng genug war, um ihm klarzumachen, dass er vor einem Monat nicht hätte fahren dürfen.«

»Bei mir hat es funktioniert.«

»Bei ihm nicht«, seufzt sie.

»Mach dir keine Vorwürfe!«

»Ich mache mir keine Vorwürfe. Es tut mir nur leid, dass zwei jungen Mädchen das Leben gestohlen wurde.

Dein Bruder ist jetzt erwachsen. Er muss mit seinem Gewissen zurechtkommen.«

Sie geht weiter und bleibt neben der Beifahrertür stehen. Ich folge ihr und entriegele den Wagen. Ihr Kopf ist über dem Wagendach zu sehen.

»Und warum weinst du dann so viel?«, frage ich, ohne sie anzusehen.

»Weil es meinem Sohn nicht gut geht.«

»Er ist selbst schuld!«, gebe ich zurück.

»Gewiss, aber es geht ihm nicht gut, und es ist meine Aufgabe als Mutter, für ihn da zu sein.«

»Also wirst du ihn bis zu seiner Verhandlung besuchen und sogar dann noch damit weitermachen, wenn er im Gefängnis sitzt?«

Zorn steigt in mir auf, mein Ton wird aggressiver.

»Ja«, sagt sie leise.

Sie öffnet die Tür und setzt sich in den Wagen. Ich stehe noch draußen, die Hand auf dem Türgriff. Ich atme tief durch, um mich zu beruhigen, und steige dann ebenfalls ein.

»Du wirst es verstehen, wenn du selbst Kinder hast«, sagt sie, als ich neben ihr sitze.

»Im Augenblick habe ich keine.«

»Im Augenblick …«, wiederholt sie.

Damit ist das Gespräch beendet. Meine Nerven sind angespannt. Aber zum ersten Mal gibt es etwas Positives, meine Mutter weint nicht. Ich nehme an, unser Meinungsaustausch hat sie erschüttert. Und sie kann sich gar nicht vorstellen, wie sehr er mich erschüttert hat.

Eine Viertelstunde später setze ich sie vor ihrer Haustür ab und erkläre, ich würde für einige Nächte in meiner Wohnung bleiben. Sie nimmt es ohne sichtbare Gefühlsbewegung hin. Mir ist, als hätte ich einen leeren Körper nach Hause gebracht. Letzten Endes war es mir fast lieber, wenn sie weinte.

Ich komme völlig durchgefroren zu Hause an. Die Heizung in meinem Wagen hat ihre Macken, und heute hat sie völlig gestreikt. Ich stelle mich unter eine kochend heiße Dusche, um mich wieder auf Umgebungstemperatur zu bringen, und komme krebsrot wieder heraus. Im Spiegel sieht mein Haar immer noch wüst aus. Aber ich weiß, es wäre vergebliche Mühe, es zähmen zu wollen.

Dann nehme ich den Rasierer und mache mich an meinen kleinen Dreitagebart. Es gehört nicht zu meinen Gewohnheiten, mich samstags zu rasieren. Im Allgemeinen mache ich es eher montags vor der Arbeit. Aber jetzt ist mir danach.

Vor allem wohl, weil ich in meiner inneren Erregung meine Hände beschäftigen will. Denn kaum bin ich mit Rasieren fertig, fange ich an, die Wohnung zu putzen.

Ich denke über das nach, was meine Mutter mir gesagt hat. Du wirst es verstehen, wenn du selbst Kinder hast. In all meiner augenblicklichen Unsicherheit ist das wirklich das Einzige, worin ich mir sicher bin. Ich will Kinder. Claras Geburt hat mich endgültig davon überzeugt. Sie hat sogar meine Freunde davon überzeugt, die verzweifelt darauf warten, dass ich endlich eine verwandte Seele finde. Wenn sie nur einsehen wollten, dass ich noch nicht nach ihr suche …

Als ich neulich bei Julien übernachtete, bin ich mit Clara in den Armen eingeschlafen. So fand uns Gaëlle gegen 8 Uhr morgens. Sie fotografierte uns beide sogar, bevor sie uns weckte. Ich habe das Bild auf meinem Handy. Und hüte es wie einen Schatz. So werde ich meiner Patentochter später zeigen können, wie fest ich sie in den Armen hielt, als sie erst einige Monate alt war.

Ich bin inzwischen beim Staubsaugen, deshalb höre ich die Klingel nicht gleich. Erst als ich das düsenjägertaugliche Gebläse abschalte, merke ich, dass jemand Sturm klingelt. Ich ziehe ein T-Shirt über und falle auf dem Weg zur Wohnungstür fast über die Staubsaugerschnur.

»Guten T…? Cindy?«

Vor mir steht meine Ex, ihr blonder Pagenschnitt ist immer noch so exakt, wie ich ihn in Erinnerung habe, und ihre Wespentaille ist noch schmaler geworden. Ich stehe sprachlos und mit halb offenem Mund da, die Hand reglos auf der Klinke.

»Guten Tag, Thibault. Darf ich reinkommen?«

Wie ein Trottel stammele ich unverständliches Zeug und trete schließlich mit einer Handbewegung Richtung Wohnzimmer zur Seite. Cindy geht an mir vorbei und küsst mich auf die Wange. Ich schließe die Tür, immer noch wortlos. Als ich mich umdrehe, zieht sie gerade ihren Mantel und die hochhackigen Schuhe aus. Ich erkenne den Rock, den sie trägt. Die Bluse ist neu, und ich muss zugeben, dass sie ihr sehr gut steht.

Sie merkt, dass ich sie anschaue, und lächelt. Ich komme langsam wieder zu mir und laufe los, um eine Hose anzuziehen.

»Was machst du?«, fragt sie.

»Mich anziehen«, sage ich vom Schlafzimmer aus.

»Du warst schon angezogen«, bemerkt sie.

»Nicht genug, um Gäste zu empfangen.«

»Ich bin's doch nur. Wir haben uns schon nackt gesehen, Shorts reichen also völlig …«

Ich weiß, dass sie recht hat, möchte aber trotzdem lieber eine Hose darüberziehen. Ich sehe eine Jeans über einem Sessel hängen und steige hastig hinein. Als ich ins Wohnzimmer zurückkomme, sitzt Cindy auf dem Sofa und massiert sich die Füße.

»Echte Folterinstrumente, diese Absätze!«, klagt sie.

»Ich habe nie begriffen, warum ihr so was anzieht.«

»Weil es eine hübsche Figur macht. Findest du nicht?«

»Ich …«

»Dabei gefiel es dir, damals als …«

Sie bringt ihren Satz nicht zu Ende. Das ist nicht nötig. Wir kennen das Ende beide. Meine Erziehung zum höflichen und umgänglichen Jungen rettet die Situation, ich stürze in die Küche.

»Möchtest du etwas trinken?«

»Ich nehm gern einen Wein, wenn du welchen hast.«

»Vielleicht irgendwo hinten im Schrank, aber ich kann nichts versprechen.«

»Ach ja, stimmt. Monsieur Fruchtsaft.« Sie lacht.

Ich stöbere in meinen Schränken und finde eine Flasche. Ziemlich sicher stammt sie noch von unserer Trennung, als mein Bruder mich mit einer kleinen improvisierten Party trösten wollte. Ich komme mit zwei vollen Gläsern zurück. Eins ist voll Wein, das andere voll Birnensaft.

»Und was trinkst du?«, fragt sie.

»Das Übliche.«

»Aha.«

Ich frage mich, ob sie sich noch daran erinnert, was ich mochte. Wir haben sehr lange zusammengelebt, aber ich hatte immer den Eindruck, dass sie sehr »allgemein« blieb. Was mir damals durchaus gut passte, aber in der Rückschau denke ich, dem Ganzen mangelte es an Ehrlichkeit. Ich kannte sie bis in den letzten Winkel, aber sie interessierte sich erst dann für Details, wenn es sich nicht mehr vermeiden ließ.

»Na schön … Warum bist du hier?«, frage ich, nachdem ich ihr den Wein gegeben habe.

»Na, du verlierst ja wirklich keine Zeit!« Sie nimmt einen Schluck.

»Du wirst doch zugeben müssen, dass meine Überraschung eher verständlich ist, oder?«

»Da hast du recht. Aber ich wollte nur mal vorbeischauen und fragen, wie es dir geht.«

In meinem Kopf öffnet sich mein Buch-mit-Ihnen-als-Held. Wenn Cindy sehen will, wie es mir geht, siehe Seite 15. Ich bin auf Seite 15, und da steht: »Alarm!«

»Ach so«, erwidere ich ausdruckslos. »Nun, wie du siehst, hat sich nichts geändert.«

Oder fast nichts, füge ich innerlich hinzu, aber ich habe wenig Lust, ihr von meinen Erlebnissen der letzten Tage zu erzählen.

»Wie geht es Julien?«, fragt sie. »Hat Gaëlle schon ihr Baby?«

»Ja, eine kleine Clara. Sie ist wunderbar.«

»Gaëlle oder Clara?«

»Beide.«

Sie nimmt noch einen Schluck Wein und stellt ihr Glas ab. Mein Handy liegt auf dem Tisch, direkt daneben.

»Hier, wenn du sie sehen möchtest«, sage ich und greife danach.

Ich wollte ihr das Handy geben, doch Cindy steht auf und setzt sich neben mich. Ich wische durch eine Reihe von Fotos, bis ich das finde, auf dem Clara und ich uns schlafend umarmen. Sie betrachtet es lange, wortlos, dann sieht sie mich an.

»Sehr hübsch. Ist das lange her?«

»Nur ein paar Tage.«

»Ah, du hast bei ihnen übernachtet?«

Ich nicke. Ich glaube, bei ihr läuft gerade auch ein Buch-mit-Ihnen-als-Held. Meins bleibt beharrlich auf Seite 80: »Bleiben Sie höflich.«

»Und bei dir?«, frage ich, damit das Schweigen nicht zu lastend wird. »Was gibt's Neues?«

»Och, ich hab die Abteilung gewechselt, aber es gefällt mir gut.«

»Welchen Bereich hast du?«

»Den Südwesten.«

»Verdammt weit weg.«

»Ja, aber ich fahre immer noch mal her. Wie an diesem Wochenende. Die Familie und die Freunde besuchen.«

»Gehöre ich zu den Freunden?«

Da hab ich doch gerade für einen Moment von Seite 80 weggeblättert, nämlich zu: »Ärgern Sie sie ein bisschen.« Aber sie scheint meine Frage nicht im Mindesten peinlich zu finden.

»Aber natürlich!«, ruft sie.

»Ach …«

»Wieso, bin ich für dich etwa keine Freundin?«

Das riecht ein bisschen nach der Zehntausend-Euro-Frage. Seite 77: »Seien Sie ehrlich.«

»Es ist etwas heikel zu sagen, du wärest meine Freundin, wenn man bedenkt, welche Vergangenheit wir beide haben und wie wir uns getrennt haben.«

»Bist du mir immer noch böse?«

Ehrlich gesagt, ich weiß es nicht, aber ich habe keine Lust, endlos Erklärungen abzugeben.

»Nein, schon in Ordnung.«

»Warum könntest du mich dann nicht als Freundin betrachten?«

Sie sieht mich mit ihren großen Augen an. Sie hat sie so geschminkt, dass sie noch größer wirken, und ich kann ihr Parfüm riechen. Sie hat noch dasselbe, wenn mein Gedächtnis mich nicht täuscht, denn ich erkenne den Duft, den ich jahrelang eingeatmet habe. Ich rücke ein wenig von ihr ab, um Abstand zu gewinnen. Wann ist sie mir überhaupt so nahe gerückt?

»Na, Thibault? Sag's mir. Warum nicht?«

Ihre Stimme ist zu einem Flüstern abgesunken. Ich nehme ihren Atem wahr und, unter dem Parfüm, den Geruch ihrer Haut. Erinnerungen werden wach, und ich möchte sie gern vertreiben. Doch zugleich …

»Ich … Ich weiß nicht. Es ist … schwierig?«

Ich finde meine Antwort albern, aber eine andere kann ich nicht geben.

Cindy schaut mich eindringlich an, und einen Augenblick lang stehen mir all die Momente vor Augen, in denen sie mich so anschaute. In ihren Augen sehe ich dieselben Erinnerungen aufblitzen, und ihr Buch-mit-Ihnen-als-Held liefert ihr eine schnellere Lösung als meins mir. Im nächsten Moment presst sie ihre Lippen auf meine. Fast reflexartig beantworte ich den Kuss.

Fast.

Ein Teil von mir genießt die Berührung.

Ein anderer würde am liebsten kotzen.

Ich spüre, wie Cindy meine Hand nimmt und an ihre Taille legt, während sie ihre über meinen Rücken wandern lässt. Sie zieht mich an sich. Ich drücke sie abrupt auf das Sofa hinunter.

»Interessant«, murmelt sie und sieht mich voller Verlangen an. »Ich wusste gar nicht, dass du so gern oben liegst.«

»Es gibt eine Menge Sachen, die du nicht über mich wusstest«, erwidere ich kühl.

Ich sehe an ihren Augen, dass mein Ton sie überrascht. Ich rede hastig weiter, bevor mein eigenes Verlangen wieder aufbricht.

»Was treibst du hier, Cindy?«

Sie erstarrt. Darauf hat ihr Buch-mit-Ihnen-als-Held offenbar keine Antwort.

»Nein«, fahre ich fort. »Du brauchst gar nicht zu antworten. Ich hab da schon so eine Vorstellung.«

Ich stehe auf. Cindy liegt noch auf dem Sofa. Ihr Blick hat sich verändert. Sie sieht mich an, als würde sie sich vor mir ekeln. Ich nehme es ihr nicht übel, wahrscheinlich habe ich einen ähnlichen Gesichtsausdruck.

»Geh.«

Sie bleibt stumm, aber sie gehorcht. Ich sehe zu, wie sie ihre Schuhe anzieht, ihre Bluse zuknöpft (wann hat sie sie aufgeknöpft?). Ich gebe ihr ihren Mantel und öffne die Wohnungstür, noch bevor sie ihn anhat.

»Du hast dich verändert«, sagt sie, als sie an mir vorbei hinausgeht.

»Wenn du bloß versucht hättest, mich wirklich kennenzulernen, dann hättest du dir die Mühe dieses Besuchs erspart.«

»Ich habe es zumindest versucht …«

Ich schlage wortlos die Tür hinter ihr zu.

Das »Bleiben Sie höflich« habe ich schon vor einer ganzen Weile vergessen.

Auf dem Tisch stehen noch ihr halb getrunkener Wein und mein Birnensaft, den ich nicht angerührt habe. Ich nehme ihr Weinglas, bringe es in die Küche und entleere es, genau wie die Flasche, in die Spüle. Dann werfe ich beides in das Fach für den Glasabfall, ich habe keine Lust, dieses Weinglas eines Tages wiederzusehen.

Als ich ins Wohnzimmer zurückkomme, wage ich nicht einmal mehr, das Sofa anzusehen. Ich hole eine Decke aus dem Schlafzimmer und breite sie darüber. Schon besser. Ich greife nach der Fernbedienung und stelle den Fernseher ein. Ich schlürfe meinen Birnensaft, ohne wirklich auf die Kommentare des Moderators zu achten.

Es war demütigend.

Und deshalb bin ich nicht auf der Suche.

7

ELSA

Heute ist Montag. Niemand wird mich besuchen. Diese Tage ohne Besuch sind furchtbar lang geworden. Vor allem, seit Thibault in meine spezielle Art Leben getreten ist. Mit ein wenig Glück besucht er vielleicht seinen Bruder oder bringt vielmehr seine Mutter zu ihm. Aber an einem Wochentag hat er möglicherweise keine Zeit, weil er zu lange arbeiten muss.

Ich höre die Pflegehelferin bei ihrer Waschung. Dieses Mal vergisst sie nichts. Ich finde, sie braucht heute sogar ein bisschen sehr lange! Als wollte sie mich für eine Zeremonie oder Gott weiß was vorbereiten. Mit meinen Lippen scheint sie sich besonders zu befassen, als wäre ihr eingefallen, dass sie sie beim letzten Mal vergessen hat.

Schweigend wie bei der ganzen Prozedur kommt sie zum Ende und verlässt den Raum. Einige Minuten darauf wird die Tür geräuschvoll geöffnet und ein Konzert von Stimmen und klackenden Schritten erfüllt mein Zimmer. So viele Leute, ich bin beeindruckt. Warum sind sie alle gekommen?

Ich fange in dem Stimmengewirr einige medizinische Fachausdrücke auf. Wenn zu viele Informationen auf mich einstürmen, kann ich nicht mehr verstehen, was vor sich geht. Aber meine Nase (um es mal so zu nennen) ist fein genug, um den Chefarzt unter seinen Assistenzärzten herauszufinden. Der Chefarzt ist sicher der, der gerade in die Hände geklatscht hat, denn der Lärm beruhigt sich und wird zur Stille.

Dem Atmen nach müssen mindestens fünf Assistenzärzte oder Praktikanten um mich herumstehen. Ich bin ein interessanter Fall für die Lehre! Der Chefarzt steht am Fuß meines Bettes. Er nimmt das Heft, in dem meine »Betriebszustände«, wie ich es nenne, verzeichnet sind. Es hat schon lange niemand mehr etwas hineingeschrieben.

»Das ist also Fall 52«, beginnt der Chefarzt. »Polytrauma, darunter auch ein Schädel-Hirn-Trauma. Schweres Koma seit fast fünf Monaten. Sie können die Einzelheiten hier lesen.«

Na toll, ich bin nicht nur ein interessanter Fall, ich bin jetzt auch eine Nummer …

Offenbar wird das Heft weitergereicht, aber niemand behält es länger als ein paar Sekunden in der Hand. Unter Ärzten scheint die Regel zu gelten, dass man sich kein Blatt zu lange ansehen darf. Vielleicht nervt es sie, diesen ganzen Kram noch einmal durchzulesen, oder sie möchten sich lieber selbst ein Bild verschaffen. Oder vielleicht bringt man ihnen in ihrer Ausbildung auch bei, ein Problem in fünf Sekunden vollständig zu durchdringen. Wenn dem so sein sollte, dürften sie mal ihren Lehrplan überdenken. Ich fände es schön, wenn sich einer von ihnen mehr als fünf Minuten mit Fall 52 befassen würde, vielleicht würde er dann merken, dass ich hören kann.

»Hier Kopien ihrer Hirn-Aufnahmen. Das sind natürlich nur die aussagekräftigsten Bilder. Ich habe Ihnen die herausgesucht, die im Juli bei ihrer Ankunft hier gemacht wurden und die von vor zwei Monaten. Ich bitte um Ihre Kommentare.«

Dieses Mal lassen sie sich ein wenig mehr als fünf Sekunden Zeit. Ich höre sie tuscheln, aber ich vernachlässige die Details. Es ist viel zu fachspezifisch für mich, und ich spüre den Stress, in den sie geraten. Als würden sie mitten in einer Prüfung stecken.

»Nun?«, fragt der Chefarzt. »Was lässt sich sagen?«

Einer der Assistenzärzte zu meiner Rechten ergreift das Wort.

»Ihre Bilder haben sich zwischen Juli und Dezember verbessert?«

»Das stimmt, aber ich hätte mir das ausführlicher gewünscht. Sie müssen immer noch begründen, warum Sie das denken. Bitte geben Sie morgen eine schriftliche Begründung in meinem Büro ab. Da haben Sie heute Abend einiges zu tun.«

Ich höre Protestgemurmel, doch die Assistenzärzte werden schnell wieder ruhig.

»Und außerdem?«, hakt der Chefarzt nach.

»Monsieur?«, ruft ein anderer Assistenzarzt.

»Ja, Fabrice?«

»Können wir offen sprechen?«

»Wir sprechen hier immer offen. Auch wenn wir nicht immer die Wahrheit sagen.«

»Und können wir direkt sein?«, fragt der Assistenzarzt namens Fabrice.

»Unter uns schon«, erwidert der Chefarzt. »Aber in Anwesenheit der Angehörigen wäre das undenkbar. Was man sagt, muss immer auf die Menschen abgestimmt werden, zu denen man es sagt. Jetzt können Sie sprechen, wir hören.«

»Äh … Ist sie hin?«

Ich höre leises Glucksen, aber es hört schnell wieder auf.

»Das war allerdings sehr direkt, Fabrice«, bemerkt der Chefarzt. »Aber Sie haben recht. Nach den Angaben, die Sie vor Augen haben, den Einschätzungen der verschiedenen Ärzte, die sie untersucht haben, und dem Fehlen merklicher Fortschritte in den letzten drei Monaten hat diese Frau um die zwei Prozent Heilungschancen.«

»Nur zwei Prozent?«, fragt der erste Assistenzarzt.

»Für den hypothetischen Fall, dass sie aufwacht, wissen wir nicht, inwieweit ihr Polytrauma ihre Fähigkeiten beeinträchtigt hat. In Anbetracht der betroffenen Bereiche ist da zu denken an das Sprechvermögen, die Motorik der rechten Körperhälfte, an den durch die Nervenschädigung stark eingeschränkten Tastsinn, an die Ateminsuffizienz, die wir bereits festgestellt haben, an …«

Ich zwinge mich, an etwas anderes zu denken. Ich versuche verzweifelt, mich von dem zu entfernen, was der Chefarzt gerade sagt. Ich will kein Wort mehr von ihm hören. Dabei ist Hören das Einzige, was ich noch kann, aber zum ersten Mal wäre es mir lieber, ich könnte es nicht.

Ich klammere mich an flüchtige Gedanken. Der einzige darunter, an dem ich mich wirklich festhalten kann, ist der an Thibault. Ich weiß praktisch nichts über ihn, also habe ich die Freiheit, mir einen Haufen Sachen auszudenken. Ich lasse mich einen Moment lang treiben, doch die Stimme des Chefarztes holt mich schließlich doch wieder ein.

»… also zwei Prozent.«

»Das ist doch quasi null, oder?«, fragt ein Assistenzarzt, den ich bisher noch nicht gehört habe.

»Ja, quasi. Aber wir sind Wissenschaftler, wir machen nichts *quasi*.«

»Das hieße also …«, setzt der Assistenzarzt an.

»Null«, beendet der Chefarzt den Satz.

Im Gang fällt krachend eine Karre um, als wollte sie gegen diese Festschreibung meines Zustands protestieren. Die Assistenzärzte machen sich eifrig Notizen. Der Chefarzt ist sicher sehr mit sich zufrieden. Seine Fallstudie, die von Nummer 52, ist beendet. Er kann zu etwas Neuem übergehen. Aber anscheinend sind wir noch nicht am Ende.

»Was kommt als nächste Etappe?«, fragt er.

»Die Familie informieren?«, schlägt der Assistenzarzt, der sich als Allererster geäußert hat, vor.

»Richtig. Vor einigen Tagen habe ich bereits einen Vorstoß unternommen, damit sie darüber nachdenken können.«

»Was haben sie gesagt? Wenn das keine indiskrete Frage ist …«

»Dass sie darüber nachdenken würden. Die Mutter wirkte eher resigniert, der Vater ablehnend. Derartige Situationen werden Sie noch oft erleben. Es kommt sehr selten vor, dass sich alle Angehörigen einig sind. Es ist fast eine Art natürlicher Abwehr. Man kann nicht leichtfertig davon sprechen, bei einem Komapatienten die lebenserhaltenden Geräte abzuschalten.«

Ich mag die Art nicht, wie der Chefarzt über meine Eltern redet, doch ich muss zugeben, dass er recht hat.

»Ich finde aber, genau das haben wir gerade getan«, höre ich plötzlich wieder den allerersten Assistenzarzt.

Ich spitze die Ohren, mehr noch als eben. Der Einwurf scheint selbst den Chefarzt überrascht zu haben, denn er antwortet nicht gleich.

»Könnten Sie das näher erklären, Loris?«, sagt er schließlich in bemüht neutralem Ton, in dem jedoch deutlich eine gewisse Schärfe mitschwingt.

»Die Begriffe, die wir gerade verwendet, die Vergröberungen, die wir vorgenommen haben. Sie sagen, man dürfe nicht leichtfertig davon sprechen, bei einem Komapatienten die lebenserhaltenden Geräte abzuschalten, dennoch meine ich, gehört zu haben, dass Fabrice gefragt hat, ob sie *hin* sei, und dann wurden aus zwei Prozent einfach null Prozent. Wenn das nicht leichtfertig ist, muss ich annehmen, dass wir nicht denselben Sprachgebrauch haben.«

Wenn ich mich hätte rühren können, hätte ich diesen Assistenzarzt umarmt. Aber ich glaube, vorher hätte ich ihn verteidigen müssen, denn der Ton des Chefarztes lässt mich vermuten, dass Loris noch für lange Zeit einen Nachtdienst nach dem anderen haben wird.

»Sie ziehen also die Diagnosen Ihrer Kollegen und künftigen Kollegen in Zweifel?«

»Ich ziehe gar nichts in Zweifel«, wehrt sich Loris. »Ich finde es nur seltsam, derart krude von einer Person zu sprechen, die immerhin noch atmend vor uns liegt.«

»Loris«, beginnt der Chefarzt, als versuche er sich selbst noch ein wenig Geduld abzuringen, »wenn Sie es nicht ertragen können, jemanden abschalten zu müssen, dann haben Sie in dieser Abteilung nichts zu suchen.«

»Es geht nicht ums Ertragen oder Nichtertragen. Es geht um den Umgang mit Tatsachen. Sie sagen zwei Prozent. Für mich sind das zwei Prozent. Nicht null. Solange wir noch nicht bei null sind, haben wir, denke ich, noch Hoffnung.«

»Sie sind nicht hier, um zu hoffen, Loris.«

»Wozu bin ich dann hier?«, gibt der Assistenzarzt bewusst frech zurück.

»Um zu dem Schluss zu kommen, dass dieser Fall geregelt ist. Entschieden. Abgeschlossen. Es ist unmöglich, die Lebensfunktionen dieser Patientin wiederherzustellen. Wie Ihr Kollege schon sagte, sie ist hin. Und mir ist gleich, ob Ihnen dieses Wort gefällt oder nicht.«

Inzwischen glaube ich, dass der junge Loris seine gesamte Assistenzarztzeit nachts ableisten wird.

In meinem Zimmer herrscht Stille. Ich stelle mir vor, dass Loris dem Blick seines Ausbilders eine Weile standhält und dann die Augen senkt. Ich stelle mir vor, dass alle anderen so tun, als würden sie gerade ein Protokoll schreiben. Wenigstens ist der Termin zu Ende. Es ist hart, sich solche Situationen anhören zu müssen, vor allem, wenn es um einen selbst geht.

»Ach, Loris, da Ihnen so viel an dieser Patientin zu liegen scheint, werden Sie selbst die Schlussfolgerungen aus unserer Visite festhalten.«

Ich höre, wie meine Betriebszustände rechts von mir weitergereicht werden. Später kurzes Kratzen des Stifts auf dem Papier, dann wandert das Heft zum Chefarzt zurück.

»Hmmm … Gut zusammengefasst, Loris. Wenn Sie nicht so eigensinnig wären, würde ich Sie nach Ihrer Assistenzarztzeit bei mir behalten. Aber Sie haben eine Kleinigkeit vergessen.«

»Welche?«

Der junge Assistenzarzt ist nicht mehr zum Sprechen aufgelegt, und ich kann ihn verstehen. Dieser Chefarzt beginnt mir ernsthaft auf den Geist zu gehen.

»Auf der ersten Seite können wir noch dies hier hinzufügen«, erklärt der Chefarzt.

»Was bedeutet es?«, fragt ein anderer Assistenzarzt.

»Loris?«, ruft der Chefarzt. »Können Sie Ihrem Kollegen antworten?«

Ich kann mir die geballten Fäuste und die angespannten Kiefer des jungen Mannes, der mich seit seinem Eintreten in mein Zimmer unablässig verteidigt hat, bestens vorstellen. Aber ich habe nicht die geringste Ahnung, was auf der ersten Seite meines Hefts hinzugefügt worden ist.

»Es bedeutet, dass wir inoffiziell unsere Absicht erklären, sie abzuschalten, und nur noch auf die Zustimmung der Familie warten, um einen Termin festzulegen.«

8

THIBAULT

Ich fühle mich heute gut. Obwohl ich früher aufgestanden bin als sonst.

Ich habe einem Kollegen bei einem der Windkraftprojekte geholfen. Und dafür eine Flasche Birnensaft bekommen. Ein prima Geschenk, das ich sofort konsumiert habe, aber das gute Vorgefühl hatte ich schon direkt nach dem Aufwachen.

Als mir im Laufe des Vormittags klar wird, warum, habe ich fast Lust zu lachen.

Heute ist Montag, und ich soll am Abend meine Mutter zum Krankenhaus bringen. Zum ersten Mal freue ich mich auf diese Fahrt.

»Thibault? Was ist da für ein alberner Ausdruck auf deinem Gesicht?«

Ich schrecke aus meinen Überlegungen hoch und sehe den Kollegen, dem ich morgens geholfen habe. Er sieht mich schräg von unten an, als wollte er etwas von meinem Kinn ablesen. Die folgende Frage sehe ich schon kilometerweit kommen, aber ich bin selbst neugierig auf die Antworten, die ich darauf finden könnte.

»Äh … Wovon redest du?«, frage ich dümmlich zurück.

»Von diesem Lächeln da!« Er zeigt auf meinen Mund.

»Du lächelst übrigens auch«, versuche ich mich zu wehren.

»Aber nur, weil ich mich über dich lustig mache.« Er lacht. »Also, woher dieser glückliche Gesichtsausdruck?«

»Das geht dich nichts an.«

»Heißt übersetzt: ein Mädchen.«

»Es geht dich nichts an, hab ich gesagt.«

»Heißt übersetzt: Ja, ein Mädchen! He, hört mal alle her! Thibault hat …«

Ich packe meinen Kollegen an der Schulter und halte ihm mit der anderen Hand den Mund zu. Wahrscheinlich wirke ich in dieser Pose des Gangsters kurz vor der Demaskierung ziemlich komisch, jedenfalls lacht mein Kollege schallend durch meine Finger hindurch. Immerhin begreift er, dass er wirklich nicht weitergehen soll, und schweigt.

»Es ist viel komplizierter«, sage ich und ziehe die Hand zurück, mit der ich ohnehin nichts ausrichten konnte.

»In Ordnung«, antwortet er, immer noch lächelnd. »Du sagst uns Bescheid, sobald du mehr weißt.«

Er verabschiedet sich mit einem Augenzwinkern und geht. Ich versenke mich wieder in meine Gedanken.

Ja, wirklich, es ist viel komplizierter. Ich freue mich gerade darauf, ein Mädchen zu besuchen, das im Koma liegt.

Ich verbringe den Tag zwischen der Arbeit und den unterschiedlichsten Überlegungen, die mich aber alle wieder auf Elsa bringen. Manchmal denke ich auch an meinen Bruder. Als es 17 Uhr ist, denke ich nur noch daran, mich zu beeilen.

Ich hole meine Mutter bei ihr zu Hause ab. Es scheint ihr besser zu gehen. Ich parke auf dem Krankenhausparkplatz, und wir steigen aus. Offensichtlich trage ich immer noch dieses alberne Lächeln zur Schau.

»Thibault, was ist los mit dir? Du wirkst heute so glücklich.«

»Nichts Besonderes.«

Anders als mein Kollege begnügt sie sich sofort mit dieser Antwort. Ich bin bereit, mit ihr in den Aufzug zu steigen, statt die Treppe zu nehmen. Wir betreten den Gang vom fünften Stock.

»Willst du immer noch nicht mitkommen?«, fragt sie tastend.

»Nein.«

»Und was willst du in der Zwischenzeit machen?«

»Sicher schlafen. Vielleicht auch reden.«

»Reden? Mit wem denn?«, fragt sie verwundert.

»Mit den Wänden«, seufze ich.

Wir sind gerade vor der Tür von Zimmer 55 angekommen. Ich blicke meiner Mutter nach, als sie ins Zimmer geht. Kurz sehe ich auch das Bett meines Bruders. Auf der Decke liegt alles Mögliche. Einwickelpapier, Zeitschriften, Fernbedienungen. Den herausdringenden Geräuschen nach läuft der Fernseher. Ich zögere eine halbe Sekunde, dann sehe ich nur tatenlos zu, wie die Tür sich schließt.

Nein. Ich bin noch nicht bereit.

Ich wende mich von Zimmer 55 ab, um auf Zimmer 52 zuzugehen. Ich öffne die Tür nur einen Spaltbreit und strecke erst einmal den Kopf ins Zimmer. Wunderbar, niemand da. Leise, als hätte ich Angst, die Bewohnerin zu wecken, schließe ich die Tür hinter mir. Irgendwie witzig, ich kann mich einfach nicht entscheiden, wie ich mich ihr gegenüber verhalten soll.

Ich habe kaum drei Schritte gemacht, da weiß ich, dass sich etwas verändert hat. Ich spüre einen Unterschied, und diesen Unterschied finde ich sehr beunruhigend. Ein Teil des Zimmers ist viel zu sauber, dabei sind im Eingangsbereich jede Menge Fußspuren auf dem Boden. Der Jasminduft wird von mehreren anderen Gerüchen überlagert, und als ich mich dem Bett nähere, sehe ich kleine Gummikrümel herumliegen.

Heute waren Leute hier. Seltsam. Vielleicht Elsas Familie, aber das wäre wirklich überraschend. Vielleicht ihre Freunde, das ist schon wahrscheinlicher. Das würde die vielen Spuren auf dem Boden erklären. Aber mir leuchtet überhaupt nicht ein, warum sie hier mit Bleistift und Radiergummi hantiert haben sollten. Doch ich schüttele diese Überlegungen schnell ab, um mich auf Elsa zu konzentrieren. Oder vielmehr auf das Thema »Elsa und ich«.

Seit heute Morgen bin ich fast euphorisch bei dem Gedanken, in dieses Krankenhauszimmer zurückzukehren.

Das ist nicht normal.

In einer Endlosschleife sage ich es mir immer wieder vor. Es ist nicht normal. Es ist nicht normal. Es ist nichts Normales daran, dass man ganz aufgeregt ist, weil man eine Patientin besucht, die nicht riechen, nicht denken, nicht sprechen und sich nicht bewegen kann, und schon gar nicht, wenn man sie noch nicht einmal kennt.

Zum x-ten Mal, seit ich mich in diesem Krankenhaus in der Tür geirrt habe, frage ich mich, was ich hier eigentlich suche. Zum x-ten Mal habe ich keine Antwort darauf. Das macht nichts, anscheinend hat man manchmal das Recht, etwas nicht zu wissen. Das sagt nämlich mein Chef, aber er fügt dann immer sofort hinzu: »Solange es nur einen Tag dauert.« In diesem Fall habe ich die vierundzwanzig Stunden weit überschritten. Vielleicht sollte ich mir ein Limit setzen.

Da ich mit meinen Überlegungen nicht vorwärtskomme, bewege ich wenigstens meinen Körper vorwärts zu dem Stuhl, der in eine Ecke geschoben wurde. Sieht so aus, als wären alle Leute, die hier waren, stehen geblieben. Um das Heft am Fußende des Bettes kümmere ich mich nicht weiter. Soweit ich bei meinem ersten Besuch feststellen konnte, sind die Ärzte auf diesen Blättern nicht allzu mitteilsam. Und soweit ich sehen kann, gibt es weder mehr noch weniger Kabel, Schläuche und andere Geräte, die Elsa mit dem irdischen Leben verbinden.

Es ist, als hätte sich seit dem letzten Mal nichts verändert.

Vielleicht zieht es mich deshalb immer wieder hierher zurück.

Plötzlich erscheint mir das so offensichtlich, dass ich über mich selbst seufzen muss. Natürlich, deshalb bin ich wieder hier! In diesem Zimmer verändert sich nichts. Elsa ist immer da, ausdruckslos, reglos. Sie atmet immer im selben Rhythmus. Die Dinge stehen immer am selben Ort, jedenfalls die wenigen, die es hier überhaupt gibt. Nur der Besucherstuhl bewegt sich um einige Zentimeter oder Meter vom Platz, doch ansonsten könnte das hier eine Blase sein, in der die Zeit stehen geblieben ist.

Eine Blase, zu der ich zeitweise Zugang habe.

Wie lange werde ich in dieser Blase bleiben? Wie lange wird Elsa in dieser Blase bleiben?

Ich setze mich mit einem unwilligen Knurren. Toll, ich habe gerade die Antwort auf eine Frage gefunden, und schon habe ich zwei neue! Die Sache mit dem Limit ist also noch aktuell!

Ich denke einen Augenblick lang nach. Heute ist Montag. Vielleicht in einer Woche. Wenn ich mir den nächsten Montag vornehme, um zu entscheiden, wie ich es künftig mit diesen Besuchen halten will, müsste das doch gehen. Ich habe ja eh nicht tausend Möglichkeiten. Entweder ich komme weiterhin, oder ich bleibe weg. Und was Elsa angeht, entweder sie schläft weiter, oder sie wacht auf. Ich habe keine Chance, eine Antwort für Elsa zu finden, aber für mich schon. Einstweilen genehmige ich mir für heute einen Aufschub. Ich höre auf, mir Fragen zu stellen.

Ich habe bereits meine Schuhe und den Blouson ausgezogen. Im Winter sieht dieser Blouson wie ein Astronautenanzug aus. Ich bringe darin meine Handschuhe, den Schal, meine Papiere, die Wagenschlüssel, meine Hausschlüssel und auch noch die meiner Mutter unter. Als würde ich meinen kompletten Hausrat mit mir herumschleppen. »Kompletter Hausrat« ist ein großes Wort. In meiner Wohnung gibt es wirklich nicht viele Sachen.

Ich wollte nichts von dem behalten, was Cindy und mir gemeinsam gehörte, also entsorgte ich eine ganze Reihe mehr oder weniger nützlicher Sachen. Meine Mutter sagt oft, ich solle diese Wohnung ein bisschen persönlicher einrichten, aber sie sagt auch sonst noch einen Haufen Dinge, die ich bewusst ignoriere, und das mit der Wohnung gehört dazu.

Ich mache es mir auf dem Stuhl bequem oder versuche es wenigstens. Ich seufze, als ich merke, dass ich vergessen habe, ein Kissen oder etwas in der Art mitzubringen, womit ich den harten Kunststoff etwas polstern könnte. Ich werfe einen Blick auf meinen Blouson. Nein, der reicht bestimmt nicht für den ganzen Stuhl. Ich sehe mich um, als hoffte ich auf eine sofortige Lösung. Nichts. Ich gehe in das angegliederte kleine Duschbad, das zu nichts nutze ist und genau das bestätigt, es ist zu nichts nutze, denn es gibt hier weder ein Handtuch noch einen Bademantel als Kissenersatz. Ich kehre in das Zimmer zurück und erblicke die einzige Möglichkeit. Ich zögere, und dabei wird mir bewusst, dass ich seit meiner Ankunft hier extrem unhöflich war.

»Scheiße! Äh … Verzeihung, Elsa. Guten Tag. Ich war ganz in Gedanken, als ich reinkam. Ja, ich habe nachgedacht. Passiert mir schon mal … Mir geht zu viel durch den Kopf, als dass ich dir eine kurze Zusammenfassung geben könnte, du musst dich also mit dieser Erklärung zufriedengeben. Und außerdem ist es ja wirklich nicht so, dass du mir bei der Suche nach Lösungen helfen könntest.«

Ich sehe mich ein letztes Mal um. Die Lösung, die ich gefunden habe, gefällt mir nicht wirklich, aber sie ist immer noch besser als nichts, und wer würde schon davon erfahren? Die Einzige, die sich daran stören könnte, wird es nicht bemerken.

Ich trete auf das Bett zu und schiebe meine Hand unter den Kabeln durch. Als meine Finger in das Kissen greifen, verkrampfen sich meine Muskeln ganz von selbst. Ich kann es nicht. Allein schon, weil ein lebloser Körper einfach schwer ist, Elsa dürfte zwar gerade mal fünfzig Kilo wiegen, aber ein Zentner ist ja auch schon ein ziemliches Gewicht. Und auch, weil ich es mir letzten Endes trotz der Tatsache, dass sie es nicht merken würde, doch nicht vorstellen kann, ihr etwas von ihrer Bequemlichkeit wegzunehmen. Ich hätte das Gefühl, jemanden auszunutzen. Und das ist absolut nicht meine Art.

Ich verharre einige Sekunden, dann ziehe ich meine Hände zurück und lege die Kabel, Schläuche und die ganzen Sachen sorgfältig wieder an ihren Platz. Elsa hat sich nicht im Mindesten gerührt; nun ja, warum hätte sie es auch tun sollen.

»Weißt du noch, dass ich dir gesagt habe, der Stuhl wäre unbequem?«, frage ich und kehre zu besagtem Sitzmöbel zurück. »Daran hat sich nicht geändert! Ich wollte dir eins deiner Kopfkissen klauen, aber du scheinst recht fest darauf zu liegen, und außerdem … wäre das nicht sehr galant von mir. Für heute muss es eben so gehen! Ich werde mir diesen steinharten Stuhl antun, und du hast es weiterhin hübsch gemütlich in deinem Bett.«

Nach zwei Minuten bin ich mehr denn je davon überzeugt, dass dieser Stuhl als Folterinstrument zur Besuchervertreibung konzipiert wurde. Ärzte und Krankenschwestern mögen es nicht sonderlich, wenn sich zu viel Volk in den Krankenzimmern herumtreibt. Mit derartigem Mobiliar stellen sie sicher, dass die Leute nicht lange bleiben. Ich rutsche auf dem Kunststoff herum und denke ernsthaft daran zu gehen. Ich bräuchte mich ja bloß gemütlich in den Wagen zu setzen, bis meine Mutter kommt.

Aber ich will nicht gehen.

Mein Buch-mit-Ihnen-als-Held fackelt nicht lange und schlägt in meinem Kopf Seite 13 auf: »Es bleibt Ihnen nur noch eine Lösung.«

Ja, ich weiß, welche Lösung gemeint ist, aber die ist wohl kaum die beste. Sie ist sogar schlicht deplatziert, und wenn dann jemand ins Zimmer käme, könnte ich mich nicht mehr mit einem »Ich bin ein Freund« herausreden.

Ich seufze zum vierzigsten Mal seit meiner Ankunft und stehe auf. Ich komme mir vor wie ein Kind, das seinen Eltern eine begangene Dummheit gestehen will. Nur dass ich die Info schon herausgebe, bevor ich die Dummheit begehe.

»Also, Elsa. Dieser Stuhl ist einfach unmöglich für mich. Entweder ich gehe weg, oder … du machst mir ein bisschen Platz.«

Ich bin schon auf dem Weg zur Fensterseite des Bettes. Ich habe den Eindruck, dort ist die Freifläche breiter, aber es ist nur ein Eindruck, denn Elsa liegt fast zentimetergenau in der Mitte, damit die Matratze sich gut an ihren Körper anpassen kann. Vor allem jedoch will ich auf diese Seite, um eine Art Sichtschutz zu haben, falls jemand ins Zimmer kommt. Mit ein wenig Glück wird man mich dort nicht gleich liegen sehen. Mit viel Glück kommt niemand. Und mit schaurig viel Glück bekommen die Leute Mitleid, wenn sie sehen, wie ich hinter einer Komapatientin in Deckung gehe.

Wieder schiebe ich meine Hände unter Elsa und achte darauf, dass ich auch unter das Betttuch greife. Ich bringe es nicht über mich, mit den Händen direkt das Nachthemd zu berühren, das ihren zarten Körper bedeckt. Ich versuche, sie hochzuheben, um sie ein ganz kleines bisschen zu verschieben, ohne die Kabel oder was auch immer durcheinanderzubringen. Ohne Erfolg.

Einundvierzigster Seufzer seit meiner Ankunft.

Ich greife nach dem Heft am Fußende des Bettes. Sie wog vierundfünfzig Kilo, als sie hier ankam. In ihrem Zustand hat sie sicher sechs davon abgenommen, wenn nicht mehr. Verdammt, ich bin nicht einmal mehr imstande, achtundvierzig Kilo hochzuheben. Wird Zeit, dass ich Sport treibe.

Ich gebe den Plan auf, Elsa zur Seite zu rücken, und schiebe nur alle Kabel auf die andere Seite. Ich strecke mich leise neben ihr aus, kerzengerade auf den dreißig Zentimetern Matratze, die für mich übrig sind, und entspanne auf einen Schlag all meine Muskeln. Fast hätte ich aufgeschrieen.

Diese Matratze ist seltsam. Absolut nicht wie die bei mir zu Hause, ganz sicher nicht, und auch nicht wie die anderen Modelle, die ich kenne. In meinem Kopf greifen die Zahnrädchen dann doch ziemlich bald ineinander. Sie hat schon Wochen liegend oder halb sitzend auf diesem Ding zubringen müssen, es gibt sicher ein spezielles Material für solche Fälle.

Beruhigt strecke ich mich wieder aus. Trotz ihrer völligen Passivität hat ihr warmer Körper den Effekt einer Decke.

Wirklich bequem, diese Matratzen …

Keine zehn Sekunden später bin ich eingeschlafen.

9

ELSA

Ich glaube, selbst wenn ich mich bewegen könnte, würde ich es jetzt nicht tun. Ich würde ganz still liegen, um ihn bloß nicht zu stören, und kein Geräusch machen, um ihn nur ja nicht aufzuwecken. Vielleicht würde ich mir erlauben, mich ein kleines bisschen zu drehen, um ihm beim Schlafen zuzusehen. Aber weiter würde ich nicht gehen.

Ich habe Thibaults ganzes Treiben mit angespannter Aufmerksamkeit verfolgt. Ich hätte nie damit gerechnet, dass er sich neben mich legt. Es könnte einem ja morbide vorkommen, mit einem Komapatienten im selben Bett schlafen zu wollen, aber wieder einmal überrascht mich mein Besucher. Wenn man bedenkt, dass meine Mutter mich manchmal kaum zu berühren wagt. Thibault hat sich buchstäblich an mich geschmiegt. Denke ich jedenfalls. Mein Bett hat ja keineswegs Überbreite. Teile von uns müssen sich zwangsläufig berühren.

Berührung … Darauf bin ich versessen wie ein kleines Mädchen auf ein Schokoladeneis. Fast einundzwanzig Wochen lang habe ich nicht mehr die geringste Berührung erlebt. Und die letzte war die des Schnees an meinem ganzen Körper. Keine tolle Erinnerung. Deshalb würde ich freudig meine gesamte Karabinerhaken-Sammlung hergeben, um auch nur eine winzige Parzelle von dem dicht neben mir liegenden Thibault zu spüren. Es wären zwar noch haufenweise Kleider und Bettlaken zwischen uns, aber dennoch, seine Wärme würde sie durchdringen, und das würde mir schon reichen.

Ehrlich gesagt, könnte ich die Berührung mit allen möglichen Leuten erleben. Die Pflegehelferin wäscht mich jeden Tag, meine Schwester legt regelmäßig ihre Hand auf mich, jedenfalls scheint es mir so zu sein, und wenn Steve, Alex und Rebecca kommen, geben sie mir einen Kuss auf die Stirn. Aber das mit Thibault ist etwas anderes. Er ist meine kleine spezielle Beziehung. Meine belebende Brise. Eine belebende Brise, über deren Aussehen ich immer noch nicht das Geringste weiß.

Reflexartig gebe ich meinem Hirn den Befehl, meinen Kopf zu drehen und meine Lider zu öffnen. Wie dumm das ist, merke ich, als ich an die nächste Etappe denke: »Meinen Neuronen sagen, sie sollen meine Augen wieder in Betrieb nehmen.« Es nützt nichts. Sie haben es heute Morgen gesagt.

Ich versinke sofort in eine Depression und beginne diese Ärzte, angehenden Ärzte, Assistenzärzte und Praktikanten zu hassen, einschließlich desjenigen, der mehr oder weniger für mich Partei ergriffen hat. Ich hasse ausnahmslos alle. In meinem Wutdelirium stelle ich sie mir mit schrecklichen Gesichtern und cholerischem Charakter vor. Ich gehe sogar so weit zu denken, eines Tages werde einer von ihnen eine Fehldiagnose stellen, doch dann rufe ich mich zur Ordnung.

Nein. Eine Fehldiagnose würde bedeuten, dass ein

Mensch nicht geheilt würde. Das darf ich ihnen nicht wünschen. Zumal dieser Mensch ja auch ich sein könnte.

Das könnte ich sein …

Das könnte ich sein!

Ohne Koma wäre ich jetzt aufgesprungen und hätte »Heureka!« oder so was in der Art gebrüllt, aber so klopfe ich mir eben innerlich auf die Schulter.

Das könnte ich sein, die Fehldiagnose, im Zusammenhang mit dieser Zwei-Prozent-Geschichte, von der ich nichts verstanden habe.

Meine Stimmung steigt schlagartig. Ich komme mir vor wie eine dieser Wippen auf dem Kinderspielplatz.

Das könnte ich sein. Ich könnte aufwachen und ihnen beweisen, dass sie unrecht haben. Schließlich kommt niemand auf die Idee, ich könne hören, dabei ist genau das der Fall. Wenn ich bloß die Augen öffnen oder irgendeine Bewegung machen könnte …

Bleibt nur die Frage: Wie soll ich es anstellen? Bisher habe ich nur gehört und gewartet. Aber habe ich wirklich versucht, etwas anderes zu tun?

Vor fünf Minuten habe ich mich vor dem Versuch, meinen Kopf zu drehen, buchstäblich gedrückt. Ich habe mir keine Mühe gegeben, ich sah keinen Grund dazu. Sie sind alle so kategorisch. Doch niemand von ihnen hat das Koma an meiner Stelle ausprobiert, und ihre Theorien … Plötzlich erlaube ich mir, daran zu zweifeln.

Etwas tief in mir muss außerdem zugeben, dass mich dieser Chefarzt wütend gemacht hat. Allein schon um ihn zu ärgern, möchte ich aufwachen können. Aber heute, jetzt, in diesem Augenblick, spüre ich, dass ich es auch aus einem anderen Grund möchte. Bis jetzt habe ich nicht die Anstrengung auf mich genommen, es zu versuchen. Ich bin nicht einmal auf die Idee gekommen. Dabei kann ich doch nur das tun. Denken.

Gewiss, sich Mühe zu geben, setzt im Allgemeinen voraus, dass man seine Muskeln kontrolliert und natürlich das gesamte Gehirn. Ich kontrolliere weder die einen noch das andere, mal abgesehen vom Hörzentrum, aber wenn dieser Teil bereit war, wieder zu funktionieren, warum sollten die anderen es nicht auch können? Bleibt noch die »Rätselfrage«, wie Steve es oft nennt: Wie soll ich es anstellen?

Die Antwort kommt sofort. Als hätte sie nur auf diesen Moment gewartet. Ich brauche nur zu denken, da ich ja derzeit nur zum Denken imstande bin. Denken, dass ich gerade den Kopf drehe. Denken, dass ich gerade die Lider öffne und meine Netzhaut in Betrieb nehme. Und felsenfest davon überzeugt sein, dass ich dazu imstande bin.

Ich mache mich sofort ans Werk.

Die Tatsache, dass es ein geheimes Ziel gibt, hilft enorm. Na gut, so geheim ist es nicht mehr. Ich brenne darauf, Thibault zu sehen. Wenn es mir gelingt, den Kopf zu drehen, was schon eine tolle Leistung wäre, und dann die Augen zu öffnen und zu sehen, was ein wahres Wunder wäre, dann könnte ich endlich erfahren, wie mein Lieblingsbesucher aussieht.

Jetzt müsste ich mich eigentlich ein bisschen schämen, aber meine Eltern sind bei ihren Besuchen wirklich keine aufheiternde Gesellschaft. Und Steve, Alex und Rebecca kommen nicht sehr oft. Ich habe also wenige Kandidaten für die Verleihung dieser Medaille.

Ich verbringe Thibaults gesamtes Nickerchen damit, mir zu befehlen, den Kopf zu drehen und die Augen zu öffnen. Ich wechsle zwischen beidem ab, denn ich muss zugeben, dass diese Übung wirklich anstrengend ist, doch die Atmung meines zeitweiligen Bett-Mitbewohners motiviert mich. Immer wenn er einatmet, stelle ich mir vor, dass ich den Kopf drehe, immer wenn er ausatmet, dass ich die Augen öffne. Und jedes Mal steht mir ein etwas anderes Bild von Thibault vor dem inneren Auge. Dabei gibt es auffallenderweise bestimmte Punkte, die immer gleich bleiben. Ich bin zum Beispiel davon überzeugt, dass er dunkles Haar hat, aber ich habe nicht die geringste Ahnung, warum ich das glaube.

Ich setze meine mentalen Anstrengungen fort, bis ich an meiner rechten Seite Bewegungen höre. Ich begreife, dass Thibault sich nicht nur im Schlaf rührt, sondern richtiggehend aufwacht. Es ist bestimmt mindestens eine Stunde her, dass er eingeschlafen ist und ich mit meinen vergeblichen Kopfdreh-Versuchen begonnen habe. Ich bin zwar sicher, dass er wirklich geschlafen hat, aber über meine eigene neue Beschäftigung weiß ich nichts Sicheres. Ich habe keine Vorstellung von den Ergebnissen, außer dass ich absolut keine Veränderung spüre.

Thibaults knurrender Seufzer reißt mich aus meinen Überlegungen. Den Geräuschen nach setzt er sich auf, verlässt das Bett, und dann erstarrt er. Ich beginne mich zu fragen, warum, als seine anderthalb Meter von mir entfernte regelmäßige Atmung plötzlich stockt.

»Scheiße! Deine Verkabelung!«

Bei seinem Ausruf wäre ich, wenn möglich, zusammengezuckt. Ich bin gespannt, was das Problem mit meinen Kabeln ist.

»Ach je! Wahrscheinlich hab ich dich im Schlaf angestoßen oder so, und das hat an all diesem Kram gezogen! Zum Glück sind alle noch fest eingestöpselt!«

Ihn so schimpfen zu hören, amüsiert mich beinahe, aber ich wüsste nicht, wann er sich genug bewegt haben sollte, um das anzurichten, was er gerade beschrieben hat. Ich höre, wie er die Verkabelung ein bisschen zurechtrückt. Ich habe mich oft gefragt, wie ich wohl aussehe inmitten dieses »Krams«, wie er es nennt. Beim ersten Mal dachte ich, dass ich aussehen müsse wie ein Insekt in einem Spinnennetz. Danach sagte ich mir lieber, dass ich ein Karabinerhaken in einem Flaschenzugsystem bin, wie man es zur Bergung von Menschen aus Fels- und Gletscherspalten einsetzt. Das entspricht meinem Element ein bisschen mehr und ist sicher eleganter. Und vor allem ist da die Idee der Rettung. Im anderen Fall jedoch …

Er hantiert immer noch an mir herum, als sich die Tür zu meinem Zimmer öffnet. Thibault muss zum Eiswürfel erstarrt sein, denn aus seiner Richtung höre ich gar nichts mehr. Der neue Eindringling tritt ins Zimmer. Thibault schweigt beharrlich.

»Guten Tag. Sind Sie ein Angehöriger?«

Ich erkenne die Stimme des Assistenzarztes, der mich

heute Morgen verteidigt hat. Jetzt, wo ich weiß, um wen es sich handelt, frage ich mich, was er hier will, aber noch mehr interessiert mich, was Thibault antworten wird.

»Nein, ich bin einfach nur ein Freund. Und Sie? Also, ich meine … Sind Sie ihr Arzt?«

Ich übersetze mir die kurze Stille mit einem verneinenden Kopfschütteln.

»Nur der diensthabende Assistenzarzt, der nach dem Rechten schaut.«

»Aha.«

Ich hätte dasselbe geantwortet wie Thibault. In fast sieben Wochen hat hier nie ein Assistenzarzt nach dem Rechten geschaut. Ich glaube eher, dass dieser hier vor allem vom morgendlichen Unterrichtsgespräch aufgerüttelt wurde.

»Hatten Sie eine Frage?«, erkundigt er sich.

»Äh … Nein, eigentlich nicht.«

Ich höre Thibault um das Bett herumgehen. Er will sicher zu seinen Sachen, um dann schnell zu fliehen. Als Steve, Alex und Rebecca ihn hier überraschten, brachten die drei es fertig, dass er sich entspannte und wohlfühlte, aber ich habe wenig Hoffnung, dass der Assistenzarzt das jetzt ebenfalls fertigbringt. Zumal er stumm bleibt wie ein Fisch.

Ich versuche, mir die Situation vor Augen zu führen, wenn ich sie schon nicht sehen kann. Plötzlich wird mir klar, dass Thibault noch auf Socken unterwegs ist und die Laken rechts von mir ganz zerknittert sein müssen. Ich würde gern lachen und zugleich eine Heidenangst haben, dass sein kleines Matratzensharing entdeckt wird. Es wäre wunderbar, allein schon das Adrenalin des verbotenen oder zumindest frechen Tuns zu spüren, auf das sonst niemand verfallen wäre.

Doch anscheinend achtet der Assistenzarzt nicht im Mindesten auf solche Details, denn er schweigt weiterhin. Thibault zieht inzwischen ziemlich ungeschickt seine Schuhe und Kleidungsstücke an. Wahrscheinlich stresst es ihn, dass ihm jemand dabei zusieht.

Schließlich höre ich, wie er auf mein Bett zukommt und sich über mich beugt. Ich bin überrascht. Sollte er es wirklich wagen, mir im Beisein des Assistenzarztes einen Kuss zu geben? Doch er stockt in seiner Bewegung, und zugleich höre ich ihn etwas sagen.

»Doch, ich habe eine Frage.«

Entweder ist der Assistenzarzt in tiefes Nachdenken versunken, oder er hat Thibault ein Zeichen gegeben, er solle fortfahren. Wie dem auch sei, er sagt immer noch nichts.

»Wozu sind diese ganzen Kabel gut?«

Die Frage ist nicht uninteressant, und ich bin plötzlich gespannt auf die Antwort des Assistenzarztes, der endlich den Mund aufzumachen geruht. Er verzichtet auf Fachausdrücke und erklärt nur die wesentlichen Aufgaben jedes Schläuchleins und Kabels, Infusion, Luftschlauch, Pulsmesser und so weiter. Thibault fragt sogar noch nach weiteren Einzelheiten. Sein Interesse überrascht mich.

Die improvisierte Medizinvorlesung geht zu Ende, und ich hoffe, der Assistenzarzt verlässt nun bald mein Zimmer. Ich habe Angst (das heißt, ich denke diese Angst, da ich sie nicht in meinem Bauch fühlen kann), dass Thibault es nicht wagt, mir auf seine Art Auf Wiedersehen zu sagen. Aber wieder einmal übersteigt sein Verhalten alles, worauf ich gefasst gewesen wäre.

»Auf Wiedersehen, Elsa«, murmelt er und drückt seinen Mund auf meine Wange.

Dieses Mal brauche ich mein Gehirn nicht zu dem Versuch zu zwingen, die Berührung einzufangen. Mein ganzes Sein ist darauf konzentriert. Leider spüre ich nichts, also muss ich mir das Gefühl komplett zusammenbasteln. Sanfte warme Lippen, ein zarter Kuss.

»Waren Sie ihr Freund?«, fragt der Assistenzarzt.

»Warum sagen Sie ›waren‹?« Thibault richtet sich überrascht auf.

»Tut mir leid, es ist, weil ... Sie liegt ja schon lange im Koma. Vielleicht haben Sie sich inzwischen umorientiert. Bitte entschuldigen Sie. Es geht mich ja auch nichts an.«

Die Antwort des Assistenzarztes war wirklich arg gestammelt. Zum Glück ist Thibault weit davon entfernt, die Lage zu verstehen. Ich hingegen weiß genau, warum er »waren« gesagt hat. Sein Chefarzt hat heute Morgen mehr oder weniger mein Todesurteil unterzeichnet.

Mir fällt auf, dass Thibault dem Assistenzarzt nicht antwortet, weder auf die Entschuldigung noch auf die Frage davor. Er verabschiedet sich nur und geht zur Tür. Und in dieser besonderen Stimmung verlässt mein Lieblingsbesucher den Raum.

Es dauert eine Weile, bis ich mir erlaube, meine Aufmerksamkeit wieder auf den Eindringling zu richten. Der Assistenzarzt hat sich anscheinend nicht bewegt. Ich beginne mich schon zu fragen, ob ich vielleicht sein Weggehen verpasst habe, als ich höre, wie er auf die Fenster rechts von mir zugeht.

Ich weiß nicht, was er da treibt. Einige Augenblicke Geschäftigkeit, und dann begreife ich, dass er jemanden anruft.

»Ja, ich bin's … Nein … Scheußlicher Tag … Der Chef … Deprimiert? Beinah …«

Er hätte auch mit »total« antworten können, so wie seine Stimme entgleist. Aber durchs Handy kommt wahrscheinlich alles ein bisschen verzerrt an. Vielleicht setzt er auf diesen Effekt, um seinen Gesprächspartner nicht zu beunruhigen.

»Ach, es ist nur … Eine Patientin … Ja, auf meiner Station. Sehr langes Koma … Ihr Freund hat gerade das Zimmer verlassen.«

Da irrst du dich, lieber Assistenzarzt. Thibault ist nicht mein Freund. Aber ich habe keine Möglichkeit, dir das mitzuteilen.

»Äh … Ja, ich hab ihn gefragt, aber er hat nicht geantwortet. Er hatte sie gerade auf die Wange geküsst, aber es sprang ins Auge, dass er sie am liebsten richtig geküsst hätte. Er hat es wohl nicht gewagt, weil ich da war … Ja, schon gut. Er hat ja noch ein paar Tage Zeit, es zu tun …«

Mein Denken erstarrt, und das aus zwei Gründen. Erstens: Thibault hat den Eindruck vermittelt, er hätte »mich am liebsten richtig geküsst«. Zweitens: Der Assistenzarzt ist gerade in Schluchzen ausgebrochen. Verdammt, was ist bloß mit ihm los?

»Verzeih, es ist schrecklich, was ich da gerade gesagt habe … Ja, ich weiß! Aber … Sie wollen die Geräte abschalten! Machst du dir klar, was das bedeutet? … Ja, das gehört zu meinem Beruf, aber … Es zerreißt mir einfach nur das Herz. Ah … Du, wart mal, mein Pager vibriert.«

Stimmt, ich nehme das Vibrieren schon seit einigen Augenblicken wahr, ich konnte es nur nicht zuordnen.

»Ich muss los … Ja … Bis heute Abend … Ich liebe dich auch.«

Ich höre, wie er einen tiefen Seufzer ausstößt, bevor er die Tür hinter sich schließt. Ich hätte denselben ausgestoßen, wenn ich gekonnt hätte.

10

THIBAULT

Ich zwinkere mit den Augen und schütze vor, von den Neonlampen geblendet zu sein, um dem Blick meiner Mutter auszuweichen. Ich bin wieder im Krankenhaus, als hätte ich es nie verlassen, und zum zweiten Mal in weniger als einer Woche bin ich fast glücklich darüber.

Heute ist Mittwoch, Besuchstag, und bisher ist alles genauso wie am Montag. Arbeit, von den Kollegen beobachtetes albernes Lächeln, Umweg, um Maman abzuholen, Halt vor Zimmer 55, Versuch meiner Mutter, mich ins Zimmer meines Bruders zu lotsen.

Ich tue so, als hätte ich nichts bemerkt. Ich habe noch den Nachgeschmack von meinem Versuch am Montag. Diese Erfahrung möchte ich nicht wiederholen.

Und außerdem habe ich etwas viel Besseres vor.

Ich gehe auf Zimmer 52 zu. Da ist immer noch dieses Foto unter der Nummer. Nachdem mir ihre Freunde manches erklärt haben, vermute ich, dass Elsa diesen Gletscher besonders liebt. Es fällt mir immer noch ein bisschen schwer, ihre Leidenschaft dafür zu verstehen, vor allem, wenn man bedenkt, wozu sie geführt hat.

Ich drücke auf die Klinke und erstarre. Innen ist eine Stimme zu hören, eine Stimme, die übrigens verstummt ist, als der Türgriff quietschte. Die Stimme eines Mädchens, da bin ich sicher. Aber nicht die von dieser Rebecca. Ich höre, wie ein Stuhl zurückgeschoben wird, und dann zögernde Schritte. Ich lasse die Klinke los und suche verzweifelt nach einem Ausweg, wahrscheinlich sehe ich ziemlich seltsam aus.

Wer auch immer da drin sein mag, ich habe wenig Lust, ihr die Gründe für mein Hiersein zu erklären. Schon wieder zu lügen oder Halbwahrheiten zu erzählen. Ich habe es satt. Ich wollte mich nur an einem ruhigen Ort ein bisschen ausruhen. Kein vernünftiger Mensch würde diesen Grund akzeptieren. Das heißt, kein Mensch außer Rebecca und ihrem Freund. Steve schien die Sache nicht so geheuer.

Das Treppenhaus ist zu weit entfernt, als dass ich dorthin flüchten könnte. Sobald dieses Mädchen die Tür geöffnet hat, wird sie mich weglaufen sehen, das wäre total lächerlich. Dass ich mich jetzt auf einen nur wenige Meter entfernten Stuhl werfe, ist genauso lächerlich. Aber es funktioniert. Ich mime einen Kerl, der sich langweilt, und nehme kaum Blickkontakt zu ihr auf. Das Mädchen, dem Aussehen nach eine Studentin in den Zwanzigern, sieht sich ratlos im Gang um und gibt dann auf.

Meine Schultern entspannen sich, und ich rutsche ein bisschen tiefer in den Stuhl. Ich sagte, ich fände mich lächerlich, ich hätte eher erbärmlich sagen sollen. Ich bringe meine Mutter zu meinem Bruder ins Krankenhaus und habe dabei nur den einen Wunsch, mich in der Hoffnung auf Ruhe in das Zimmer einer reglosen Patientin zu flüchten.

Ich mache einen Fehler nach dem anderen. Was meinen Bruder angeht, was meine Mutter angeht. Was die Ruhe angeht. Nur weil ich mich weigere, ein Mitglied meiner Familie zu besuchen, muss es Elsa nicht genauso ergehen. Schließlich waren letzte Woche ihre drei Freunde da, und jetzt hat sie Besuch von jemand anders.

Ich ertappe mich bei der Hoffnung, dass dieses Mädchen bald weggeht. Ich füge dem »erbärmlich« ein »egoistisch« hinzu und rutsche noch ein wenig tiefer in den Stuhl.

Es ist das erste Mal, dass ich im Gang des fünften Stocks herumwarte, ich sehe mich also ein bisschen um. Als Erstes fasse ich die Tür zum Treppenhaus ins Auge, in das ich jetzt flüchten könnte, aber obwohl der Plastikstuhl wirklich hart ist, kann ich mich nicht dazu aufraffen. Am einen Ende des Gangs ist ein Fenster, am anderen eine zweiflüglige Schwingtür, die wahrscheinlich zu einem gleichartigen aseptischen Gang mit ein paar blassen Bildern an der Wand führt. Wo doch schon das verschossene Rosa der Wände zum Kotzen ist … Ich kann nicht verstehen, warum sie so darauf versessen sind, die Einrichtung noch blasser zu gestalten. Vielleicht haben sie Angst, sie könnten die Leute mit kräftigen Farben erschrecken.

Dabei müsste man in einer solchen Abteilung das Gegenteil annehmen. Wenngleich … Ich weiß auch nicht. Ich war nie im Koma und nie in einer Reha nach einem Koma. Ich habe auch keine Ahnung, welche Rolle die Farben bei dem Ganzen spielen könnten. Gut möglich, dass ich überhaupt nur noch Quatsch denke. Wenn ich mir jetzt schon vorzustellen versuche, wie man sich wohl im Koma fühlt, muss ich wirklich ein Problem haben.

Mir wird bewusst, dass ich seit eben nach etwas Ausschau halte. Ich suche eine andere Nummer. Die 55. Fast bin ich erschrocken, als ich merke, dass mein Stuhl genau daneben steht. Seit zwei Minuten bin ich nur zehn Zentimeter von der Tür meines Bruders entfernt. Ich finde, es ist eine Leistung, so lange hier geblieben zu sein, auch wenn ich es nicht wusste.

Da haben wir mein Problem. Zimmer 55 und sein Bewohner.

Warum sollte ich mir sonst vorzustellen versuchen, wie das so ist im Koma? Entschuldigungen, Lehren, Erklärungen, unterzeichnete Geständnisse. Das ist alles, was ich wahrgenommen habe, seit er aufgewacht ist. Aber wie würde es sich anfühlen, in der Lage meines Bruders zu sein? Zu viel getrunken zu haben, obwohl man genau wusste, wie gefährlich das ist? Zwei Mädchen überfahren zu haben, ohne es richtig gemerkt zu haben? Angeblich ist er fast ohnmächtig geworden, als man es ihm nach seinem Aufwachen gesagt hat. Ich hoffe, es war der Schock seines Lebens.

Und all die Tage, die er tatenlos in diesem Bett lag, mit seinen Gedanken irgendwo, während sein Körper sich erholte, wie war das für ihn? Wie fühlte er sich? Fühlte er nichts? Erlebte er nichts? Was machst du, wenn du im Koma liegst? Denkst du nach? Hörst du die anderen? Die Ärzte hatten mir gesagt, ich solle mit ihm sprechen, ich habe kein Wort gesagt.

Bei Elsa jedoch habe ich dafür nur zwei Minuten gebraucht.

Aber Elsa bin ich nicht böse. Meinem Bruder hingegen …

Eine Art Summen stört mich in meinen Gedanken. Ich drehe den Kopf leicht zur Seite, löse ihn dabei aber nicht von der Wand. Mein Herz schlägt schneller, als ich erkenne, dass es die Stimme meiner Mutter ist, die durch den Türspalt dringt. Sie ist wirklich hartnäckig. Sie schließt diese Tür nie ganz, als hoffte sie immer noch, ich würde meine Meinung ändern.

Ohne richtig hinzusehen, hebe ich den linken Arm und taste nach der Klinke, um diese Tür ein für alle Mal zuzuziehen, doch da fällt mein Vorname in diesem Summen. Ich hatte absichtlich nicht hingehört, aber seinen eigenen Vornamen kann man nicht so leicht ignorieren.

»… will immer noch nicht kommen.«

»Wie, bin ich etwa nicht mehr sein Bruder?«

»Kannst du ihm das verübeln?«

Mir fällt auf, dass meine Mutter eigentlich nicht auf die Frage geantwortet hat. Vielleicht weil sie die genaue Antwort nicht weiß oder weil sie sich weigert, sie laut auszusprechen. Ich weiß nicht einmal, was ich selbst gesagt hätte. Sicher, seit er diesen Unfall verursacht hat, hasse ich ihn, aber wir tragen noch denselben Namen, haben noch dieselbe Mutter, und das steht schwarz auf weiß im Familienstammbuch.

Dennoch kann ich eigentlich nicht mehr sagen, dass wir eine Familie wären. In einer Familie respektiert man sich, man liebt sich, erlebt Höhen und Tiefen und findet immer wieder zu einer Harmonie, einem Gleichgewicht zurück. Wie Gaëlle und Julien. Jetzt ist mein Bruder neunzig Meter unter die Erde gestürzt, aber ich weigere mich, ihm zu folgen. Meine Mutter geht regelmäßig runter zu ihm, sie sagt, er käme langsam wieder ein bisschen nach oben. Ich habe absolut keine Lust, nach ihm zu graben und ihn an die Oberfläche zu ziehen. Er hat sich ganz allein da hinunterbefördert, dann soll er sich auch allein wieder herausschaufeln.

»… Angst.«

Ich reiße die Augen auf. Mein Gehirn hatte wieder alle Geräusche ausgeblendet, aber dieses Wort konnte es nicht ausblenden, zumal es aus dem Mund meines Bruders kam. Unwillkürlich spitze ich die Ohren.

Ein langes Schweigen. Meine Mutter will nicht antworten, oder sie hat sehr leise gesprochen. Meine Hand schwebt immer noch in Türgriffhöhe, meine Atmung etwa auf derselben Höhe in meiner Kehle.

»Ich hatte Angst. Und ich habe immer noch Angst.«

Das bisschen Luft, das ich in der Lunge hatte, verklemmt sich, und mir ist, als liefe mir ein dünner Wasserstrahl überall über den Körper. Ich bekomme einen gewaltigen Hustenanfall und schlage die Hände vors Gesicht. Wenn ich das weitere Gespräch hätte hören wollen, wäre ich gar nicht dazu imstande gewesen. Aber jetzt sehe ich sowieso das Mädchen aus Elsas Zimmer kommen.

Immer noch nach Atem ringend, sehe ich sie zu den Aufzügen gehen. Sobald sich die Türen geschlossen haben, springe ich auf und stürze Richtung Zimmer 52. Endlich bekomme ich wieder Luft.

Ich drücke auf die Klinke wie auf einen Notrufknopf und lehne mich, kaum dass ich die Tür geschlossen habe, von innen dagegen. Meine Muskeln sind so angespannt, als wollte ich eine Menschenmenge daran hindern, das Zimmer zu stürmen. Ich bin vor Zimmer 55 geflohen, um nichts mehr zu hören. Und tatsächlich höre ich nichts mehr außer Elsas elektronischen Helfern. Aber meine Gedanken sind immer noch da, und sie sind es, die ich auf den Flur zurückzudrängen versuche.

Wenn mein Bruder Angst hatte, dann war die wohlverdient. Wenn er immer noch Angst hat, auch. Aber es beweist vielleicht, dass er es bereut.

Mit geballten Fäusten schüttle ich den Kopf. Ich weigere mich, nach Entschuldigungen für ihn zu suchen oder irgendeine Erlösung zu akzeptieren. Ich will ihn weiterhin hassen. Aber er ist immer noch mein Bruder, wenigstens teilweise. Nun ja, vielleicht kann ich ihn dann teilweise hassen.

Das hat keinen Sinn. Hier hat nichts einen Sinn. Auch nicht meine Anwesenheit in Zimmer 52. Und doch bin ich hier, und der Jasminduft lullt meinen Geist ein. Ich habe mein rettendes Leuchtfeuer gefunden, das Signal, das mich nach der Reise in die Tiefen wieder auf festen Boden bringt. Ich habe meine Zuflucht gefunden, und die ist viel besser als das Treppenhaus.

Viel besser als ein Stuhl im Gang neben dem Abgrund, in den mein Bruder gestürzt ist.

»Da, das hab ich dir mitgebracht.«

Noch bevor Julien mich begrüßt hat, hält er mir ein gelb-schwarzes Buch hin. Er hat noch Schnee auf der Mütze und ganz rote Backen. Ich bin kurz vor ihm im Pub angekommen und konnte mich schon aufwärmen.

»Was ist das?« Ich nehme ihm die Jacke ab und lege sie neben mich auf die Bank.

»Lies den Titel, der erklärt alles, denke ich.«

Julien macht sich daran, Schicht um Schicht seiner Kleidung abzulegen, bis er im T-Shirt dasitzt. Ich nehme das Buch vom Tisch. *Koma, einfach erklärt.* Wie konnten sie es wagen, ein solches Buch herauszubringen! Ich lasse den dicken Band links liegen und konzentriere mich auf Julien.

»Ich hätte nie gedacht, dass du kommen würdest«, sage ich fast entschuldigend.

»Ich konnte Gaëlle eine knappe Stunde abringen, aber mehr ist nicht drin. Das heißt, doch. Es gäbe vielleicht eine Lösung, wie wir mehr Zeit zusammen hätten.«

»Und welche?«, frage ich hoffnungsvoll, weil ich absolut keine Lust habe, schon so bald nach Hause zu fahren.

»Gaëlle schlägt vor, dass du wieder zu uns nach Hause kommst, wie letzten Mittwoch.«

Gaëlles Fürsorglichkeit rührt mich, aber ich lehne die Einladung sofort ab.

»Ich kann mich doch nicht jedes Mal, wenn ich Lust habe, dich zu treffen, bei euch einnisten. Geschieht mir ganz recht, ich hätte ja auch gestern oder morgen depri-miert sein können.«

»Nein, so was lässt sich eben nicht planen. Und du kennst doch Gaëlle, hinter ihrem Angebot steckt eine Verhandlungsabsicht.«

»Und was will sie mir abhandeln?«

»Dasselbe wie beim letzten Mal, nämlich dass du Clara nachts das Fläschchen gibst – und dann noch ein kleines Extra.«

Den letzten Teil des Satzes hat Julien mit entschuldigendem Lächeln hinzugefügt. Ich werde nervös. Gaëlle hat eine ziemlich eigentümliche »klein/groß«-Skala.

»Sag schon. Welches enorme Extra will sie von mir?«

»Eigentlich bitten wir dich sogar beide um dieses enorme Extra.«

»Dann sprengt es wirklich alle Normen«, witzele ich.

»Wir möchten, dass du Clara am Wochenende übernimmst.«

»Was?«

Mein »Was« klingt wie der Schrei einer erdrosselten Ente, und viele Gäste an den Nachbartischen verstummen und sehen mich an. Ich beachte sie nicht, sondern starre Julien an, als hätte er mir gerade verkündet, er wolle ans andere Ende Frankreichs ziehen.

»Bist du verrückt? Ein ganzes Wochenende?«

»Von Freitagabend bis Sonntagabend«, bestätigt Julien. »Du würdest bei uns wohnen, es ist einfacher, wenn du mit einer Tasche kommst, als wenn Clara mit unserer kompletten Wohnungseinrichtung bei dir einzieht. Gaëlle wird dir erklären, wie alles funktioniert mit den Fläschchen und so. Aber das meiste weißt du ja schon.«

»Nicht so hastig, Julien. Jedes Mal, wenn ich Clara gebadet habe oder so, wart ihr da. Ich meine, wenn etwas schiefgegangen wäre, hättet ihr eingreifen können. Aber wenn ihr weit weg seid … Wo wollt ihr denn hin?«

»Gaëlle hat ein Zimmer in einer Hütte in den Bergen reserviert.«

»Sodass ich überhaupt keine Möglichkeit habe, euch zu erreichen …«

»Wir reisen nicht ans andere Ende der Welt!« Julien lacht. »Und unsere Handys haben da oben Empfang. Aber wir wissen, dass du das schaffst.«

»Da seid ihr aber die Einzigen, die das glauben.«

Ich trinke einen Schluck von meinem Birnensaft. Nicht einmal dessen sanfte Textur kann den Schrecken dämpfen, den mir die Vorstellung eingejagt hat, ich wäre zwei Tage lang ganz allein für Clara verantwortlich.

»Könnt ihr nicht Gaëlles Eltern fragen?«

»Die haben keine Zeit, und außerdem will sie dich ein bisschen testen.«

Das überrascht mich nun weniger, es passt zu Gaëlle, und ich kann sogar darüber lächeln. Julien hat mich als Paten vorgeschlagen. Gaëlle war sich anfangs nicht so sicher. Als ich einwilligte, hätte ich nie gedacht, dass ich ein regelrechtes Einstellungsgespräch durchzustehen hätte. Bislang habe ich wohl alle Prüfungen bestanden, und diese ist sicher die schwerste, das Schlussexamen, das über das Ja oder Nein entscheidet, obwohl ich weiß, dass es sowieso nicht mehr allzu viele andere Möglichkeiten gibt. Bis zur Taufe sind es nur noch knapp zwei Wochen.

»Sag Gaëlle, das geht in Ordnung.«

»Bist du sicher?« Julien strahlt über das ganze Gesicht.

»Ja, wirklich, aber sie muss mir heute Abend ein Super-Briefing geben. Wenn ich die Prüfung bestehen will, muss ich auch die Spickzettel vorbereiten können!«

»Sie geht heute Abend aus, da kann ich dich abhören«, scherzt Julien.

»Ach, deshalb hast du nur eine knappe Stunde?«

»Genau. Mädelsabend.«

»Na, deine Liebste lässt ja kein Vergnügen aus!«

»Und ich habe mich bereits zweimal aus meinem Vater-Stundenplan ausgeklinkt, um dich zu treffen«, erinnert er mich.

»Stimmt …«

Jetzt, wo der Handel abgeschlossen ist, gehen wir zu anderen Themen über. Ich habe *Koma, einfach erklärt* gleich zu Gesprächsbeginn unauffällig auf die Bank befördert, um das Buch aus Juliens Blickfeld zu schaffen, denn sonst hätte er es sofort zum Thema gemacht, das weiß ich. Es gelingt mir, allen Fragen nach Elsa zuvorzukommen, indem ich ausschließlich vom Wetter, meinem Bruder, dem Schnee, einer anstehenden Skitour, meinem Bruder, meiner Wohnung und wieder meinem Bruder rede, bis unsere Gläser leer und die Julien gewährten knappen sechzig Minuten vorbei sind.

Wir machen es wie beim letzten Mal, das heißt, wir holen mein Auto, und dann sprinten wir die Treppe hoch. Julien hat seine Armbanduhr fest im Blick, er weiß, was ihn erwartet, wenn er die Frist zu überschreiten wagt, zumal Gaëlle seit der Geburt praktisch nie abends ausgegangen ist. Er klingelt bereits an der Tür im dritten Stock, als ich noch im zweiten bin. Meine sportliche Leistungsfähigkeit lässt dramatisch nach.

Ich höre, wie Gaëlle die Tür öffnet und einen Scherz über seine absolute Pünktlichkeit macht. Kaum bin ich an der Schwelle der Wohnungstür wieder zu Atem gekommen, drückt sie mir Clara in die Arme.

»Warte! Ich hab doch noch die Jacke an und all das! Sie erfriert uns noch!«

»Keine Sorge, sie ist gut isoliert«, antwortet Gaëlle. »Aber wenn du dich nicht beeilst, könnte sie anfangen zu weinen.«

Ich stoße Julien zur Seite und stürze ins Wohnzimmer. Gaëlle gönnt mir keine Verschnaufpause, man könnte fast meinen, mein Prüfungs-Wochenende habe zwei Tage vorher angefangen. Ungeschickt ziehe ich mich aus und versuche gleichzeitig dafür zu sorgen, dass sich Clara dabei möglichst wohlfühlt. Ich komme mir vor wie ein zirkusreifer Jongleur.

Die Vorstellung scheint Clara zu gefallen, denn ich sehe, wie ihre Lippen leicht zittern, wenn ich sie von links nach rechts wechsle, um meine Arme aus den Kleidungsstücken zu befreien. Ich schaffe es sogar, mir mit einer Hand die Schuhe auszuziehen, und höre Lachen aus dem Flur. Gaëlle und Julien beobachten mich. Anscheinend habe ich den kleinen Test bestanden.

Gaëlle winkt mir zu und gibt Julien einen Kuss. Ich sehe weg, um mich nicht in ihren kurzen intimen Moment zu drängen, der übrigens gar nicht mehr so kurz ist, sondern in eine ganze andere Richtung geht, wie mir scheint. Ich kann es Julien nicht verübeln, ich habe Gaëlles Kleid unter dem Mantel gesehen, sie sieht toll aus.

Als Julien, nachdem er die Tür hinter ihr geschlossen hat, zu mir zurückkehrt, ist sein Haar etwas verwuselt, und er trägt dieses typische Lächeln des glücklichen Mannes zur Schau. Ich gebe ihm Clara, um meinen Pulli auszuziehen, und übernehme sie dann wieder, damit auch er die warmen Sachen ausziehen kann. Von außen gesehen ein eher witziges Bild. Zwei Männer und ein Baby. Wie zwei völlig durchgeknallte, aber fähige Ammen.

Ich folge meinem besten Freund ins Badezimmer und sehe ihm zu, wie er seine Tochter wäscht. Meine kleine Nachhilfestunde beginnt, zumal ich ihm Clara schnell abnehmen muss, damit er ihr einen frischen Schlafanzug holen kann.

»Und, wie war der Besuch heute?«, erkundigt er sich, während er im Schrank herumsucht.

»Ich bin gar nicht zu meinem Bruder ins Zimmer gegangen, das hatte ich dir doch gesagt, oder?«

Ich schäme mich ein bisschen, dass ich ihm nicht die Wahrheit sage, er hätte sie wirklich verdient.

»Ich habe nicht von deinem Bruder gesprochen, Thibault.«

Dieser Julien ist ganz schön gerissen. Tatsächlich hat er das Hauptthema des Abends keine Sekunde lang aus den Augen verloren. Er hat nur gewartet, bis ich in einer Situation bin, in der ich seiner Frage nicht ausweichen kann. Ich hebe Clara aus dem Wasser und setze sie vorsichtig auf das Handtuch neben der Waschschüssel. Sie hebt mir rudernd die Ärmchen entgegen.

»Ich habe genau wie bei den Malen davor geschlafen.« Ich trete beiseite, um ihn durchzulassen.

»Machst du nie was anderes als schlafen, wenn du sie besuchst?«

»Ich rede auch ein bisschen, aber ehrlich, was sollte ich sonst tun?«

Anscheinend ist meine Antwort zufriedenstellend, Julien geht nicht weiter darauf ein. Er zieht Clara fertig an und gibt sie mir dann auf den Arm, damit er ihre Ecke im Badezimmer aufräumen kann. Ich tue so, als würde ich mit meiner Patentochter tanzen, während er sich in den Schubladen zu schaffen macht.

»Was hast du vor?«

Juliens Frage ist eine Art Echo auf die Frage, die mir seit einigen Tagen im Kopf herumgeht. Nachdenklich verlangsame ich meinen Tanz.

»Ich weiß nicht, was ich tun kann, aber ich weiß, was ich gern hätte.«

»Nämlich?«, hakt Julien nach.

»Ich möchte, dass sie aufwacht.«

»Das hängt nur von ihr ab, weißt du.«

»Das denke ich mir.«

Er nimmt mir Clara wieder ab, und ich folge ihm ins Wohnzimmer. In zwei Minuten hat er mit einer Hand alles vorbereitet, was fürs Fläschchengeben nötig ist. Ich greife nach dem Stillkissen und setze mich neben ihn aufs Sofa.

»Da, üb noch ein bisschen«, sagt er und reicht mir Clara. »So bist du schön festgenagelt und musst weiter antworten.«

»Worauf antworten?«

»Eigentlich habe ich keine Fragen mehr, höchstens einen Rat.«

»Welchen?«

»Pass auf.«

Einige Sekunden lang ist im Raum außer Claras Sauggeräuschen nichts mehr zu hören.

»Worauf soll ich aufpassen?«, frage ich leise, obwohl ich die Antwort genau kenne.

»Du bist gerade dabei, dich in ein Mädchen zu verlieben, über das du fast nichts weißt. Wenn das alles wäre, ginge es ja noch, aber … Du verliebst dich gerade in ein Mädchen, das ziemlich wahrscheinlich nie mehr aufwacht.«

»Woher willst du das wissen?«

»Ich weiß nur, was du mir gesagt hast, Thibault. Anscheinend hat sich ihr Zustand nicht gebessert, und ich finde, du steckst schon ganz schön tief drin in dieser Einbahnstraßen-Bekanntschaft, die erst vor einer Woche begonnen hat.«

»Ich weiß …«

Ja, ich weiß. Das ist die einzige Antwort, die ich darauf geben kann. Ich könnte vielleicht noch sagen: »Ich habe dich verstanden.« Aber das weiß Julien ohnehin. Ich habe jedes seiner Worte aufgenommen, verstanden, analysiert und verdaut, ganz einfach, weil sie mir auch schon seit einer ganzen Weile durch den Kopf gehen.

»Trotzdem, ich möchte, dass sie aufwacht …«

11

ELSA

Das Quietschen der Türklinke weckt mich. Ich weiß sofort, dass es die Putzfrau ist. Ihr Gang, ihr Karren, ihr Radio. Es ist Nacht, zwischen Mitternacht und ein Uhr morgens. Ich habe mich nicht lange gefragt, warum zu dieser Zeit geputzt wird. Es ist nur zu verständlich. Es besteht eben keinerlei Gefahr, dass das Personal jemanden in meinem Zustand weckt.

Sie fährt rasch mit dem Besen unter meinem Bett her und kehrt dann an den Seiten etwas gründlicher. Ich hatte heute Besuch, meine Schwester und Thibault, sie wird sicher auch noch feucht wischen müssen.

Ich finde es angenehm, von der Putzfrau geweckt zu werden, wegen ihres Radios, wobei »geweckt« natürlich ein sehr großes Wort ist. Mal abgesehen von den Kommentaren des Moderators, der zu dieser Zeit genauso verpennt ist wie jeder andere auch, ist die Musik, die sie hört, nicht schlecht. Ich musste innerlich lachen, als mir klar wurde, dass ich über die neusten Hits auf dem Laufenden bin. Wenn ich hier rauskomme, werde ich die Texte all dieser Lieder auswendig können. Darüber würde wohl mancher staunen.

Die Putzfrau geht in mein winziges Badezimmer, das nur von meinen Besuchern benutzt wird; ich höre sie schimpfen, das sei ja nun wirklich nicht nötig, aber sie putzt es trotzdem. Es dauert etwa zwei Lieder und eine Werbeunterbrechung.

Als die Musik wieder einsetzt, kommt sie gerade wieder in mein Zimmer. Es ist ein Titel, den ich sehr mag. Ich habe Lust mitzusummen. Er erinnert mich an die schönsten Momente auf den Gletschern. Ich ziehe mich für einen Moment aus der Gegenwart zurück und denke daran, wie gern ich immer gesungen habe, wenn wir auf dem Rückweg von einer Besteigung waren. Es war nur auf dem Abstieg möglich, aber es bedeutete, dass es mir gut ging.

Tja … Wenn ich mich für die Dauer eines Lieds gut fühlen könnte …

Ich kenne die Melodie und den größten Teil des Textes auswendig, und ich wiederhole das Ganze noch einmal in meinem Gehirn. Gleichzeitig höre ich den Scheuerlappen über den Boden reiben. Ich anstelle der Putzfrau würde es wenigstens im Takt der Musik machen. Mit ihren erratischen Wischbewegungen und den kleinen Müdigkeitsseufzern stört sie die schöne Regelmäßigkeit. Doch plötzlich stockt sie, und der Stiel ihres Schrubbers knallt auf den Boden. Was mich nicht sehr beunruhigt, denn wenn sie gestürzt wäre, hätte ich es gehört. Sie scheint erstarrt zu sein. Sehr gut, so kann ich das Lied besser hören.

»Bei allen …«

Ihr Murmeln klingt angstvoll. Widerwillig breche ich meine mentale Chorprobe ab. Was hat sie nur gesehen, dass sie sich so aufregt? Ich kann die Angst nicht mehr am eigenen Leibe spüren, aber ich kann mir sehr gut vorstellen, was sie mit mir anrichten würde. Ein fieses Kribbeln im Bauch, plötzliche Kälte im Nacken, die Atmung, die nur noch ganz flach geht, der ganz und gar angespannte Körper, der auf das kleinste Zeichen lauert, das diese Angst vernünftig erklären und damit beseitigen könnte. Aber diese Reaktion scheint eher meine ganz persönliche Variante zu sein, denn die Putzfrau verlässt hastig mein Zimmer, und bevor die Tür zufällt, glaube ich sogar zu hören, dass sich ihre Plastikschuhe sehr schnell über den Gang bewegen.

Wunderbar, sie hat ihr Radio dagelassen, ich kann mein Lied in Ruhe weiterhören. Der Titel geht zu Ende, jetzt folgt ein anderer, den ich aber nicht so mag.

In diesem Augenblick öffnet sich die Tür wieder, und vergeblich befehle ich meinem Hirn, sämtliche zur Identifikation der eintretenden Personen nötigen Operationen von meinem Körper ausführen zu lassen. Den Kopf drehen, den Oberkörper aufrichten, die Augen öffnen und alle von der Netzhaut erfassten Daten weiterleiten. Natürlich tue ich nichts davon, aber ich stelle mir vor, es zu tun. Seit Montag habe ich diese Übungen in meine sämtlichen Wachphasen eingebaut, und in den zwei Tagen ist es fast zur Routine geworden.

Mangels besserer Möglichkeiten lausche ich aufmerksam auf das, was da vor sich geht. Es sind zwei Personen. Die Putzfrau und noch jemand. Sie flüstern, daher kann ich sie anfangs kaum verstehen, aber sobald die Tür wieder geschlossen ist und sie näher kommen, werden die Stimmen lauter.

»Aber ich sage Ihnen, ich habe etwas gehört!«, ruft meine Putzfrau.

»Nicht doch, Maria, das ist unmöglich.«

Durch dieses Gespräch werde ich wenigstens den Vornamen der Frau erfahren haben, die mich mit Radiomusik versorgt, aber im Augenblick fasziniert mich das, was sie sagt, mehr als die knisternde Musik aus dem kleinen Empfänger.

»Aber wenn ich Ihnen doch sage, dass ich es nicht geträumt habe, Herr Doktor! Ich habe Geräusche gehört, und die kamen von ihr.«

»Maria, bitte verzeihen Sie, aber das möchte ich bezweifeln.«

Jetzt höre ich die Stimme des Mannes besser, es handelt sich um meinen ritterlichen Assistenzarzt. Dachte ich es mir doch, dass sein Chef ihn jetzt mit Nachtdiensten bombardieren würde. Oder vielleicht ist er auch nie gekommen, weil sich nie etwas ereignet hat.

»Glauben Sie mir etwa nicht?«, fragt Maria streng.

Ihr spanischer Akzent passt perfekt in das Bild, das ich mir von ihr gemacht habe. Ich stelle sie mir vor, wie sie den Assistenzarzt aus zusammengekniffenen Augen mustert, als wollte sie ihn in ein Häuflein Asche verwandeln, weil er es gewagt hat, an ihr zu zweifeln. Doch der lässt sich nicht einschüchtern.

»Maria, der Fall dieser jungen Frau ist verzweifelt. Wir können nichts mehr für sie tun.«

»Was? Meinen Sie etwa, Sie wollen sie abschalten wie Madame Solange nebenan?«

»Gütiger Gott, Maria! Kennen Sie denn die Namen aller Patienten, die hier liegen?«

»Lassen Sie den lieben Gott aus dem Spiel, Loris! Ja, genau, Ihren kenne ich auch!« Sie wirft es ihm an den Kopf, als zöge sie gerade eine Waffe gegen ihren Widersacher. »Aber was denken Sie denn? Dass alle Leute Nummern für uns sind? Meine Kolleginnen wenigstens haben nicht nur Patienten, die ihnen nicht antworten können!«

»Möchten Sie in eine andere Abteilung?«

Marias tiefer Seufzer hätte auch von mir kommen können. Der junge Mann versteht endlich, worauf sie hinauswill.

»Ja, wir werden die lebenserhaltenden Geräte abschalten«, antwortet er schließlich.

»Wann?«

»Das wissen wir noch nicht.«

»Warum?«, setzt Maria nach, als wäre sie ein Kommissar mitten im Verhör.

»Weil es ausgeschlossen ist, dass sie zu uns zurückkehrt.«

»Woher wollen Sie das wissen?«

»Die Medizin ist eine Wissenschaft, Maria! Na, ich will Ihnen jetzt keine Vorträge halten. Sehen Sie das Heft da unten am Fußende des Bettes? Anfang der Woche haben wir eine ganz besondere Anmerkung hinzugefügt. Ja, gehen Sie hin, nehmen Sie es!«

Der Zorn des Assistenzarztes ist inzwischen deutlich. Ich höre, wie Maria das Heftchen von seinem Bord reißt. Auch sie macht kein Geheimnis mehr aus ihrer Wut.

»Sehen Sie sich auf der ersten Seite unten die Anmerkung an, da am rechten Rand.«

»Ich sehe nichts!«, schnappt Maria.

»Doch, Sie sehen etwas. Sie wissen nur nicht, was es bedeutet.«

»Das Gekritzel da? So was wie ein Pfeil oder ein Kreuz.«

»Da steht ›minus X‹. Solange sich die Familie noch nicht entschieden hat und wir die Anzahl der Tage noch nicht kennen, schreiben wir X.«

»Sie lügen. So etwas zu tun ist furchtbar.«

»Es ist die Wahrheit. Ich war sogar derjenige, der es hinschreiben musste. Ich freue mich darüber genauso wenig wie Sie, aber es ist nun einmal so.«

»Es ist nun einmal so?«, wiederholt die Putzfrau. »Wissen Sie was, Loris?«

»Nein?«

»Sie enttäuschen mich.«

Ich warte auf die Fortsetzung, darauf, dass der junge Assistenzarzt sich verteidigt und sagt, die Meinung einer Putzfrau spiele für ihn keine Rolle, doch zu meiner Überraschung tritt ein langes Schweigen ein. Kein ganz stilles Schweigen, weil das Radio noch läuft.

»Ich enttäusche mich selbst, aber was soll ich denn machen …«

Ich frage mich, ob er wieder zu weinen anfängt wie beim letzten Mal. Ich drücke ihm die Daumen, dass er es nicht tut.

»Sie könnten sich wie ein Mann verhalten und nicht wie ein Hampelmann. So, jetzt hören Sie mir zu, und dann machen Sie mit dem, was ich Ihnen sage, was Sie wollen. Ich habe feucht gewischt und hörte Geräusche. Es war nicht mein Scheuerlappen, auch nicht mein Radio, es war auch nicht einfach ihre Atmung, es war, als wären Worte hinter alldem gewesen.«

»Ihre Stimmbänder können nicht mehr funktionieren, nachdem sie so lange nicht mehr benutzt wurden.«

»Ich sage ja nicht, dass sie gesprochen hat!«, versetzt Maria.

Jetzt ist es der Assistenzarzt, der genervt seufzt. Ich höre ihn von einem Fuß auf den anderen treten, dann bleibt er stehen.

»Na schön, Maria. Ich bin bereit, rasch ihre Funktionen zu überprüfen. Aber nur, damit Sie mich in Ruhe lassen!«

»Also doch ein Mann!«

Ich spüre das leichte triumphierende Lächeln in Marias Bemerkung und die Resignation des Assistenzarztes.

Er holt zwei, drei Sachen aus seinen Kitteltaschen, während Maria zu ihrem Karren zurückkehrt, als wäre nichts gewesen. Und ich klammere mich die ganze Zeit an die winzige Hoffnung, die ihr Gespräch in mir geweckt hat. Wenn Maria keine Märchen erzählt hat, ist es mir gelungen, die Lippen zu bewegen, und das dank eines Lieds.

Ich höre den Assistenzarzt, der sich über mich beugt, er tastet wohl meinen Körper ab, denn er hat die Laken zurückgeschoben. Aber auf all das horche ich nur zerstreut. Während er sich bemüht, ist meine ganze Aktivität auf das Lied konzentriert, das eben im Radio lief. In einer

Endlosschleife spiele ich Text und Melodie in meinem Gehirn ab. Im Geiste schreie ich es beinah, doch anscheinend dringt nichts über die Grenzen meines Gehirns hinaus, denn der Assistenzarzt beendet die Untersuchung mit einem weiteren tiefen Seufzer.

»Es tut mir leid, Maria, aber es hat sich nichts geändert. Glauben Sie mir, ich hätte mich gefreut, wenn es anders wäre. Nein, bitte sagen Sie jetzt nichts mehr.«

Die Putzfrau hat ihn also unterbrechen wollen.

»Ich gehe jetzt zurück ins Arztzimmer. Wenn wirklich etwas geschieht, können Sie mich sofort rufen.«

»Es war wirklich.«

»Sagen Sie. Ich sage Ihnen, dass es unmöglich ist.«

»Sagen Sie«, wiederholt sie.

Der Assistenzarzt geht. Dann geht auch Maria mit ihrem Karren.

Ich werde mich morgen früh wieder an meine kleine Hoffnung klammern. Jetzt möchte ich einfach nur weinen.

12

THIBAULT

All dieser Schnee. Normalerweise ist er mir völlig egal. Heute nervt er mich. Wenn das so weitergeht, werde ich bei meinem Test-Wochenende kläglich durchfallen, noch bevor es begonnen hat. Julien hat mir gesagt, ich solle um 18 Uhr da sein. Das ist in nur zehn Minuten, und angesichts der weißen Schicht, die sich auf der Straße zu bilden beginnt, weiß ich, dass ich viel länger als diese zehn Minuten brauchen werde. Denn schon seit fünf Minuten fahre ich im Schritttempo. Der Schneepflug ist drei Autos vor mir.

Ich habe mich gerade damit abgefunden und will mein Scheitern telefonisch ankündigen, da klingelt mein Handy. Auf dem Display leuchtet Juliens Vorname. Mist … Ich habe nicht einmal mehr die Möglichkeit, meine Strafe durch rechtzeitige Kooperation mit der gegnerischen Partei herunterzuhandeln. Mit zusammengebissenen Zähnen nehme ich das Gespräch an und rede gleich drauflos, um meinen besten Freund gar nicht erst zu Wort kommen zu lassen.

»Julien, es tut mir so leid, aber ich schaffe es bestimmt nicht bis 18 Uhr. Dabei bin ich rechtzeitig aus dem Büro gegangen, ich hatte schon alles im Wagen, damit ich nicht noch mal nach Hause musste, aber …«

Julien lacht schallend. Vielleicht habe ich doch noch eine Chance zur Wiedergutmachung. Was mich aber am meisten überrascht, sind die Hintergrundgeräusche bei ihm.

»Sag mal, wo bist du gerade?«, frage ich ihn.

»In meinem Wagen, genau wie du!«

»Was? Ihr seid schon losgefahren? Ihr habt Clara ganz allein gelassen? – Nein, ach, ich bin ja blöd«, korrigiere ich mich sofort. »Ihr habt Clara dann doch lieber mitgenommen?«

»Was erzählst du da?« Julien klingt verwundert. »Nein, nein! Das Programm bleibt unverändert. Ich musste nur wegen des Schnees noch ein paar Einkäufe machen, bevor wir losfahren, und stecke genauso im Stau wie du! Dieser verdammte Schneepflug!«

»Hängst du auch hinter einem Schneepflug?«

»Ich bin zwei Autos hinter dir, Einstein!«

Ich drehe mich um und kümmere mich einen Moment nicht darum, ob die Wagen vor mir weiterfahren. Tatsächlich erkenne ich Julien durch die Scheiben des Wagens zwischen uns und winke ihm zu. Er antwortet mit Lichthupe. Der Fahrer des Autos zwischen uns zieht ein seltsames Gesicht, aber dann begreift er, dass nicht er gemeint ist.

»Uff, dann bin ich also gerettet.« Ich wende meine Aufmerksamkeit wieder der Straße vor mir zu und lege den Gang ein.

»Sieht so aus. Aber Gaëlle ist sowieso dermaßen glücklich über unser Wochenende zu zweit, dass ihr zehn Minuten Warten bestimmt nichts ausmachen. Die Straßenverhältnisse schon eher … Aber ich habe in der Hütte angerufen, bei denen schneit es noch nicht, dort soll es erst in der Nacht anfangen.«

»Umso besser, dann habt ihr es noch ruhiger, aber ihr habt den Schnee dann auch auf der Rückfahrt.«

»Seit wann macht dir der Schnee was aus?«

Meine Antwort hätte sofort kommen sollen, aber sie dreht einige Runden in meinem Kopf, bevor ich sie in Worte fassen kann. Ich habe das Gefühl, eigentlich hätte sich ein anderer Satz an diese Stelle drängen wollen, aber ich kann nicht herausfinden, welcher.

»Mein bester Freund und seine Frau fahren bei solchem Wetter weg, während ich ihre noch kein Jahr alte Tochter hüte. Denkst du, ich adoptiere sie, wenn euch was passiert?«

»Wie nett von dir, dass du dir solche Sorgen um uns machst«, spottet Julien und wird dann wieder ernst. »Weißt du, eine Patenschaft kann solche Sachen mit sich bringen. Wenn du nächste Woche in der Kirche unterschreibst, verpflichtest du dich, immer für unseren kleinen Schatz da zu sein, so ist das!«

»Nur versuche ich, solche Verpflichtungen eben zu vergessen …«, führe ich Juliens Witz weiter. »Und außerdem steht nirgends geschrieben, dass ich in einem solchen Fall das Sorgerecht bekäme.«

»Hat Gaëlle dir nichts davon gesagt?«

Juliens Ton bringt mich sofort in eine weniger witzige Welt zurück.

»Was redest du da?«

»Nichts, keine Sorge, es war nur ein Scherz!«

»Uff, das beruhigt mich jetzt.«

Mein Herz schlägt wie verrückt. Mir wird klar, dass ich wirklich Angst bekommen habe. Verantwortung bei der Arbeit, kein Problem. Berufliche Verpflichtungen machen mir nicht das Geringste aus. Doch seit Cindy habe ich im Privatleben alles Verbindliche zerschlagen.

»Thibault? Bist du noch da?«

»Ja.«

Ich habe wohl einige Sekunden geschwiegen, sonst hätte Julien nicht so besorgt nachgefragt.

»Telefonieren am Steuer ist eigentlich nicht okay«, sage ich, um mich wieder zu fangen.

»Bei unserem Tempo von zwanzig Metern pro Stunde werden sie uns wohl kaum deswegen anhalten. Wenn du irgendwo einen Polizisten siehst, der Knöllchen verteilt, statt den Verkehr zu regeln, zeig ihn mir!«

»Trotzdem. Wolltest du mir noch was sagen?«

»Du hast nicht zufällig vor Kurzem Cindy getroffen?«

Diese Frage von Julien verblüfft mich mehr als alle anderen. Wahrscheinlich sehe ich aus wie eine Kröte, der man die Zunge herausgeschnitten hat.

»Woher weißt du das?«, stottere ich.

»Weil ich sie heute von Weitem gesehen habe und weil ich finde, dass du noch schreckhafter reagierst als sonst, wenn man mit dir über Verantwortung spricht.«

Man muss nicht lange überlegen, warum Julien mein bester Freund ist.

»Wie ist es gelaufen?«, hakt er nach.

Ich denke einen Augenblick lang nach. Wie ist es gelaufen?

»Schlecht«, beginne ich. »Richtig übel. Sie hat sich verändert. Es war erbärmlich.«

»Wart mal, Thibault, wovon sprichst du eigentlich?«

»Von ihrem Blitzbesuch bei mir. Einem Besuch mit sehr üblen Absichten!«

Ich höre die Wut in meiner Stimme. Selbst nach einer Woche habe ich die Begegnung noch nicht verdaut.

»Könntest du das weiter ausführen?«

»Ganz einfach, sie langweilte sich zu Hause. Weit genug ausgeführt?«

»Das hat sie gemacht? Hätte ich ihr nie zugetraut.«

»Ich denke, es gibt vieles, was man sich gegenseitig nie zugetraut hätte.«

»Und was hast du getan?«

»Ich hab sie rausgeworfen, was glaubst denn du?«

Eine halbe Sekunde lang bin ich Julien furchtbar böse, weil er zu denken wagt, ich könne Cindys Reizen noch einmal erliegen, doch nach kurzer Überlegung legt sich mein Zorn. Bei meinem derzeitigen Zustand hätte das sehr leicht passieren können.

»Tut mir leid, Thibault«, entschuldigt sich Julien.

»Kein Problem.«

»Doch. Es gibt eben ein Problem. Ich bin sogar so weit gegangen zu meinen, es hätte dich auf andere Gedanken bringen können, aber im nächsten Augenblick habe ich diese Meinung geändert.«

»Du bist von dieser Meinung abgekommen, das ist die Hauptsache. Und ehrlich gesagt, es hätte passieren können.«

Wieder Schweigen am Telefon. Zwei Kumpel, die über ihr Tun und Denken reflektieren.

Die Frauen stellen sich nie vor, was in unseren Köpfen vor sich geht. Oft werden wir für hohl gehalten, dabei weiß ich, dass in meinem Geist ständig Aufruhr herrscht. In Juliens dürfte es so ähnlich sein. Wir bleiben stumm und hängen wie zwei Idioten an unseren Telefonen. Vielleicht haben die Frauen im Grunde ein bisschen recht. Wir sind aber innen nicht völlig hohl, sie verwenden den falschen Begriff, wir wissen nur nicht, was wir mit unserem inneren Aufruhr anfangen sollen.

Zum Glück rettet uns dreißig Sekunden später der Schneepflug.

»Julien?«, frage ich, als wäre nichts gewesen. »Der Schneepflug hält auf dem Bürgersteig. Ich glaube, wir haben freie Bahn, vor mir scheint es schneller voranzugehen.«

»Gut, dann legen wir auf. Bis gleich! Versuch gar nicht erst, mir einen günstigen Parkplatz zu überlassen, du brauchst Gaëlle ja bloß zu sagen, dass ich unten warte.«

Um 18 Uhr 10 kann ich endlich aus dem Wagen aussteigen. Julien hält neben mir und hat den Warnblinker eingeschaltet. Ich winke ihm zu und rette mich ins Haus. Die Heizung in meinem Wagen geruhte zwar zu funktionieren, aber von der Gluthitze, die ich mir gewünscht hätte, konnte keine Rede sein. Ich nehme immer zwei Stufen auf einmal, um mich warmzulaufen, und pinne mir endgültig einen Zettel ans innere Memoboard, dass ich wieder joggen gehen muss.

Gaëlle öffnet mir in einem völlig anderen Outfit als am Mittwoch. Ich erkläre ihr in ein paar Sätzen die Lage, und sie zeigt auf zwei große Rucksäcke, die in der Diele stehen. Ich nehme einen auf den Rücken und den anderen in die Arme und laufe zum Aufzug. Unten ist Julien bereits ausgestiegen und hat den Kofferraum geöffnet. Ich gebe ihm die Rucksäcke, damit er sie einladen kann, und stelle ihm noch ein paar Fragen. Da schießt mir noch eine letzte durch den Kopf.

»Wo ist eigentlich euer Buggy?«

»Meinst du Claras?«

»Welchen Buggy sollte ich wohl gemeint haben, Julien?«

»Pardon, aber es bot sich so an …« Er lacht. »Er steht fein säuberlich zusammengeklappt zwischen Kleiderschrank und Wand. Hast du vor, sie im Kinderwagen auszufahren? Ich glaube, du hattest Clara doch bisher immer in der Babytrage, wenn du mit ihr unterwegs warst.«

»Aber nur, weil ich nie allein mit ihr spazieren gehe, ihr seid jedes Mal dabei, und ihr packt sie immer in dieses Ding mit den vielen Riemen.«

»Ach, findest du es nicht praktisch?«

»Doch, und wie! Ich werde es sicher benutzen. Aber vielleicht brauche ich auch den Buggy.«

»Seltsam, und das von dir! Gut, du weißt ja jetzt, wo er ist. Wir wissen, du wirst es schon richtig hinkriegen. Mach dir aber nicht zu viel Mühe mit dem Aufklappen, eigentlich geht es von ganz allein.«

»Das hast du über die Gurte der Babytrage auch behauptet, trotzdem hab ich eine Viertelstunde gebraucht, um das System zu kapieren.«

»Das geht doch noch. Als Gaëlle mir die Knoten zeigte, die ich hätte lernen müssen, um Clara im Tuch zu tragen, habe ich ihr schließlich verzweifelt den Kinderwagen-Katalog hingehalten.«

Ich lächle bei dem Gedanken, wie sehr diese Geste gegen seinen Stolz gegangen sein muss. Selbst mein superkompetenter bester Freund stößt bei der Ausübung seiner Vaterpflichten hin und wieder an seine Grenzen.

»So, ich glaube, sie hat nur noch eine kleine Tasche zu tragen, und du kennst ja deine Frau, sie wird sie selbst tragen wollen. Ich wünsch euch ein schönes Wochenende, amüsiert euch gut!«

»Du solltest auch hin und wieder mal wegfahren, das wäre doch nett.« Julien schlägt den Kofferraum zu.

»Mit wem?«, seufze ich.

Julien lächelt mich nur an, bevor er wieder in den Wagen steigt. Ich winke ihm noch einmal zu und gehe ins Haus zurück.

»Soll ich dir irgendwas noch mal erklären?«, fragt mich Gaëlle, als ich wieder in die Wohnung komme.

»Nein, alles bestens. Los, hau ab. Dein Mann wartet schon auf dich, im Märchenprinzen-Modus.« Ich küsse sie auf die Wange.

Gaëlle nimmt mich fest in die Arme, so war sie schon immer.

»Danke, Thibault«, sagt sie mir leise ins Ohr. »Du

kannst dir gar nicht vorstellen, wie sehr es mich freut, dass du uns dieses Geschenk machst.«

»Kein Problem, ich mach's gern.«

»Es wäre schön, wenn auch du eine eigene Familie hättest.«

Die vorfabrizierte Antwort liegt mir schon auf der Zunge. Mein »Mit wem?«, das ich bereits vor knapp einer Minute Julien serviert habe. Aber mir rutscht etwas anderes heraus.

»Ja, das wäre schön.«

Gaëlle tritt einen Schritt zurück und sieht mich halb verblüfft, halb amüsiert an. Ich kann's verstehen. Es ist sicher das erste Mal, dass ich diesen Wunsch laut gestehe. Alle, die mich mit Clara erleben, haben es längst begriffen, aber ich habe nie das Mindeste zu diesem Thema verlauten lassen.

»Wie lieb, dass du es mir gesagt hast.« Sie lächelt gerührt.

Ich bringe sie noch zur Tür und wünsche ihr ein schönes Wochenende. Bei dem ganzen Hin und Her bin ich noch gar nicht dazu gekommen, meiner Patentochter Guten Tag zu sagen. Clara liegt friedlich in ihrem Spielstall. Ich beuge mich über sie und nehme sie auf den Arm. Bei ihr ist das kein Problem, ihre paar Kilo machen mir nichts aus.

Ich gehe zum Fenster und lasse sie dabei mit meinen Fingern spielen. Ich kann nicht sehen, ob Julien und Gaëlle gut weggekommen sind, die Fenster ihrer Wohnung gehen alle nach hinten hinaus.

Es schneit immer noch, und im orangefarbenen Licht der Straßenlaternen hat die Stadt ein merkwürdiges Aussehen angenommen. Es ist noch keine 18 Uhr 30, und dennoch wirkt es von hier aus so, als läge alles schon in tiefem Schlaf. Ich bin selbst überrascht über diese Gedanken, und Juliens Frage kommt mir wieder in den Sinn. Seit wann macht mir der Schnee was aus?

Ich wüsste schon eine Antwort, aber die jagt mir eine Heidenangst ein, also schiebe ich sie beiseite und kehre zum Sofa zurück.

13

ELSA

Meine Mutter und mein Vater sind bei mir im Zimmer. Sie sind nicht allein hier. Auch der Chefarzt ist da. Dieser verdammte Arzt geht mir auf den Geist. So sehr, dass ich ihm wirklich den Kittel ins Maul stopfen möchte.

Sobald ich seine Stimme hörte, überschlug sich mein Geist in meinem Kopf. Er ist da, um über das »minus X« zu sprechen, und zwar ein für alle Mal. Er hatte den Gedanken ja bereits ins Spiel gebracht, aber nicht so radikal. Und »radikal« ist noch milde ausgedrückt. Wenn es einen Begriff gäbe, der die Bedeutungen »lässig«, »direkt« und »völlig desinteressiert« enthielte, dann wäre seine Gesprächsführung damit treffend beschrieben, glaube ich.

»Sie verstehen, Madame, da gibt's wirklich keine Hoffnung mehr.«

Und deine Sprache, du Idiot! Fast hätte man mit einem »M'dame« rechnen müssen. Wenn du schon über meinen vorgezogenen Tod reden willst, dann sei doch wenigstens so höflich, es in vollständigen Wörtern zu tun! Du kommst einem vor wie eine Figur in einem dieser alten amerikanischen Western, nur dass du einen Kittel trägst!

Genauso stelle ich mir ihn übrigens vor, diesen Chefarzt, der mir den Nerv tötet. Den Kittel ganz aufgeknöpft, eine Faust in die Hüfte gestützt, mit dem Ellbogen an der Wand lehnend. Ich würde meine Hand dafür ins Feuer legen, dass er eine Jeans unter dem Kittel trägt und keine weiße Hose. Und ein altes, ausgeleiertes T-Shirt. Na gut, das habe ich mir alles ausgedacht, aber wirklich, genauso könnte er aussehen. Eine empörende Lässigkeit. Ich verstehe nicht, warum mein Vater noch nicht reagiert hat.

Meine Mutter hingegen reagiert schon seit einer ganzen Weile. Sie schluchzt mehr oder weniger still vor sich hin. Ich erkenne ihr Weinen besser, wenn sie spricht, weil sie zwischen den Schluchzern immer nur ein Wort auf einmal herausbringt.

Eigentlich seltsam. Letzten Endes hat sie doch als Erste daran gedacht, mich abzuschalten. Aber wenn man ihre tränenreiche Reaktion hört, gewinnt man fast den Eindruck, dass meine Eltern die Rollen getauscht haben.

»Wirk-wirk-wirklich gar kei-keine?«

Am Ende der Frage ist ihre Stimme gekippt. Ich hoffe, mein Vater ist so schlau gewesen, sie in die Arme zu schließen oder wenigstens ihre Hand zu nehmen. Sie ist völlig verzweifelt, was nicht oft vorkommt. Und zur Krönung des Ganzen wahrscheinlich auch noch in äußerster Angst. Ich schicke ein stilles Gebet an meinen Vater, er möge seine Gattenrolle anständig ausfüllen. Ich bezweifle sehr, dass mein Gebet auch nur die geringste Wirkung gehabt hat, aber zumindest reagiert er.

»Anna, beruhige dich, bevor du hier irgendetwas zu verstehen versuchst.«

Ein sehr vernünftiger Rat, mein Vater in Bestform,

aber es ist nicht unbedingt der Rat, den ich hätte hören wollen.

»Können Sie ein bisschen warten, bis meine Frau sich wieder gefasst hat?«

Das Knurren des Chefarztes soll wohl ein Ja bedeuten. Was habe ich gesagt … Ein echter Westernheld. Aber wo steckt mein Assistenzarzt? Er hätte das alles sicher mit viel mehr Takt gemacht. Obwohl, wenn ich dann auch noch ihn hätte schluchzen hören müssen … Dann hätten wir heute Nachmittag doch einige Tränenfluten aufwischen müssen.

Der Arzt verlässt mein Zimmer. Mein zweites stilles Gebet betrifft die Auslösung irgendeines Ereignisses, das ihm binnen einer Minute ein Bein brechen könnte. Doch selbst nach viermaliger Fristverlängerung ist nichts passiert, denn als er fünf Minuten später zurückkehrt, höre ich keine Krücke auf den Boden klopfen.

»Und, haben Sie nachdenken können?«

Aber sicher doch! Fünf Minuten sind ja reichlich Zeit für eine solche Entscheidung! Ich weiß, statt mich hier so aufzuregen, sollte ich meinen ganzen Schwung lieber dafür verwenden, meinem Gehirn zu befehlen, dass es mich aufsetzt, aber da ist nichts zu machen, ich konzentriere mich ausschließlich auf meine Gefühle. Nur wenn Thibault da ist, kann ich diese Emotionen zu Aktionen werden lassen. Jetzt bin ich nur noch lautlos wütender Zorn.

Dennoch, ich gerate kurz ins Zweifeln … Ist Zorn nicht eigentlich eine physiologische Reaktion? Was bedeuten würde, dass ich Fortschritte mache? Aber ich habe

Geologie studiert, nicht Medizin, also lasse ich diese Frage beiseite und warte gespannt auf die Antwort meiner Eltern.

»Nein.«

Die Stimme meines Vaters ist fest, die Botschaft klar, obwohl ich es eindeutig vorgezogen hätte, wenn er dem Kerl die Faust ins Gesicht gepflanzt hätte. Ich weiß nicht, woher plötzlich diese Aggressivität kommt, aber ganz offensichtlich richtet sie sich auf diesen Arzt. Vielleicht mein Überlebensinstinkt? Schließlich liegt meine Zukunft in den Händen und Argumenten dieses Mannes. Wenn er alle von seiner Meinung überzeugen kann, wird er mich abschalten, und ich …

Nein. Weiter will ich gar nicht denken. Im Augenblick bin ich da. Ich höre. Heute bin ich lebendig, und ich will es bleiben.

»Na schön«, erwidert der Arzt. »Es ist Ihr gutes Recht zu zögern, ich verstehe Sie, aber Sie müssen wissen, je länger Sie mit dieser Entscheidung warten, desto größer wird der Schmerz sein.«

Es schmeckt stark nach einer automatischen Antwort wie bei den vorprogrammierten Anrufbeantwortern. »Dies ist der Anschluss von Dr. XY, nach dem Piepton können Sie Ihre Tochter abschalten.«

»Haben Sie Kinder, Herr Doktor?«

Die Frage meines Vaters reißt mich aus diesen Gedanken. Ich spüre, dass sich mein imaginärer Faustschlag in eine schneidende Bemerkung verwandeln und mehr oder weniger dieselbe Wirkung haben könnte.

»Ja, zwei.«

Lügner …

Die Tatsache, alles nur über den Hörsinn wahrzunehmen, hat schon etwas Bemerkenswertes. Dann nämlich nehmen alle Töne ganz besondere Eigenschaften an.

In den letzten sieben Wochen konnte ich feststellen, dass ich mit dem, was die Leute sagen, ganz automatisch Farben und Texturen verbinde. Die Stimme meiner Schwester ähnelt, wenn sie von ihren Liebesabenteuern erzählt, einem eklig roten Samt, so sehr quillt das Ganze von Hormonen über. Meine Mutter ist eine Art lila Leder, das robust erscheinen will, aber an vielen Stellen rissig wird wie eine alte Handtasche. Dieser Chefarzt ist so rau und reizlos wie eine Eisenstange auf einer Baustelle.

Und mitten in alledem habe ich zum Glück einen Regenbogen, der sich mir seit zehn Tagen zeigt. Thibault ist gekommen, mit all seinen Gefühlen, mit allem, was an ihm neu für mich ist. Ich konnte ihm bisher noch keine genaue Farbe zuordnen. Es war einfach nur schillernd und verblüffend. Ich habe mich auf einem Regenbogen niedergelassen. Ich fand das poetisch. Immer noch viel besser als der Rest, der mir zuwider war wie nur was.

Kurzum: Der Arzt ist ein Lügner. Dem, was er gerade gesagt hat, konnte ich anhören, dass es gelogen war. Er hat keine zwei Kinder. Ich bezweifle, dass er auch nur eins hat. Ich glaube, der Kerl hat eine Frau und mehr nicht. Höchstwahrscheinlich ist auch die Kinder-Antwort genauso vorgefertigt wie die vorherige und nur zur Täuschung der Gesprächspartner bestimmt. Andererseits hat er es vielleicht satt, sich anhören zu müssen: »Ach so? Sie haben keine Kinder? Dann können Sie auch nicht wissen, wie es ist, eine solche Entscheidung fällen zu müssen!«

Ich staune über mich selbst. Zum absolut ersten Mal unterstelle ich diesem Kerl völlig vernünftige Gedanken. Es ist mir ohnehin unvorstellbar, dass man Arzt sein kann, um Leben zu retten, und dann völlig kalt bleibt, wenn es um den geplanten Tod eines Menschen geht. Aber wie kann man von der persönlichen Anteilnahme, wie sie mein Assistenzarzt an den Tag legt, zu dieser völligen Gleichgültigkeit gelangen, die dieser Chefarzt zur Schau trägt? Vielleicht liegt es an den vielen Jahren Berufserfahrung. Sogar ganz sicher. Anders kann ich es mir nicht vorstellen. Es ist bestimmt nicht das erste Mal, dass er eine solche Entscheidung treffen muss. Trotzdem: Man hat das Gefühl, es geht ihn absolut nichts an. Ich weiß, das ist nicht der Fall, aber genau das strahlt er aus. Jedenfalls für mich, die ich nur zuhören kann.

Mein Vater, der ja nicht weiß, dass mein Arzt lügt, stoppt die verbale Ohrfeige, die er ihm verpassen wollte, und versucht stattdessen, mit leisen Worten meine Mutter zu beruhigen.

»Hier sind die Unterlagen«, sagt der Arzt, der begriffen hat, dass von meiner Mutter nichts mehr zu erwarten ist, zu meinem Vater. »Ich weiß, Sie haben noch keine Entscheidung getroffen, aber manchmal hilft es, den Text vor Augen zu haben. Ich bitte Sie ja nicht, sie heute Abend auszufüllen. Nur, sie zu lesen. Oder sie vielleicht auf einen Tisch zu legen, damit Sie regelmäßig darüber nachdenken. Was Sie auch tun, Sie können mich anrufen. Jederzeit. Da unten steht meine Nummer. Jederzeit, wirklich. Wenn ich zu tun habe, gehe ich nicht dran, so einfach ist das. Aber ich habe diese Nummer ausschließlich für diese Art von Anrufen, und ich tue mein Möglichstes, um für die Angehörigen der Patienten da zu sein.«

Diesmal weiß ich nicht, was ich denken soll. Ich glaube, ich fange gerade an, mich in Neutralität zu üben. Was mein Arzt sagt, ist professionell. Dennoch, etwas ganz tief in mir hätte es lieber, wenn der Assistenzarzt mit alldem befasst wäre. Den habe ich wenigstens zu jemandem »Ich liebe dich« sagen hören. Das bedeutet, er hat ein Herz, das lebt und schlägt. Ich behaupte ja nicht, der Chefarzt hätte kein Herz, ich denke eher, er hat es in dem harten, kalten Metall eingeschlossen, das ich mit seiner Stimme verbinde.

Mein Vater nimmt die Blätter, und der Arzt verabschiedet sich von meinen Eltern. Von denen höre ich ein vages Murmeln und dann nur noch das Schluchzen meiner Mutter. Vermutlich streichelt ihr mein Vater übers Haar. Sie beruhigt sich langsam und tritt dann an mein Bett. Vielleicht nimmt sie meine Hand, vielleicht sieht sie mich nur an. Ich höre nicht mehr viel. Ich schlafe gerade ein.

14

THIBAULT

»Julien! Sei verflucht! Autsch!«

Meine Verwünschung kehrt wie ein Bumerang zu mir zurück. Keine Sekunde, nachdem ich meinem Hass auf diesen Buggy Luft gemacht habe, hat er mir schon die Finger geklemmt.

Clara in ihrem Bettchen bewegt sich spielerisch. Ich habe sie wieder hineingelegt, nachdem mir klar geworden war, dass ein einfaches Schütteln des zusammengeklappten Fahrzeugs nicht zu seiner kompletten Entfaltung reichen würde. Ich trete einen Schritt zurück, als wollte ich Abstand von der Aufgabe gewinnen, und sehe auf meine Armbanduhr. Wenn das in dem Tempo weitergeht, schaffe ich nicht alles, was ich mir vorgenommen habe. Macht nichts, dann eben ein andermal!

Ich hole die Babytrage aus dem Schrank. Die wenigstens wird mir nicht so gnadenlos Widerstand leisten. Ich werfe einen Blick auf den hartnäckig verklemmten Buggy. Warte nur, mein Lieber, heute Abend sehen wir uns wieder! Heute Abend wirst du sehen, was du davon hast. Heute Abend nehme ich mir nämlich die Bedienungsanleitung vor, und dann hast du keine Chance mehr. Ich werde Gaëlle und Julien bestimmt nicht mit einem telefonischen Hilfeschrei stören, wir machen es also unter uns aus, aber das kleine Heftchen, das ich unter dem Wohnzimmertisch gesehen habe, wird mir ein wertvoller Kampfgenosse sein.

Ich ziehe mir geradezu routiniert die Babytrage an und schließe die richtigen Schnallen. Dann schiebe ich Clara, nachdem ich ihre Stirn minutenlang mit Küsschen bedeckt habe, hinein und rücke und ziehe alles noch einmal zurecht. Jetzt sind wir ausgehbereit. Ich bin stolz auf mich, trotz der demütigenden Niederlage in Sachen Buggy.

Draußen ist alles grau. Der Schnee von gestern ist bereits unter den Bus- und Autoreifen geschmolzen. Das bisschen, was noch liegt, hat durch die Autoabgase sein strahlendes Weiß verloren. Der Himmel ist beängstigend düster.

Verrückt, wie sich das Wetter innerhalb eines Tages geändert hat. Gestern hat es noch geschneit, und heute sieht es nach einem Gewitter aus. Deshalb wollte ich auch den Buggy benutzen, der hat so eine Art Plastikzelt, das Clara im Falle eines Gusses schützen würde. Aber jetzt nehme ich eben den großen Regenschirm mit, dessen Format ihn auch als Sonnenschirm durchgehen lassen würde. Notfalls kann ich mein kostbares Patenkind ja auch mit unter meinen Anorak nehmen, aber ich denke, der Regenschirm reicht.

Ich laufe über den schneefreien Bürgersteig. Das wenigstens ist von Vorteil, ich kann nicht ausrutschen, außerdem hätte ich im Schnee nicht so schnell gehen können, schon gar nicht mit Clara vor der Brust. Ich begegne den Blicken mehrerer Frauen meines Alters. Alle scheinen dieses Ski-Ass von einem Papa rührend zu finden. Denn so mit Mütze, Schal, Handschuhen und schweren Stiefeln sähe ich aus wie auf dem Weg zum Skilift, gäbe es da nicht Claras kleines Köpfchen zwischen der ganzen Ausrüstung.

Bei jedem weiblichen Lächeln, das mir zuteilwird, schlägt sich mein Buch-mit-Ihnen-als-Held auf Seite 60 auf: »Lächeln Sie höflich zurück, man weiß ja nie.« Ich jedoch blättere hartnäckig eine Seite weiter (»Gehen Sie Ihren Weg.«) und frage mich dabei, was an einem Mann, der ein Baby trägt, denn so bemerkenswert ist. Ich hätte dem Ski-Ass noch ein »außerirdisch« hinzufügen können.

Von Julien aus ist der Weg zum Krankenhaus viel kürzer. Ich brauche kein Auto, ich brauche auch meine Mutter nicht abzuholen. Das habe ich mit ihr abgesprochen. Oder vielmehr sie hat sich mit einer Freundin abgesprochen. Ich hatte die Entschuldigung »Clara«, um dem Besuch bei meinem Bruder zu entgehen. Ich musste nur so lange warten, bis ich sicher sein konnte, dass meine Mutter nicht mehr im Krankenhaus sein würde. Jetzt, um 16 Uhr, ist sie bestimmt schon wieder zurück. Mit ein wenig Glück hat die betreffende Freundin sie zu sich nach Hause eingeladen. Vielleicht essen sie sogar zusammen zu Abend. Das würde meiner Mutter guttun. Das würde allen guttun.

Sehr bald schon bin ich im Krankenhaus. Meine kleine Clara sieht sich mit neugierigen Augen um. In ihrem Alter muss alles ziemlich interessant sein. Weder sie noch ich hatten Zeit auszukühlen. Bei all den Schichten, in die ich sie gepackt habe, und bei meinem raschen Gehen bestand auch keine Gefahr. Allerdings nehme ich doch lieber den Lift als wie sonst die Treppe. Und wieder werde ich von den Frauen, die mit mir in der engen Kabine stehen, liebevoll angeschaut. Und zwar von allen, unabhängig vom Alter.

Ich begegne dem Blick einer Frau in den Dreißigern. Sehr hübsch. Sogar strahlend schön. Es sieht fast schon künstlich aus, so sehr strahlt ihr Gesicht. Sie wirkt so hoffnungsvoll, als ich Clara zuflüstere, alles sei gut – warum, begreife ich erst, als sie mit ihrem Begleiter auf der Etage der gynäkologischen Station den Fahrstuhl verlässt.

Auf der fünften Etage angekommen, habe ich kaum den Finger gehoben, da verlassen schon alle den Lift oder pressen sich an die Wände, damit ich aussteigen kann. Ich versuche mir meine Überraschung nicht ansehen zu lassen und breche erst in Gelächter aus, als sich die Metalltüren wieder geschlossen haben.

»Hast du gesehen, was für eine Wirkung wir beide haben?« Ich kitzele Clara am Näschen.

Plötzlich höre ich eine vertraute Stimme. Ich hebe den Blick, und meine Heiterkeit ist verflogen. Am anderen Ende des Gangs schiebt meine Mutter einen Rollstuhl. Im Rollstuhl sitzt ein Mann. Mein Bruder. Seine Stimme war es, die ich erkannt habe. Ich sehe mich rasch um. Die Tür zum Treppenhaus ist ein paar Meter links von mir. Aber ich habe kaum einen Schritt in diese Richtung machen können, da ruft mich meine Mutter schon.

»Thibault?«

Aus dieser einfachen Frage höre ich ihre Überraschung und noch einen ganzen Haufen weiterer Dinge heraus. Mütter, oder vielleicht auch Frauen allgemein, haben die Gabe, ein ganzes Wörterbuch in einem einzigen Wort unterzubringen. Jetzt zum Beispiel weiß ich, in diesem »Thibault?« steckt: »Was treibst du da? Wieso bist du hier? Hast du deine Meinung über Sylvain geändert? Aber das ist ja Clara! Ist die niedlich, lass mich sie begrüßen! Bist du etwa zu Fuß gekommen? Du hast doch gesagt, du würdest nicht hier sein!« Und so weiter.

Stattdessen nur dieses »Thibault?«, und schon stehe ich da wie angewachsen und lasse, unfähig mich zu rühren, das Grüppchen auf mich zukommen.

»Das ist Amélie«, sagt sie, als sie angekommen sind. »Die Freundin, die mich hergebracht hat. Wir haben noch ein bisschen bei ihr geplaudert, dadurch ist es so spät geworden. Warst du auf der Suche nach mir?«

Unwissentlich hat meine Mutter mir gerade das Leben gerettet oder zumindest die Ehre. Ich hatte nicht die geringste Ahnung, wie ich meine Anwesenheit hier sonst hätte erklären können.

»Ich hab dich zu Hause anzurufen versucht, aber da warst du nicht. Deshalb hab ich mir Sorgen gemacht. Normalerweise bist du doch um die Zeit schon wieder zurück.«

»Mein Schatz.« Sie streichelt mir über die Wange. »Ich hätte ja auch bei Amélie sein können. Und warum hast du es nicht auf meinem Handy versucht?«

»Das ist doch immer ausgeschaltet, darauf bin ich gar nicht gekommen.«

»Was nützt es dann, dass ich es dir gekauft habe?«

Die Stimme, die sich gerade ins Gespräch gemischt hat, trifft mich wie ein Dolchstoß mitten in die Brust. Ich schließe die Augen und hole tief Luft. Bisher verdeckte Clara die Gestalt in dem Rollstuhl. Aber jetzt, wo mein Bruder sich bemerkbar gemacht hat, kann ich ihn nicht länger ignorieren. Ich öffne die Augen wieder und senke langsam den Blick auf ihn.

»Guten Tag, Sylvain.«

»Hallo, Thibault! Wir haben dich hier lange nicht gesehen!«

Ich unterdrücke einen Seufzer. Mein Bruder, wie er leibt und lebt. Ich weiß selbst nicht, warum ich gehofft hatte, sein Unfall könne ihn ändern. Was immer er sagt, er versucht es ins Scherzhafte zu ziehen. Ein ernsthaftes Gespräch mit ihm führen zu wollen ist eine echte Herausforderung.

»Wieso wohl?«, erwidere ich und starre ihn an.

Mein Bruder sieht mir nicht sehr ähnlich. Sein kastanienbraunes Haar war immer gefügiger als meins, und seinen blauen Augen sind mehr Mädchen zum Opfer gefallen, als ich mir je vorzustellen gewagt habe. Allerdings sehe ich ein paar Narben quer über seinen Wangen. Eine weitere an der Augenbraue. Ich lasse den Blick über seinen restlichen Körper wandern. Ein Arm im Gips, beide Beine geschient. Der Arzt sagte, das Armaturenbrett seines Wagens habe sich buchstäblich über seine Knie gefaltet. Ich habe einmal einen Tritt gegen das Knie bekommen, es hat höllisch wehgetan. Kein Wunder, dass mein Bruder dabei das Bewusstsein verlor und sechs Tage im Koma lag. Trotz allem, was ich ihm vorzuwerfen habe, er hat sicher sehr gelitten. Aber Schmerzen entschuldigen nichts.

»Immer noch so trostreich«, sagt er.

Ich war auf einen frechen Witz vorbereitet gewesen, aber der Ton meines Bruders war matter, als zu vermuten gewesen wäre. Fast als wäre er gekränkt. Wahrscheinlich macht er mir gerade was vor.

»Immer noch so unbekümmert«, entgegne ich kühl.

»Jetzt reicht's aber, alle beide!«

Bei diesen Worten hätte ich eigentlich die Stimme meiner Mutter erwartet. Aber es war ihre Freundin, die eingegriffen hat. Ihr Blick geht mit unverhohlenem Vorwurf zwischen meinem Bruder und mir hin und her. Warum, begreife ich im nächsten Augenblick, als ich die um die Griffe des Rollstuhls gekrampften Hände meiner Mutter sehe.

»Verzeih, Maman, ich wollte dich nicht …«

Mein Bruder und ich verstummen im selben Augenblick, und zum ersten Mal, seit wir uns heute begegnet sind, spüren wir das verwandtschaftliche Band zwischen uns. Die Worte kamen absolut synchron aus unseren Mündern. Die Augen meiner Mutter weiten sich, doch der Zauber hält nicht an. Einen Atemzug später ist alles wieder verloschen.

Ich lege meine Hand beruhigend auf ihre. Sie sieht

mich an, sie steht kurz vor einem Tränenausbruch. Ich küsse sie auf die Wange und flüstere ihr dabei zu: »Tut mir leid, ich bin noch nicht so weit.«

In diesem Augenblick rührt sich Clara. Die Aufmerksamkeit meiner Mutter wendet sich meiner hinreißenden Patentochter zu, Amélies auch, und ich muss lauter Fragen beantworten, nach ihrem Wohlergehen, nach dem Wochenendausflug ihrer Eltern und nach der Art, wie ich mich um sie kümmere. Sie tauschen sich darüber aus, wie sie selbst es als Mütter gehandhabt haben, und ich höre ihnen zerstreut zu, den Blick fest auf die kleine Hand gerichtet, die nach dem Zipper meines Reißverschlusses zu greifen versucht.

»Geht es Julien und Gaëlle gut?«, fragt mein Bruder leise.

Wirklich, seine neue Art zu sprechen ist dem, was ich immer mit ihm verbunden habe, diametral entgegengesetzt. Ich weiß nicht, ob es mich eher stört oder nicht.

»Das kann dir doch egal sein«, erwidere ich und sehe dabei weiter Clara an.

»Ach, hör auf, Thibault. Du kannst doch wenigstens auf meine Frage antworten.«

»Es geht ihnen gut.«

»Und du kümmerst dich um ihre Tochter, wenn sie weg sind?«

»Sieht man das nicht?«

»Thibault …«

Es ist wahrscheinlich das erste Mal in meinem Leben, dass ich ihn seufzen höre. Normalerweise feixt er die ganze Zeit, und dieses Grinsen hätte ich ihm immer am liebsten vom Mund gerissen. Aber der Seufzer jetzt wirkte ehrlich. Vielleicht sollte ich mir auch ein bisschen Mühe geben.

»Ja, heute zum ersten Mal.«

»Sieht aber so aus, als kämst du schon ganz gut zurecht.«

Wieder verblüfft mich sein Ton, und ich schaue noch einmal zu ihm hinunter. Er beobachtet Clara mit einem seltsamen Blick. Ganz sicher nicht so, wie ich sie ansehe, dennoch, ich glaube so etwas wie Zuneigung und Reue in seinen Augen zu entdecken. Sehr flüchtig.

»Übst du schon?« Er lacht wieder.

Aber das Lachen kommt nicht von Herzen. Als würde er etwas dahinter verstecken, etwas wie einen schlechten Scherz. Einen sehr schlechten übrigens, denn im nächsten Augenblick hat sein Gesicht einen erschreckend nüchternen Ausdruck. Es fällt mir irrsinnig schwer, seine Haltung zu deuten. Ich weiß nicht, wie ich antworten soll.

Ich könnte ihn mit einem Nein abspeisen, was nur eine weitere Spotttirade seinerseits auslösen würde. Ich könnte auch mit einem Ja antworten, dann würde ich sicher mit einem ganzen Haufen weiterer Fragen bombardiert. Stattdessen überlege ich mir jedes Wort, das ich sage.

»Ich genieße es.«

Ich glaube, ich habe meinen Bruder zum ersten Mal seit Langem überrascht. Er antwortet nicht, er sieht uns nur weiter an, Clara und mich. Dann verlässt uns sein Blick und verliert sich ans ferne Ende des Ganges. Mein

Bauch verkrampft sich eigenartig, auch meine Kehle ist wie zugeschnürt. Mir wird bewusst, dass ich gern weiter mit ihm sprechen würde, dass ich es aber nicht schaffe. Also sage ich nichts mehr und warte, bis meine Mutter und ihre Freundin ihren kleinen Erfahrungsaustausch beendet haben.

»Kommst du mit nach unten?«, schlägt meine Mutter behutsam vor.

»Ich …«

»Du wirst ja wohl nicht hierbleiben wollen!«

»Ich brauche … ein bisschen Zeit, um das alles zu verarbeiten.«

Ich werfe einen Blick auf meinen Bruder. Sylvain starrt immer noch auf das Ende des Gangs. Da ist nur ein Fenster nach draußen, aber ich bezweifle, dass es ihn wirklich interessiert, genauso wenig vermutlich wie die Wolken, die dahinter zu sehen sind. Er wirkt eher gedankenverloren. Meine Mutter hatte gesagt, er verbringe seine Zeit mit Nachdenken. Vielleicht hat sie recht, an ihn zu glauben. Mir jedenfalls ist es nie gelungen, ein echtes Gespräch mit ihm zu führen.

»Na schön, wie du meinst.« Meine Mutter klingt resigniert. »Fährst du wenigstens mit uns im Fahrstuhl runter?«

Zum Glück hatte ich genug Zeit, mir zu überlegen, wie ich im Krankenhaus bleiben kann, ohne es aller Welt mitteilen zu müssen.

»Du weißt doch, dass ich immer die Treppe nehme.«

»Ach ja.«

Ihre Enttäuschung ist deutlich zu spüren, aber selbst wenn ich das Krankenhaus wirklich hätte verlassen wollen, hätte ich genauso geantwortet. Sie lächelt mir traurig zu und stemmt sich gegen den Rollstuhl, um ihn vorwärtszuschieben. Ihre Freundin nickt mir zu. Der Blick meines Bruders verliert sich immer noch im Nichts.

Ich bleibe reglos stehen, bis sich die Fahrstuhltüren hinter ihnen geschlossen haben, ich bin noch ganz durcheinander. Sobald ich das Klacken höre, funktioniere ich wie eine Uhr, die man endlich aufgezogen hat. Zerstreut streichele ich über Claras Mütze und mache mich wieder auf den Weg zu meinem Ziel. Ich habe das Gebirgsfoto unter den beiden Zahlen schon ins Auge gefasst. Ich kenne dieses Foto auswendig. Ich weiß sogar, von wo aus es aufgenommen wurde, ich habe am letzten Wochenende im Internet danach gesucht.

Ich lege eine Hand auf den Griff, die andere an die Tür, um sie aufzudrücken, und atme noch einmal tief durch. Ich weiß nicht, warum, aber ich bin gestresst.

15

ELSA

Eine neue Stimme. Leuchtend. Völlig rein. Wie frisch gefallener Schnee. Eine goldene Schneeflocke schwebt auf mich zu. Fast der schönste Klang, den ich je gehört habe, fast so schön wie die tiefere Stimme, die leise in meinem Zimmer spricht. Ein Regenbogen und eine Schneeflocke, ich kann mir eigentlich nicht vorstellen, wie das von der Temperatur her zusammengehen könnte, aber in meinem Zimmer sind sie zusammen.

Eine lebhafte Erinnerung trifft mich wie ein Schlag. Doch, ich habe es schon erlebt. Natürlich auf einem Gletscher. Es hatte nachts geschneit, und dieser Schnee schmolz, nachdem die Sonne an einem klaren Himmel aufgegangen war. In den *bédières*, den sich durchs Eis schlängelnden Schmelzwasserläufen, rann das Wasser. Ein kleines Reißen im Gletscher verursachte eine Minifontäne, gerade groß genug für einen Regenbogen, wenn man an der richtigen Stelle stand. Schnee und ein Regenbogen zusammen. Es ist also möglich.

Ich möchte lächeln. Meiner Erinnerung zulächeln. Dem wunderbaren Geschenk zulächeln, das Thibault mir macht, indem er diesen winzig kleinen Menschen mitgebracht hat.

Plötzlich bricht alles zusammen. Thibault hat ein Baby

bei sich. Mein Hirn stellt sofort alle zur Situation gehörigen Gleichungen auf und löst sie. Meine Stimmung versinkt schlagartig unter eine zwanzig Meter dicke Eisschicht. Mir ist, als müsste ich ersticken.

Ich bekomme schreckliche Angst. Mein Geist glaubt, ich läge wieder unter der Lawine vom Juli. Von allen Seiten großer Druck, und wie im Sommer habe ich keine Möglichkeit, meine Angst hinauszuschreien. Mein Geist ist ein einziges Toben und Reißen. Seit zehn Tagen war unter meinen Träumen kein einziger Albtraum mehr. Jetzt erlebe ich im Wachzustand die Summe aller dieser mir erspart gebliebenen Albträume. Schrecken im Reinzustand.

Mitten in diesem Unwetter höre ich jedoch in weiter Ferne einen Ton, erstickt vom Wind, der mich von allen Seiten durchschüttelt. Ich versuche, mich auf diesen Ton zu konzentrieren, ihm Farbe, Textur, Geschmack oder was immer zu geben, was mich aus meinem Gefängnis der Angst befreien könnte. Ich versuche, all meine Aufmerksamkeit darauf zu konzentrieren und die Erinnerungen an meinen Unfall auszublenden. Aber sobald ich sie habe wegdrängen können, kommen sie mit vermehrter Heftigkeit zurück. In meinem Kopf schreie ich nach Hilfe, und ganz plötzlich hört alles auf.

»Elsa! Elsa! Guter Gott, was ist los?«

Mein Regenbogen schwankt. Seine Farben zittern. Thibault ist buchstäblich fassungslos. Das Baby hat zu weinen angefangen. Dieser erneute Tumult von Tönen hätte mir unerträglich sein können, doch nein, nichts könnte mich mehr beruhigen. Ich höre das Ticken einer Uhr, die sich nähert und wieder entfernt, ein Reiben über mein Haar, ständiges Murmeln.

»Elsa. Elsa. Elsa.«

Das Baby schreit inzwischen richtig, dann brechen alle Geräusche in meiner unmittelbaren Nähe ab.

»Entschuldige, Clara. Ich hatte Angst um Elsa. Pscht, ist ja gut. Pscht.«

Das Baby schluchzt noch ein paar Mal leise und beruhigt sich dann innerhalb von Sekunden. Offensichtlich bin ich nicht die Einzige, die von Thibaults Stimme geradezu aufgesogen wird.

Die Tür zu meinem Zimmer fliegt krachend auf. Das Geräusch von eiligen Schritten, ziemlich sicher zwei Personen. Alles geht atemberaubend schnell.

»Nicht doch … Sie sind hier?«

Mein Assistenzarzt. Überrascht und wütend zugleich.

»Kümmern Sie sich um sie«, sagt Thibault. »Ob ich hier bin oder nicht, spielt jetzt wirklich keine Rolle!«

»Das Baby könnte mich ablenken«, antwortet der Assistenzarzt.

»Egal, ich bleibe hier!«

»Herr Doktor?«

Eine weibliche Stimme. Sicher eine Krankenschwester, deren Hände sich schon seit ein paar Sekunden über mir zu schaffen machen.

»Ja?«

»Ein paar Verbindungen sind unterbrochen, aber alles ist stabil«, sagt die Krankenschwester.

»Was?«

»Wie ich schon sagte, alles ist stabil.«

»Bedeutet das, es geht ihr gut?«, mischt sich Thibault ein.

»Sie sind unverbesserlich!« Der Assistenzarzt ist empört.

»Hey! Sie hat gerade einen derart enormen Krampf gehabt, dass ich dachte, sie würde durchbrechen!«, schnauzt Thibault mit einer Stimme, deren Regenbogen jetzt lauter Rottöne hat. »Wie soll ich dann wohl sein?«

»Was haben Sie gemacht?«, fragt der Assistenzarzt.

»Ich? Nichts!«

»Mehrere Kabel haben sich gelöst, und Sie sagen, Sie hätten nichts gemacht?«

»Sie hat sich fast aufgesetzt! Der Krampf war so heftig, dass er locker Ihren kompletten Kram hätte abreißen können!«

»Unser Kram hält sie am Leben!«

»Und warum ist dann alles stabil?«

Das Baby fängt wieder an zu weinen. Thibault wendet ihm augenblicklich seine gesamte Aufmerksamkeit zu. Sein Murmeln beruhigt es jetzt nicht ganz so schnell, schließlich hat er eben fast geschrien. Der Assistenzarzt ist inzwischen zur Schwester gegangen, ich höre sie fachsimpeln. Ich höre das Klacken von Kabelanschlüssen, die Rollen meines Infusionsständers, das Rascheln der Laken. Die kleine Clara hat sich beruhigt.

»Tut mir leid«, sagt der Assistenzarzt.

Ich begreife, dass mit mir alles in Ordnung ist. Und hoffe dabei, dass mein Selbsterhaltungsinstinkt mich gewarnt hätte, wenn ich in Gefahr gewesen wäre zu … Das Ende dieses Gedankens schiebe ich entschlossen weg.

»Tut mir leid, dass ich mich so aufgeregt habe«, antwortet Thibault, dessen Stimme wieder die gewohnten Farbtöne hat.

»Sie sagen, sie hatte einen Krampf?«, fragt der Assistenzarzt.

»Es hat nur eine Sekunde gedauert, aber ich glaube, es war die längste Sekunde meines Lebens.«

»Könnten Sie mir beschreiben, was Sie gesehen haben?«

Kurze Stille, als wollte Thibault sich sammeln. Die Krankenschwester ist weiterhin oberhalb von mir beschäftigt.

»Es kam ganz plötzlich. Ich wollte Clara die Mütze ausziehen, und da wurde das Piepsen des Pulsmessers, den Sie mir beim letzten Mal gezeigt haben, superschnell. Und im Augenblick darauf hat sich Elsa unglaublich verkrampft. Wie ich schon sagte, es war so heftig … Ich habe gar nicht auf die Infusionen und Sensoren geachtet, ich war nur auf sie konzentriert.«

»Ich verstehe.«

Der Assistenzarzt gibt der Krankenschwester einige Anweisungen, dann fährt er fort.

»Ist irgendetwas Ungewöhnliches geschehen, als sie ankamen?«

»Nein, nichts. Wirklich nicht. Ich war kaum eine Minute da. Ich hatte Clara noch nicht einmal aus der Trage gehoben. Und wie Sie sehen, sitzt sie immer noch drin. Darf ich?«

»Nur zu.«

Aha, Clara, die kleine goldene Schneeflocke, hängt also vor Thibaults Oberkörper. Das erklärt, warum ihr Stimmchen so nah war.

»Ist das Ihr Kind?«, fragt der Assistenzarzt.

Für eine halbe Minute gerät mein ganzes Sein wieder in Aufruhr. Ich spüre, wie das Unwetter meinen Kopf verwüsten will.

»Nein, sie ist die Tochter von Freunden.«

Alles kommt wieder ins Lot. Clara ist nicht Thibaults Tochter. Große Erleichterung.

Unmittelbar gefolgt von einer mentalen Ohrfeige. Was ist eigentlich in mich gefahren, dass ich mich in einen solchen Zustand hineinsteigere? Was hätte es mit mir zu tun gehabt, wenn Thibault der Vater einer goldenen Schneeflocke gewesen wäre? Ich kann es nicht länger leugnen. Indem ich mich so an Thibault klammere, werde ich langsam besitzergreifend.

»Sehr schön«, sagt der Assistenzarzt. »Wissen Sie, normalerweise sollte man auf diese Station keine Babys mitbringen.«

»Das wusste ich nicht. Darf ich trotzdem bleiben?«

»Heute drücke ich beide Augen zu. Aber kommen Sie das nächste Mal ohne Baby.«

Ich nehme an, die Krankenschwester hat alles überprüft, denn mir scheint, ich höre, wie sie die Laken glatt streicht und die übrigen Sensoren zurechtschiebt. Das metallische Geräusch des aus dem Ständer gezogenen Hefts bestätigt es mir kurz darauf.

»Herr Doktor? Tragen Sie es ein?«

»Ach, bitte seien Sie so gut und tun Sie es für mich.«

Der Assistenzarzt diktiert etwas in unverständlichem Fachchinesisch und unterzeichnet dann das Blatt, das die Krankenschwester ihm gibt. Danach verlässt sie mein Zimmer.

Thibault hat Clara anscheinend befreit, ich höre, wie er sie entspannt in seinen Armen hochwirft. Ich glaube jedoch nicht, dass er entspannt genug ist, sich die Schuhe auszuziehen. Wenn er mit einem Baby gekommen ist, dann sicher nicht mit der Absicht zu schlafen.

»Sie haben meine Frage noch nicht beantwortet«, sagt er plötzlich.

»Wie bitte?«, fragt der Assistenzarzt überrascht.

»Wie kommt es, dass sie immer noch atmet, obwohl dieser ganze Kram nicht mehr angeschlossen war?«

»Ihr Organismus hält sie etwa zwei Stunden am Leben. Während dieser Zeit kann sie selbstständig atmen, und auch ihre übrigen Körperfunktionen bleiben erhalten. Danach braucht sie wieder Unterstützung.«

»Ist das normal?«

»Es kommt gelegentlich vor. Für uns ist es ein Zeichen dafür, dass der Körper sich noch nicht erholt hat und das Koma noch braucht.«

Wirklich, ich wünschte, der Assistenzarzt hätte mit meinen Eltern über das Abschalten geredet und nicht der Chefarzt. Er hat eine weit weniger kategorische Art, die Dinge darzustellen. Er stellt mein Koma beinahe als natürliche und gutartige Krankheit hin.

»Haben Sie eine Vorstellung davon, wie lange sie noch im Koma sein wird?«, fragt Thibault.

»Ich kann Ihre Frage nicht beantworten.«

»Warum nicht? Wissen Sie es nicht?«

»Weil Sie nicht zur Familie gehören.«

Die Antwort des Assistenzarztes klang fast entschuldigend. Ich spüre, dass er gern mehr sagen würde, sich aber zurückhält.

»Ich lasse Sie mit ihr allein«, sagt er, um seinem Zögern ein Ende zu setzen. »Noch einen schönen Tag.«

»Ihnen auch.«

Nun geht auch der Assistenzarzt und lässt uns allein, Clara, Thibault und mich. Ich bin noch ganz erschüttert von dem, was gerade passiert ist. Es wird still. Selbst das gelegentliche Lallen des Babys ist leise. Ich frage mich, was jetzt geschieht. Ich habe den Eindruck, mein Regenbogen verblasst.

16

THIBAULT

Ich muss mich beruhigen.

Nein, ich bin ja ruhig. Ich muss eher zur Vernunft kommen. Julien hat es ganz richtig eingeschätzt.

Ich verliebe mich gerade in ein Mädchen, das im Koma liegt. Daran ist wirklich nichts Gesundes. Aber als ich sie eben sah, mit aufgerissenen Augen und von diesem erschreckenden Anfall gepackt, habe ich reflexartig reagiert.

Reflexartig … Ich bekomme Angst vor mir selbst, zumal ich jetzt unwillkürlich murmele: »Elsa … Ich weiß fast nichts über dich, und doch …«

Ich lasse den Satz in der Schwebe. Ausnahmsweise war er nicht eigentlich an die Bewohnerin dieses Zimmers gerichtet. Ich habe überhaupt nicht das Bedürfnis, den Satz laut zu vollenden. Das Ende zeichnet sich von selbst in meinem Kopf ab. Da wird mir klar, dass ich wahrscheinlich einen Gesichtsausdruck habe wie mein Bruder vor zehn Minuten. Diese Parallele zwischen uns stößt mich ein wenig ab, doch ich habe sicher denselben ausweichenden Blick, den er durchs Fenster auf den grauen Himmel richtete.

Clara zappelt ein bisschen in meinen Armen, ich sehe mich nach einer Stelle um, wo ich sie ablegen kann, damit sie mehr Bewegungsfreiheit hat. Und mir werden all meine Anfängerfehler als angehender Patenonkel bewusst. Es war sehr egoistisch von mir, sie mit ins Krankenhaus zu nehmen. Ich habe nicht einmal daran gedacht, zu ihrer Unterhaltung eine Decke und Spielzeug oder dergleichen mitzubringen. Ich hatte alles genau geplant, damit ich weder Fläschchen noch Windel mitschleppen musste, aber den ganzen Rest vergessen. Die einzige Möglichkeit wäre, Clara zu Elsa ins Bett zu legen, aber dafür bräuchte ich ein wenig mehr Platz.

Ich breite meinen Anorak auf dem Boden aus und lege Clara darauf, damit ich ihr ein angenehmes Plätzchen neben dem reglosen Körper einrichten kann. Ich stutze kurz. Im Vergleich zu eben wirkt Elsa so friedlich. Nichts erinnert mehr an die angespannten Wangen und steifen Hände ihres verkrampften Körpers.

Einen Vorteil wenigstens hatte dieser Anfall, auch wenn ich ihn ihr wahrhaftig nicht gewünscht hätte: Ich konnte Elsas Augen sehen. Dieses helle Blau, das mich genauso verwirrte wie ihr Zustand. Ich überlege kurz, wo ich diesen Farbton schon gesehen habe. Auf dem Foto an der Tür. Das Blau des Eises, über das sie wanderte.

Bevor ich dieses Foto gesehen habe, hätte ich nie geglaubt, dass Eis blau sein könnte. Für mich ist Eis weiß und vielleicht auch durchsichtig, wenn es hinreichend sauber und glatt ist. Das wäre dann also die Reifschicht im Tiefkühlschrank und der Eiswürfel im Pub. Meine Erfahrungen sind ziemlich begrenzt. Noch nie hat mir jemand blaues Eis gezeigt, höchstens als Speiseeissorte, und die fand ich eher eklig.

Jetzt, durch dieses Foto, habe ich entdeckt, was unser Planet zustande bringen kann. Überraschenderweise, denn ich bin ja in der Umweltbranche tätig und musste bereits Fallstudien über Vorgänge im Zusammenhang mit Packeis und Gletschern erstellen. Aber ich war nicht darauf spezialisiert und hatte nur in den ersten beiden Studienjahren damit zu tun. Seither habe ich mich auf andere Dinge konzentriert. Elsa hat mich wieder auf die Erde gestellt. Oder vielmehr aufs Eis.

Ich schüttle seufzend den Kopf. Vor zehn Tagen bin ich ihr begegnet, und seit zehn Tagen dreht sich meine Welt um sie. Ich habe keine Hoffnung, dieses Blau, das nur von der Farbe her eisig ist, in nächster Zeit wiederzusehen, dennoch hoffe ich, ich werde es eines Tages wiedersehen. Dass der Assistenzarzt nicht auf meine Frage antworten wollte, bedeutet ja nicht unbedingt, dass Elsa noch jahrelang im Koma liegen muss. Vielleicht wagte er mir nicht zu sagen, dass sie noch drei Monate vor sich hat. Manchen Menschen mögen drei Monate sehr lang vorkommen.

Aber dafür hat er mir einige durchaus wichtige Informationen gegeben. Elsa kann ohne diesen ganzen elektronischen Kram zwei Stunden überleben. Ich habe schon beim letzten Mal begriffen, dass ein Großteil davon nur die verschiedensten Fühl-, Mess- und Kontrollgeräte sind, aber mir war nicht klar, dass man sie für kurze Zeit davon abkoppeln kann.

Jetzt weiß ich es, und es passt mir sehr gut.

Ich beuge mich über sie und greife nach dem Schlauch

ihres Beatmungsgeräts. Ich habe Angst, die Bewegung auszuführen und vielleicht etwas Unumkehrbares auszulösen. Doch vor fünf Minuten hatte ich den Beweis, dass es für eine gewisse Zeit völlig folgenlos bleibt.

Ich beiße die Zähne zusammen und schließe die Augen. Klack. Ich habe den durchsichtigen Schlauch des Beatmungsgeräts abgekoppelt. Vom Monitor daneben höre ich immer noch das gleichmäßige und beruhigende Piepen. Ich wage es nicht, das Gerät auszuschalten, das jetzt ins Leere pumpt. Das medizinische Personal hat sicher die Möglichkeit, alles aus der Ferne zu überwachen.

Ich strecke mich übers Bett und schiebe den Infusionsständer zur Seite. Bei der Gelegenheit stöpsele ich auch noch kurz zwei, drei andere Kabel aus, um Elsa zu verschieben. Als Letztes lege ich die Hand auf den Pulsfühler an ihrem Zeigefinger. Bei dem muss ich sehr schnell sein, wenn ich nicht will, dass die Krankenschwestern im »Alarmmodus« angerannt kommen.

Ich habe bereits eine Hand unter Elsas Körper geschoben. Ich weiß, ich bin seit dem letzten Mal nicht kräftiger geworden, doch ich habe beschlossen, dass es mir gelingen wird, auch um den Preis eines Schulterkrampfs. Ich bereite meine Muskeln darauf vor, dass ich sie im selben Moment anheben werde, in dem ich den Pulsfühler abnehme. Mit der zweiten Hand fasse ich sie an der Taille, und dann gelingt es mir mit einem erbärmlichen Aufstöhnen, Elsa um zwanzig Zentimeter zu verrücken.

Mein Adrenalin hilft mir, sofort wieder den Pulsfühler an ihrem Zeigefinger zu befestigen, und dann schließe ich alles wieder an, was ich ausgezogen hatte. Auch die anderen Kabel und Schläuche lege ich wieder zurecht. Wunderbar, Elsa ist dieselbe wie vor wenigen Sekunden, nur zwanzig Zentimeter weiter weg. Das einzig weniger Wunderbare ist der Krampf, den ich gerade genau über meinen Schulterblättern bekommen habe, aber ich vergesse den Schmerz, zumal ich mir sage, dass sie ihn wert ist.

Ich richte mich wieder auf und sehe nach Clara. Meine Patentochter liegt immer noch so auf dem Rücken, wie ich sie hingelegt habe, und ihre Äuglein beginnen zuzufallen. Wahrscheinlich kommt ihr das Futter meines Anoraks vor wie eine dicke, warme Matratze. Ich stelle mir einen Moment lang vor, ich wäre an ihrem Platz, und schon ist auch mir nach einem Nickerchen. Vielleicht wird Elsas »Verlegung« mir noch in ganz anderer Weise nützlich sein.

Ich hebe Clara hoch und lege sie neben Elsa aufs Bett. Sie räkelt sich zufrieden, offenbar ist die Matratze viel gemütlicher als mein Anorak auf dem Betonboden. Ich ziehe blitzschnell meine Schuhe aus und setze mich auf die Bettkante, um das Ganze zu betrachten.

Ich weiß, dass Gaëlle und Julien manchmal auf dem Rücken schlafen und Clara bäuchlings auf ihrer Brust liegt, aber das traue ich mir nicht zu, schon gar nicht bei diesem Platzmangel. Macht nichts, ich bleibe am Rand, und Clara zwischen Elsa und mir. So kann sie auf keinen Fall aus dem Bett fallen.

Ich darf nur nicht einschlafen. Obwohl auch mir jedes Mal, wenn ich das Mündchen meiner Patentochter gähnen sehe, die Lider schwer werden, weiß ich, dass ich wach genug bleiben werde, um auf sie aufzupassen. Ich lege mich auf die äußerste Matratzenkante, um ihr möglichst viel Platz zu lassen, aber ich glaube, sie würde es gar nicht merken, wenn ich mich ein bisschen enger an sie drücken würde. Die reglosen Händchen lassen vermuten, dass sie eingeschlafen ist.

Mein Blick irrt jetzt zu der Frau hinüber, die direkt hinter ihr liegt. Elsas rechter Arm liegt in einem seltsamen Winkel, und ich merke, dass ich ihn auf ihrem Bauch habe liegen lassen, nachdem ich sie weggerückt hatte. Ich nehme ihn so langsam, als hätte ich Angst, sie zu wecken, und strecke ihn neben ihr aus. Aber da liegt Clara, und trotz all meiner Bemühungen kann ich es nicht vermeiden, dass der leblose Arm mit meiner Patentochter in Kontakt bleibt. Was Letztere absolut nicht zu stören scheint, sie rührt sich um keinen Millimeter. Ich lege mich auf die Seite und krümme mich um Clara, um einen Kokon zu bilden. Meine Knie berühren Elsas Beine, meine Stirn ihre Schulter.

Aus so großer Nähe scheint der Jasminduft, der normalerweise von ihr ausgeht, stärker zu sein. Oder ist es ihr eigener Duft, der stärker durch die Laken dringt? Ich schließe kurz die Augen, und plötzlich möchte ich weinen. Ein Schluchzer entringt sich mir, noch bevor ich ihn stoppen kann. Mir ist, als wollte ich einen großen Brocken Schmerz erbrechen, so weit offen ist mein Mund.

Ich bin erbärmlich. Schwach. Ich muss erst neben einer Komapatientin und einem schlafenden Baby auf einem Krankenhausbett liegen, um meine Tränen endlich fließen zu lassen. Dabei habe ich schon letzte Woche geweint, als Julien bei mir war, aber das war etwas anderes. Die beiden Menschen hier bei mir werden nie jemandem verraten können, wie heftig ich geweint und wie schmerzvoll ich gestöhnt habe. Ich darf mich gehen lassen.

Ich weine und weine. Ich beweine meine Arroganz, meine Schwäche, meine Sehnsüchte. Ich weine darüber, dass ich immer noch nicht mit meinem Bruder sprechen kann. Ich weine über meinen Neid auf Gaëlle und Julien, auf ihre glückliche Paarbeziehung, auf ihre ideale Familie. Ich träume davon, es ihnen nachmachen zu können, und stattdessen nehme ich ihre Tochter zu einem Krankenhausbesuch mit und blicke jedes Mal zu Boden, wenn mich eine Frau liebevoll anlächelt.

Plötzlich ist mir kalt, aber ich weiß, dass es etwas Mentales ist. Mir ist nicht wirklich kalt, ich möchte einfach nur zwei tröstende Arme um mich fühlen. Nicht die meiner Mutter, nicht die Juliens und schon gar nicht die meines Bruders. Nein, die einzigen Arme, die mich heute vielleicht trösten könnten, sind die, die nur wenige Zentimeter von mir entfernt reglos daliegen. Und mir ist absolut klar, warum ich das denke. Ich brauche diese Arme schlicht und einfach deshalb, weil ich sie jetzt nicht haben kann und weil ich, wenn ich sie haben will, um sie werde kämpfen müssen. Sicher zum ersten Mal in meinem Leben.

Bei mir ist immer alles glatt gelaufen. Die Prüfungen,

das Studium, die Lebensphasen, die Partnersuche. Selbst mit Cindy war es leicht. Und aus dem jetzigen Abstand heraus kann ich sogar sagen, dass es leicht war, als sie mich verließ. Sie hat mir so viele Gründe gegeben, sie zu hassen, dass ich die Trennung schnell verkraften konnte. Es sind all die weniger sichtbaren Nebenwirkungen, von denen ich mich habe unterkriegen lassen. Ich habe in einer Kopf-hoch-Aktion eine neue Wohnung gesucht, aber das ist eigentlich das einzige Ziel, das ich wirklich erreicht habe. Ich leide unter dem Unfall meines Bruders, obwohl ich nichts damit zu tun habe. Vielleicht wird es Zeit, dass ich mich aus alldem befreie.

Vielleicht wird es Zeit, dass ich mich aus alldem befreie.

Mein Schluchzen endet genauso abrupt, wie es begonnen hat. Voilà, da haben wir meinen Entschluss. Und die Art meines Kampfes. Ich werde um mich kämpfen und um sie. Ich will, dass Elsa aufwacht, und ich will selbst aufwachen. Zwei Rettungsringe, die zusammenarbeiten. Ich werde den bewussten Teil der Arbeit für uns beide leisten, und sie wird … Ich weiß nicht genau, welchen Teil sie übernehmen könnte, aber ich möchte glauben, dass auch sie etwas tun wird.

Meine letzten Tränen fließen über ein Lächeln.

Da spüre ich eine gewisse Wärme an den Fingern, ich senke den Blick. Und kneife die Lippen zusammen, als ich sehe, dass ich Elsas Arm streichele.

Ich muss mich beruhigen.

Nein, ich bin ganz ruhig. Ich muss zur Vernunft kommen. Julien hat es richtig erkannt.

Ich bin in ein Mädchen verliebt, das im Koma liegt.

Im Augenblick scheint es mir das Vernünftigste zu sein, was mir je passiert ist.

17

ELSA

Eine wahre Wonne. Ich liege dicht neben einem Regenbogen und einer goldenen Schneeflocke. Hinter meinen Lidern sehe ich haufenweise Farben und Schattierungen voller kleiner blitzender und zugleich sanfter Funkenregen. Mir scheint, das Baby schläft, denn seine Atmung könnte gar nicht ruhiger sein. Thibaults Atmung lässt darauf schließen, dass er wach ist. Meine Atmung lässt darauf schließen, dass …

Meine Atmung lässt darauf schließen, dass er mein Beatmungsgerät nicht richtig wieder angeschlossen hat.

Ich habe jede seiner Bewegungen verfolgt, ich konnte zwar nicht jedes Geräusch dem betreffenden Gerät zuordnen, aber das des Beatmungsgeräts habe ich klar erkannt.

Ich höre ein ganz leises, schwaches Pfeifen. Der Luftschlauch geht genau über meinem Ohr entlang. Inmitten der anderen Geräusche kann ich den Sauerstoffstrahl hören, der in mein Zimmer entweicht.

Kein Grund zur Aufregung, wenn ich denn dazu in der Lage wäre. Es gelangt genug Luft in meine Lunge, um meine Atmung aufrechtzuerhalten. Kein Grund zur Angst.

Die Angst … Ich habe keine sonderliche Lust, diese Angst spüren zu wollen, also konzentriere ich mich auf meine traditionelle Übung in Thibaults Gegenwart.

Ich will den Kopf drehen und die Augen öffnen.

Ich will den Kopf drehen und die Augen öffnen.

Ich will den Kopf drehen und die Augen öffnen.

Mitten in diese mentale Gymnastik platzt ein Eindringling. Wärme, Sanftheit, Berührung.

Flüchtig. Wahrscheinlich habe ich mich getäuscht.

Ich will den Kopf drehen und die Augen öffnen.

Ich will den Kopf drehen und die Augen öffnen.

Wieder diese Sanftheit.

Lass doch, wie solltest du so etwas spüren können?

Ich will den Kopf drehen und die Augen öffnen.

Wärme. Lokalisierte Wärme.

Lokalisiert? Wo? Wo genau?

Schon vorbei.

Aber ich habe mich nicht getäuscht. Zumal in dem Moment, in dem ich diese Wärme spürte, ein violetter Fleck vor meinen Augen erschienen ist.

Gespürt … Wie soll ich sicher sein, dass ich diese Wärme nicht erfunden habe? Wie soll ich nach all meinen autosuggestiven Übungen zwischen Realität und Einbildung unterscheiden können?

Ich lasse alle Fragen beiseite. Ich beschließe, dass es real war. Schließlich scheint mich meine Putzfrau beim letzten Mal doch singen gehört zu haben. Nun ja … Singen ist sicher übertrieben. Ich habe vielleicht nur einfach stärker ausgeatmet als sonst. Aber sie wirkte so überzeugt. Und außerdem ging mir die Musik so intensiv durch den Kopf, ich möchte einfach glauben, dass ich endlich ein Signal in die Außenwelt hinausgesandt habe.

Ich lache in meinem Kopf, ich komme mir vor wie ein Außerirdischer, der mit den Bewohnern dieses Planeten in Kontakt treten möchte. Ein Außerirdischer, der vorerst nur mit Farben kommunizieren kann. Und »kommunizieren« ist noch ein großes Wort. Normalerweise geht Kommunikation in beide Richtungen. Jetzt ist sie nur eine Einbahnstraße?

Plötzliche Wärme.

Ein Stromschlag.

Das Piepen des Pulsmessers wird schneller und kürzer, nach einigen Augenblicken beruhigt es sich wieder. Neben mir regt sich Thibault. Ich glaube, er versucht, auf den kleinen Bildschirm zu sehen, auf dem eine Linie meinen Herzschlag anzeigt. Er verharrt, als würde er etwas zu begreifen versuchen oder auf etwas warten. Dann scheint er es sich anders zu überlegen, oder vielleicht ist er auch beruhigt, jedenfalls zeigen mir seine nächsten Bewegungen an, dass er sich wieder ausstreckt. Aber nur halb.

Aber auch das bilde ich mir möglicherweise nur ein. Zumal ich nicht wüsste, warum er jetzt sitzen sollte. Wenn sich Thibault neben mir ausstreckt, bewegt er sich normalerweise noch eine Weile hin und her wie eine Katze, die nach der richtigen Position sucht. Jetzt habe ich nichts dergleichen gehört. Macht nichts, vermutlich denkt er nach oder betrachtet Clara und sonst irgendetwas. Ist ja auch unwichtig. Er ist da, das zählt. Denn ich habe jetzt zu tun, und ich weiß sicher, dass es besser funktioniert, wenn Thibault da ist.

Ich will den Kopf drehen und die Augen öffnen.

Ich will den Kopf drehen und die Augen öffnen.

Wärme und Berührung.

Am Arm.

Gleichzeitig piept es neben mir viermal schnell, dann stabilisiert es sich wieder.

»Himmel noch mal, was ist nur los?«

Obwohl Thibault es nur gemurmelt hat, ist mir klar, dass er sich Sorgen macht. Immerhin hat er mich von meinem Platz weggerückt und damit womöglich allerlei ausgelöst. Er hat ja auch mein Beatmungsgerät falsch angeschlossen, was er natürlich nicht weiß. Doch ich vermute stark, dass es keinen Zusammenhang zwischen der Beschleunigung meines Herzschlags und der Pumpe gibt, mit der ich nur noch halb verbunden bin.

Es ist mir gelungen, die Wärme an meinem Arm zu lokalisieren.

Ich habe etwas gespürt. Wirklich gespürt. Diesmal war es nicht nur in meiner Vorstellung. Ich bin mir dessen sicher. Einige Augenblicke lang hat mein Hirn meinen Arm orten können. Ich weiß jedoch nicht, welchen, ob es der linke oder der rechte war. Aber ich habe gespürt.

Und ich will wieder spüren.

Das Bedürfnis nach Berührung. Ich stelle es mir plötzlich wie eine Abhängigkeit vor, eine schwere Sucht, bei der eine monatelange Entziehungskur nötig wäre. Ein unersättliches Verlangen, das mir die Kehle zuschnüren, die Gedanken vernebeln und mich bis in die Fingerspitzen zum Zittern bringen könnte.

Einige Atemzüge später wird mir mein Wunsch erfüllt.

Ich spüre wieder.

Wärme, Sanftheit, Berührung.

Rechter Arm diesmal, ganz sicher. Aber ich weiß, dass ich ihn nicht bewegen kann. Jeder Versuch wäre zwecklos. Ich konzentriere mich auf diese über die Nervenleitungen laufenden kleinen Signale und versuche, sie mit Erinnerungen in Verbindung zu bringen. Nach einer vermutlich ziemlich langen Weile kann ich zwei »Wärme, Sanftheit, Berührung«-Zonen unterscheiden. Eine, die am Platz bleibt. Eine, die sich bewegt. Jedenfalls kommt es mir so vor.

Wahnsinn … Ich kann weder meine Beine noch meine Hände noch sonst etwas spüren, aber ich bin imstande, zwei Bereiche herauszuspüren, die wahrscheinlich nicht mal drei Quadratzentimeter groß sind.

Das wilde Jagen des Pieptons auf dem Monitor rechts von mir bringt mich abrupt von diesen Überlegungen ab. Jetzt bin ich diejenige, die sich fragt, was los ist. Ich verstehe gar nichts mehr. Ich spüre nichts mehr. Das heißt doch, ich spüre noch die unbewegliche Wärme. Aber die Stelle, wo das Gefühl sich bewegte, ist weg. Ich wüsste gern, was mit mir geschieht.

Die Geräusche sind plötzlich gedämpft. Wenn ich es mit meinen Erinnerungen vergleiche, würde ich fast sagen, dass mein Hirn mein Gehör absichtlich erstickt, um sich auf etwas anderes zu konzentrieren. Aber worauf?

In der Ferne höre ich noch das Piepen, das jeden Arzt alarmieren würde, ich frage mich, wieso noch keiner von ihnen in mein Zimmer gestürmt ist. Mein Zeitgefühl ist schrecklich durcheinandergeraten, ich weiß nicht mehr, ob mein Puls vor einer Sekunde oder vor einer Stunde zu rasen begonnen hat.

Das ist das erste Mal, dass mein Gehör versagt. Vielleicht brauche ich das Beatmungsgerät wirklich. Vielleicht sind dies meine letzten bewussten Momente. Am liebsten würde ich die Zähne zusammenbeißen und um die Wiederherstellung meiner Sinne kämpfen. Oder, genauer gesagt, um die Wiederherstellung meines Hörens. Ich möchte das alles so gern verstehen.

In meinem Kopf ist alles in Aufruhr. Farben, Texturen, Gedanken. Wieder weiß ich nicht, ob es zwei Tage dauert oder nur einige Minuten, dann komme ich langsam wieder ins Lot. Ich höre den Piepton regelmäßiger werden, ich höre den Motor des Beatmungsgeräts, ich höre den feinen Luftstrahl aus dem Schlauch austreten, ich höre Thibault und sein Weinen.

Ich habe es eben schon gehört. Ein schweres, dichtes Weinen voller Bitterkeit, wenn ich den Grautönen glauben darf, die an meinem inneren Auge vorbeizogen. Jetzt ist ihre Farbe völlig anders. Sogar eher seltsam. Wie eine Mischung aus Traurigkeit und Freude. Unverständlich. Ich gebe das Analysieren auf.

Ich höre auch meinen Körper, der sehr tief Luft holt.

Das ist überraschend. Nun ja, vielleicht muss sich mein Organismus nach einem solchen Blutandrang neu mit Luft versorgen. Es fragt sich jedoch immer noch, warum.

Warum … Ich glaube, das ist die einzige Frage, die ich heute zu stellen imstande bin.

18

THIBAULT

Ich konnte nicht widerstehen. Ich habe sie geküsst.

Ich war darauf gefasst, dass es kalt sein würde. Irrtum Nummer eins.

Ich war darauf gefasst, dass es starr sein würde. Irrtum Nummer zwei.

Gewiss, Elsa würde meinen Kuss wohl kaum erwidern, aber es war weich. So weich, dass mein Gedächtnis diese Berührung mit jedem Kuss assoziieren konnte, den ich je einer schlafenden Frau gegeben habe. Die Sorte Kuss, die man mitten in der Nacht einem schlafenden Partner gibt. Die Sorte Kuss, mit der man ihn vielleicht aufwecken möchte. Die Sorte Kuss, die der Nacht eine ganz andere Wendung geben kann, entweder eine rein gefühlsmäßige oder eine rein körperliche oder eine Mischung aus beidem. Ich frage mich, seit wann ich einen solchen Moment nicht mehr wirklich mit jemandem geteilt habe.

Aber was da in diesem Krankenhauszimmer in mich gefahren ist, weiß ich wirklich nicht.

Mancher würde sagen: »Es war stärker als ich.« Ich mag diesen Ausdruck nicht. Ich würde eher sagen …

Es war ganz natürlich.

Ich habe sie geküsst.

Ich kaue auf meinem angewinkelten Zeigefinger herum, um die Spannung abzubauen. Ich bin schon seit zwei Stunden wieder in Gaëlles und Juliens Wohnung und immer noch völlig aufgewühlt. Sicher das Adrenalin wegen der ganzen Situation und vielleicht auch diese blödsinnigen Hormone, die ausschwärmen, wenn unsere Gefühle erwachen. Bis eben gerade schwamm ich in einer Art Euphorie, ich bin fast wie ein Blinder in diese Wohnung zurückgekehrt. Wie lächerlich man doch sein kann, wenn man verliebt ist …

Claras Lallen bringt mich vorübergehend wieder auf die Erde zurück. Es ist Zeit, ich sollte ihr jetzt das Abendfläschchen machen.

Als wir hereinkamen, habe ich automatisch den Fernseher eingeschaltet, aber der Ton ist sehr leise. Vielleicht wollte ich Gesellschaft haben, doch ich glaube, vor allem wünschte ich mir Ablenkung. Nur funktioniert es leider nicht. Nicht einmal Clara kann mich ablenken.

Als das Fläschchen fertig ist, nehme ich sie in den Arm und lasse sie gemütlich nuckeln. Mein Blick wandert durch das Wohnzimmer und findet schließlich ein Ziel. Die Bedienungsanleitung für den Buggy. Stimmt, ich habe ja für morgen ein Projekt, ich muss endlich lernen, dieses Teufelsding auseinanderzuklappen. Doch dann fällt mein Blick auf ein anderes Buch auf dem Couchtisch.

Seltsam, dass es mir aufgefallen ist, es ist gut unter den Zeitungen versteckt. Ich habe es sogar selbst daruntergeschoben, um es beim Weggehen »vergessen« zu können. Ich zögere noch einen Moment lang. Ich frage mich wirklich, warum Julien mir das Buch gekauft hat, er, der mir seit einer Woche predigt, ich solle gut auf mich aufpassen und auch auf das, was in meinem Kopf und meinem Herzen vor sich geht. Vielleicht denkt er, es könne mich von meinen Besuchen bei Elsa abbringen. Vielleicht will er nur zu meiner medizinischen Bildung beitragen. Aber Letzteres bezweifle ich doch sehr.

So sitze ich in meiner Unschlüssigkeit still da, bis Clara ihr Fläschchen geleert hat. Es ist wie ein Duell mit Blicken. Ich, der ich das Buch betrachte, damit es mir in die Hand schwebt, das Buch, das mich herausfordert, nach ihm zu greifen. Zu seinem Glück wird dem Buch noch ein Aufschub gewährt, bis ich Clara ins Bett gebracht habe. Zu seinem Unglück falle ich gegen 21 Uhr über es her, nachdem ich gegessen und geduscht habe und kampfbereit bin wie ein Soldat für die Schlacht.

Das Buch beginnt mit einem Vorwort, das ich locker überspringe. Die Übersicht wirkt gut gemacht, aber auch darüber gehe ich schnell hinweg, um mich an die Einleitung zu machen. Fünf Sekunden darauf habe ich bereits gut zehn Seiten weitergeblättert, um endlich zum Wesentlichen zu kommen. Doch sehr bald werden die Begriffe viel zu technisch. Als ich den Blick zur Wanduhr hebe, ist es 21 Uhr 10. Nein … Das ist doch nicht möglich … Ich habe das Gefühl, ich hätte mir länger als eine Stunde den Kopf über diesem Buch zerbrochen. Es wird endgültig unter den Zeitschriften begraben. Ich gebe mich geschlagen.

Und ich glaube, ein Teil von mir hat keine Lust zu lesen, wie furchtbar schlecht die Chancen stehen, dass ein Mensch aus dem Koma aufwacht.

Ich habe keine Ahnung, wie es wirklich um Elsa bestellt ist, niemand will mir etwas darüber sagen. Und mir ist klar geworden, dass ich letzten Endes gar nichts darüber hören will. Ich bin lieber blind und weiß nichts. Solange ich nichts weiß, bewahre ich mir meine Hoffnung. Und die Hoffnung ist das Einzige, was mich heute aufrecht hält.

21 Uhr 15, ich greife nach der Bedienungsanleitung für den Buggy. Leise hole ich das Objekt meines Ärgers aus Claras Zimmer, dann schiebe ich den Couchtisch zur Seite, um mir Bewegungsfreiheit zu verschaffen. Mein anschließendes wildes Gestikulieren hat sicher Ähnlichkeit mit einem sehr schlechten Ballett. Ich verwandle mich in einen schrecklichen Tänzer, den grottenschlechten Partner eines Buggys, der sich erst nach einem erbarmungslosen Pas de deux meinen Wünschen fügt.

Um 22 Uhr verkünde ich meinen Sieg, die Attraktion des Abends. Vorsichtshalber lasse ich den Buggy ausgeklappt in der Diele stehen. Ich habe ihn zwar fünf Mal nacheinander zusammen- und auseinandergeklappt, um sicher zu sein, dass die Handgriffe sitzen, dennoch fürchte ich, dass ich es morgen womöglich nicht wieder hinkriege.

Ich bereite alles vor, was meine kleine Patentochter brauchen wird, wenn sie mich mitten in der Nacht weckt, dann lege ich mich leise ins Bett. Der Kampf gegen den Buggy hat mich wohl mehr erschöpft, als ich dachte, denn ich schlafe schnell ein. Gegen vier Uhr morgens gebe ich Clara in leicht benebeltem Zustand das Fläschchen, danach sinke ich wieder in tiefen Schlaf.

Der Wecker klingelt um 7 Uhr. Oder vielmehr, mein Handy vibriert um 7 Uhr. Ich stelle es hastig ab, damit es nicht die Träume des kleinen Engels stört, der sein Schlafzimmer mit mir teilt.

Schon verrückt, wie man in völlig unterschiedlichen Situationen auf das gleiche Verhalten zurückgreift. Drei Jahre lang bin ich auf diese Weise aufgestanden, um Cindy nicht zu stören, die eine Viertelstunde länger schlafen konnte als ich. Ich machte ihr immer das Frühstück, anfangs mit Liebe, dann aus Gewohnheit. Wenn ich so zurückdenke, glaube ich, dass sie sich nur in den ersten Wochen dafür bedankte. Das war mir egal, ich war verliebt und später daran gewöhnt. Heute bin ich schlichtweg hingebungsvoll. Außerdem weiß ich, dass Clara mich nicht sitzen lassen wird.

Ich mache mich komplett fertig, damit ich ganz für Clara da sein kann, sobald sie aufwacht, was auch bald der Fall ist. Ich packe sie, natürlich unter Beachtung von Gaëlles Anweisungen, in viele Schichten Kleidung, damit sie es schön warm hat. Übrigens forsche ich auch nach dem rosa Mützchen, das ich ihr zur Geburt geschenkt habe. Ich finde es säuberlich zusammengefaltet bei der übrigen »Ausgehkleidung«, wie Julien es nennt. Das trifft sich gut, denn ich will mit ihr ausgehen.

Allerdings auf eine etwas ungewöhnliche Art. Es wird eine Premiere für Clara sein. Für mich übrigens auch. Ich habe noch nie Kinderwagen-Jogging gemacht. Ich weiß nur, dass das von Gaëlle und Julien angeschaffte Modell dafür geeignet ist. Ich bin trotzdem ein bisschen angespannt, aber es ist eher Neugier als Nervosität. Zum ersten Mal seit Anfang Dezember werfe ich mich nicht in Kosmonautenkluft, mein Blouson hängt noch an der Garderobe, als ich die Tür hinter mir zuziehe.

Mit dem Buggy Fahrstuhl zu fahren erweist sich als einfacher als befürchtet, im Gegensatz zum Verlassen des Gebäudes. An einem Sonntagmorgen um 9 Uhr sind nicht viele Leute unterwegs, die mir die Tür aufhalten könnten, eigentlich sogar niemand. Ich befehle Clara, sich die Ohren zu verstopfen, dann fluche ich unablässig, während ich mich durch die Eingangstür kämpfe. Draußen angekommen, lebe ich plötzlich wieder auf.

Ich verstehe die Empfindungen nicht, die über mich hinweggehen, aber ich freue mich am Anblick der Sonnenstrahlen, die durch die Wolken brechen. Theoretisch sollte es nicht regnen, trotzdem ziehe ich das Plastikzelt über den Buggy. Clara soll sich nicht erkälten.

Ich beginne damit, dass ich ziemlich rasch auf den Park zugehe. Nach einigen Hundert Metern bin ich hochzufrieden mit den Schuhen, die ich mir bei Julien ausgeliehen habe. Wenn der Kinderwagen genauso gut fürs Joggen geeignet ist, werde ich noch mehr Spaß haben als erwartet. Als ich auf den geteerten Alleen, die sich durch die große Grünfläche ziehen, angekommen bin, beschleunige ich langsam. So trabe ich, zunächst noch ungeschickt, dann immer sicherer, rings um den Park.

Clara in ihrem Wagen ist wacher denn je. Sie scheint hingerissen zu sein von dieser neuen Erfahrung. Noch vor wenigen Tagen war ich sehr skeptisch, aber jetzt, mittendrin, gefällt es mir sehr. Ich beginne sogar, schon an regelmäßige Wiederholungen zu denken. Ich müsste mit Julien darüber sprechen. Wir könnten hin und wieder zusammen mit Clara joggen gehen. Ich frage mich sogar, ob nicht auch Gaëlle mit von der Partie wäre.

Gegen 10 Uhr hat sich der Park schon ein bisschen bevölkert, aber weit weniger, als ich gedacht hätte. Aus dem einfachen Grund, dass die Sonne sich endgültig hinter die Wolken zurückzuziehen beginnt. Ich mache mich auf den Rückweg und muss am Ende sogar rennen, weil es doch anfängt zu regnen.

Klatschnass von Regen und Schweiß komme ich an, aber zuerst kümmere ich mich um den kleinen Engel, der inzwischen eingeschlafen ist. Ich ziehe Clara um und wickle sie, worauf sie sich kategorisch weigert, meine Arme zu verlassen. Ich wandere im Wohnzimmer auf und ab und mache Faxen mit ihr, aber mit dem abnehmenden Tageslicht sinkt auch meine Stimmung. Es ist noch nicht Mittag, und man könnte meinen, es sei Nacht. Es gleicht auf merkwürdige Weise dem, was mein Bruder gestern Nachmittag betrachtete.

Als ein Sonnenstrahl durch die Wolkendecke dringt, trete ich ans Fenster, in der Hoffnung, es könnten sich dieselben Empfindungen einstellen wie heute Morgen beim Verlassen des Hauses. Doch nichts davon kommt wieder. Als hätte mein Organismus alles vergessen.

In der Ferne fällt Regen. Nur eine kleine Stelle wird noch von der Sonne beschienen und lässt immer wieder einen blassen Regenbogen aufscheinen. Wie ein blinkendes Leuchtzeichen, das mich nur zu deutlich an einen gewissen Monitor in einem gewissen Krankenhauszimmer erinnert. Ich zeige Clara die Farben und erkläre sie ihr, obwohl ich genau weiß, dass sie sich niemals an den Sonntag erinnern wird, an dem ihr Patenonkel sie gelehrt hat, wo und wann mit solchen Erscheinungen zu rechnen ist.

Seufzend starre ich auf den Regenbogen. Ich bin wieder apathisch, es ist, als wollte ich die neue Persönlichkeit meines Bruders imitieren. Clara scheint es zu spüren, denn sie versucht, sich aus meinen Armen zu lösen. Ich lege sie in ihr Bett und kehre zum Fenster zurück, wie magnetisch angezogen.

Der heftige Regen gleicht im Grunde dem Zustand meines Herzens. Plötzlich habe ich Lust, meinen Schmerz hinauszuschreien, aber ich weiß, dass einem ein solches Verhalten leicht zur lieben Gewohnheit werden kann. Ich habe genug geweint. Ich habe Entschlüsse gefasst. Ich hasse Sturm und Regen, aber dieser Regenbogen scheint mir trotz allem wieder Hoffnung zu machen.

Zu irgendwas muss schlechtes Wetter ja auch gut sein.

19

ELSA

Das Geräusch des schmachtenden Kusses, in den meine Schwester mit ihrem Derzeitigen versunken ist, stößt mich ab. Wie kann sie es wagen, das in meinem Zimmer zu tun? Natürlich, in Sachen Freund hat sie sich nie Fragen stellen müssen. Sie pickt sich einfach jemanden aus dem Schwarm heraus, der ihr überallhin folgt. Der betreffende Freund hat also vermutlich keinen Augenblick gezögert, den Kuss zu erwidern, den sie ihm anbot.

Wenn ich den Geräuschen bestimmter Gewebe trauen darf, dann muss ich sogar annehmen, dass er die Hand unter das T-Shirt meiner Schwester geschoben hat. Ich höre sie lachen, aber sie hat wohl genug, denn ihre Münder hören endlich auf, sich gegenseitig zu verschlingen.

Ich seufze im Geiste. Ja, ich war es leid, ihnen beim Küssen zuzuhören, und ja, ich war auch neidisch. Nicht, weil meine Schwester weniger mit mir gesprochen hätte als sonst, sondern weil ich selbst solche Berührungen schon seit einer gefühlten Ewigkeit nicht mehr erlebt habe.

Als ich heute Morgen aufwachte, hatte ich mein Zeitgefühl ein bisschen verloren, dann kam meine Schwester, und ich wusste, es ist Mittwoch. Ein genaues Datum konnte ich ihm erst geben, als meine Schwester ein Telefongespräch annahm. Mir scheint, wir haben den 10., aber sicher bin ich mir in gar nichts mehr. Immerhin kann ich sagen, dass in etwa zwei Wochen Weihnachten ist. Ich bin gespannt, was ich geschenkt bekomme.

Das Nichts vermutlich.

Welches Geschenk würde man schon einer jungen Frau im Koma geben wollen? Vor allem, wenn ihr Geburtstag gerade erst vier Wochen zurückliegt und die Ärzte nichts anderes mehr im Sinn haben, als sie abzuschalten.

Ich weiß noch, wie Weihnachten letztes Jahr war, öde bis zum Gehtnichtmehr. Ich steckte in einem dieser endlosen Festtagsessen, bei denen man immer dieselben Leute sieht und immer die gleichen Gerichte isst, obwohl ich mir doch nur eins wünschte: meine Ski unter die Füße zu schnallen und mich an einem Tag auf den Pisten auszutoben, an dem praktisch niemand an den Liften wartet. Meine Mutter hatte mich mehrfach wegen meiner mangelnden Geselligkeit gerügt. Als ausweichende Antwort auf diese Kritik sagte ich ihr, ich könne nicht verstehen, dass meine Schwester mit ihrem Freund, den sie erst seit zwei Wochen habe, kommen dürfe, wohingegen man mir die Anwesenheit eines langjährigen Freundes verweigere.

Der Freund, den ich hatte einladen wollen, war Steve. Meine ganze Familie kannte ihn schon, aber meine Bitte wurde abgelehnt. Mein Vater hasste ihn, seit er wusste, dass Steve mein Kletterpartner war. Meine Mutter ignorierte ihn, seit sie begriffen hatte, dass er *nur* mein Kletterpartner (und nicht einfach mein Partner) war. Meine Schwester …

Meine Schwester – keine Ahnung, wie sie darüber dachte, aber plötzlich habe ich den Eindruck, ich werde es noch erfahren. Vor der Tür meines Zimmers höre ich mehrere Stimmen und darunter meine ich Steves Stimme zu erkennen. Die Freude überkommt mich, und zwar buchstäblich. Sie überwältigt mich sogar, denn mein Sieg der Woche ist, dass ich meine Emotionen wieder wahrnehmen kann.

Ich spüre, was in meinem Blut transportiert wird. Ich spüre diese chemischen Botschaften, die durch mich hindurchlaufen, die von meinem Hirn kommen und voller neuer Informationen wieder dorthin zurückkehren. Heute erlebe ich erst Abscheu und dann Freude, aber gestern, so scheint mir, habe ich Schmerz und Zorn erfahren müssen.

Die beiden Letzteren wurden von meinem Chefarzt und seinem Assistenten ausgelöst, die mir einen Höflichkeitsbesuch abstatteten. Eigentlich wollten sie nur meinen Fall diskutieren. Sie schienen mich jedoch vor Augen haben zu müssen, um jeder von seiner Seite besser argumentieren zu können. Der Chefarzt hielt meinem Assistenzarzt eine gewaltige Moralpredigt, als er erfuhr, dass dieser meine Familie über mein Aufbäumen am Samstag informiert hatte. Der Assistenzarzt wehrte sich und sagte, das sei ganz normal. Der Chef wies nachdrücklich darauf hin, dass man solche unbedeutenden Details beiseitelasse, sobald dieses verdammte »minus X« auf der Akte stehe. Mein Aufbäumen sei nur ein Reflex gewesen, ein Nervenreiz, der nicht über mein Hirn gegangen sei, sondern nur durch mein autonomes System. Bei den medizinischen

Ausdrücken, die dann folgten, habe ich aufgegeben, obwohl ich die Argumente des für mich zuständigen Arztes gern erfahren hätte. Als ich wieder zu mir kam, war niemand mehr da.

Aber jetzt sind fünf Leute bei mir und machen einen Heidenlärm.

»Pauline!«, ruft Rebecca. »Ich hatte dich gar nicht erwartet. Super, dass du gerade hier bist. Wie geht es dir?«

Meine Schwester antwortet ihr lebhaft. Ich kann mir das ratlose Gesicht ihres Freundes vorstellen, der sich plötzlich mit drei Fremden konfrontiert sieht. Pauline macht alle miteinander bekannt. Ihr Kerl bringt gerade mal ein kleines Grunzen als Gruß zustande. Und keine zehn Sekunden später, so scheint es mir jedenfalls, ist er weg.

Steve und Alex feixen in ihrer Ecke, während Rebecca sich sorgt, wie es nun mal ihre Art ist.

»Glaubst du, wir haben ihn verscheucht?«

»Ach was, Rebecca, entspann dich!«, erwidert meine Schwester. »Er ist nur ein bisschen schüchtern.«

»Wenn man bedenkt, wie er dich um die Taille gefasst hielt, ist ›schüchtern‹ genau der richtige Begriff!« Alex lacht.

»Alex!«, rufen die beiden Mädchen wie aus einem Mund.

»Och, schon gut, man darf doch wohl noch ein bisschen Spaß machen, oder?«

»Ich bin übrigens ganz seiner Meinung«, fügt Steve hinzu.

»Ich … Äh … Tut mir leid.«

Ich bin platt. Das war zwar die Stimme meiner Schwester, aber eine sehr veränderte Stimme. Eine Art verlegenes, leises Murmeln, das irgendwie nichts Bestimmtem ähnelte. Es passt gar nicht zu ihr … Und plötzlich begreife ich.

Meine Schwester und Steve. Hilfe … Ist meine Schwester etwa in Steve verliebt?

Jetzt, wo mir diese Hypothese durch den Kopf schießt, frage ich mich, warum ich nicht schon eher darauf gekommen bin. Es springt doch geradezu ins Auge! Aber nein, ich musste erst ins Koma fallen, um es zu bemerken. All die Indizien, die mir nie aufgefallen sind. Jetzt weiß ich, warum ich nie genau zu benennen wusste, wie meine Schwester zu ihm stand.

Dieser Gedanke ermöglicht es mir, mein neuestes Gefühl, das Mitgefühl, physiologisch auszuprobieren. Denn ich hoffe von ganzem Herzen, dass meine Schwester es fertigbringt, ihre Gefühle einzugestehen. Vielleicht nicht unbedingt hier in diesem Krankenhauszimmer. Zumal Steve keiner ist, der seine Zeit an lange Interpretationen und Erklärungen verschwendet, nicht mal bei den Frauen.

Ich glaube, nur bei mir hat er versucht, feinfühlig zu sein, und, Pech für ihn, es hat nicht funktioniert, obwohl das eine Eigenschaft ist, die ich mir an einem Partner wünsche.

Ich male mir aus, wie es wäre, wenn Steve und meine Schwester zusammen wären. Und muss innerlich lächeln. Ich stelle mir vor, wirklich zu lächeln.

»Sie wirkt glücklich heute«, sagt Rebecca.

Ich weiß, dass sie von mir spricht, weil ich sie auf mein Bett habe zugehen hören. Am liebsten würde ich schreien vor Freude, als ich an meinem linken Arm die Berührung ihrer Hand spüre, mein zweiter Sieg nach Thibaults letztem Besuch.

»Dabei hat sie wahrhaftig keinen Grund dazu.«

Die Stimme meiner Schwester lässt mir das Blut gefrieren. Noch ein Gefühl. Sorge? Bei der Angst bin ich noch nicht angelangt. Und es ist, ehrlich gesagt, das erste Mal, dass ich lieber nichts spüren würde.

»Wie meinst du das, Pauline?«, fragt Steve.

»Ach, nichts.«

»Du glaubst doch nicht, du könntest uns so was vor den Latz knallen und dann nichts erklären?«

Was habe ich gesagt? Steves Feingefühl …

»Ich habe nicht das Recht, mit euch darüber zu sprechen«, sagt meine Schwester.

»Was soll das heißen, du hast nicht das Recht?«

»Weil ihr nicht zur Familie gehört.«

Steve dürfte inzwischen kochen. Ich nehme wahr, dass Rebecca zu meiner Schwester getreten ist.

»Pauline, du weißt doch, dass wir für Elsa Teil ihrer Familie sind, auch wenn wir nicht miteinander verwandt sind. Du kannst uns nicht so hängen lassen, nachdem du das gesagt hast. Was ist los?«

Ja, das ist Takt. Ich danke Rebecca im Stillen für ihr sanftes, aber bestimmtes Eingreifen. Meine drei Freunde wollen eine Antwort, und sie gehen nicht eher, als bis sie sie haben.

»Mal ehrlich, muss ich es euch wirklich erklären?«

Die Stimme meiner Schwester zerreißt mir das Herz. Ich glaube, sie fängt gleich an zu weinen.

»Sie wacht nicht mehr auf, ist es das?«

Steves Stimme ist so kalt wie die Gletscher, über die wir früher gemeinsam wanderten. In meinem Geist haben sich seine Farben gerade von Tiefrot zum frostigsten Blau, das es überhaupt gibt, gewandelt. Zu viel Emotionen für mich. Fast hätte ich Lust, vor dem Gespräch zu fliehen.

»Das sagen jedenfalls die Ärzte.«

Der Ton meiner Schwester rundet die Erklärung ab. Niemand sagt etwas. Jedenfalls nicht gleich.

Höchst vorhersehbarerweise ist es Alex, der als Erster spricht: »Danke, dass du es uns gesagt hast. Ich bin sicher, Elsa hätte es so gewollt.«

»Ich weiß überhaupt nicht, was Elsa gewollt hätte, und ich glaube, ich werde es nie wissen«, gibt meine Schwester zornig zurück.

»Beruhige dich, Pauline. Es nützt überhaupt nichts, wenn du dich derart aufregst.«

»Was soll das heißen, es nützt nichts? Ich rege mich auf, wie ich will!«

Ich glaube nicht, dass ich so etwas schon einmal von meiner Schwester gehört habe.

Und just jetzt quietscht der Türgriff. Ich höre, wie die vier anderen gleichzeitig Luft holen. Es ist doch nicht etwa Paulines Freund, der wiederkommt?

»Äh … Ich fürchte, ich komme ungelegen.«

Thibault. Mein Regenbogen. Der einige Schwierigkeiten haben wird, die aufgeladene Stimmung aufzulösen.

»O ja, könnte durchaus sein!«, erwidert meine Schwester. »Wer bist du?«

»Beruhige dich, Pauline.«

Das kam von Steve. Ich bin gerührt und zugleich überrascht.

»Komm mit«, fährt er fort.

»Wohin?«, fährt ihn meine Schwester an.

»Nach draußen. Du musst dich beruhigen.«

Den Geräuschen nach packt er sie am Arm und zieht sie nach draußen auf den Gang. Hinter ihnen schlägt die Tür zu. Im Zimmer breitet sich lastendes Schweigen aus.

Genau so hatte ich es mir gedacht. Selbst wenn meine Schwester und Steve draußen sind, tobt im Zimmer weiterhin das Unwetter.

»Hallo, ihr zwei …«, sagt Thibault und nähert sich mir. »Ich glaube wirklich, ich komme ungelegen. Oder habe ich etwas falsch gemacht?«

Ich stelle mir meinen Regenbogen kleinlaut vor, unschlüssig, wie er sich verhalten soll. Das jedenfalls spiegelt sich in seiner Stimme wider. Sofort habe ich den innigen Wunsch, meine Übung »den Kopf drehen und die Augen öffnen« endlich zu schaffen. Ich möchte ihn so gern sehen.

»Nein, es ist nur so, dass Elsas Schwester … sich nicht richtig wohlfühlt«, sagt Alex vorsichtig.

»Sie wirkte aber ganz gesund«, bemerkt Thibault.

Niemand antwortet ihm. Ich höre, dass er sich mir nähert. Ich alarmiere alle Teile meines Gehirns, die inzwischen funktionieren. Mit sehr viel Konzentration spüre ich eine Berührung auf meiner Stirn, meinem Haar und meiner Wange, gleichzeitig höre ich eine Hand darüberstreichen. Mir ist, als würde ich darin versinken, als wäre diese sanfte Wärme so riesig wie ein Ozean. Dabei ist das Gefühl so zart wie ein Schmetterlingsflügel.

Thibaults Atem ist ganz nah, so nah wie an den Tagen, an denen er neben mir schlief.

»Ich kann heute nicht bleiben, Elsa«, sagt er so leise wie möglich. »Du hast ganz viel Besuch. Ich werde jetzt nicht so egoistisch sein und dich nur für mich beanspruchen.«

Wirre Emotionen. Eine chaotische Mischung aus Eifersucht, Neid, Traurigkeit und noch etwas anderem, das ich nicht wirklich identifizieren kann.

Dann ein klares Gefühl. Thibault küsst mich auf die Wange. Es ist wie eine Explosion von Aromen. Ich richte alle Parzellen meines Hirns, auch die noch inaktiven, auf das, was ich spüre. Ich glaube, ich könnte die Form und Rundung seines Mundes und noch die kleinste Furche auf seinen Lippen genau beschreiben, weil ich buchstäblich davon träume, das alles zu küssen.

Mehr denn je will ich den Kopf drehen und die Augen öffnen.

Die Wärme entschwindet, bevor ich es schaffe.

Da ich nicht in der Berührung versinken kann, versinke ich in meiner eigenen Traurigkeit, als ich höre, wie Thibault sich von Rebecca und Alex verabschiedet. Er verlässt mein Zimmer, und ich bin in einer abgetrennten

Welt. Nicht einmal die Stimmen meiner Freunde vermögen mich zu ihnen zurückzuholen. Dennoch kann ich ein paar Worte aus dem herausfiltern, was sie sagen, es ist, als würden die Töne von Wolken erstickt.

»Meinst du, wir sollten ihm etwas sagen? Er scheint ihr doch inzwischen sehr nahezustehen …«

»Nein. Lass ihn träumen. Damit wenigstens einer es noch kann.«

20

THIBAULT

Alle drei Minuten sehe ich entweder auf meine Armbanduhr oder auf die Wanduhr, als könnte mich eine von ihnen belogen haben. Seit heute Morgen kann ich mich nicht konzentrieren, es ist furchtbar. Mit dem Dossier, das vor mir liegt, bin ich um keinen Zentimeter weitergekommen. Ich frage mich sogar, ob es sich *überhaupt* um einen Zentimeter bewegt hat, seit ich es dorthin gelegt habe.

Ich weiß genau, was mit mir los ist. Ich empfinde ein Bedürfnis, das erst morgen gestillt werden kann, mir fehlt etwas, weil ich sie gestern nicht sehen konnte. Das heißt, gesehen habe ich sie, aber nur für zwei Minuten, und ich musste meinen ganzen Takt aufbieten, um nicht zu bleiben und Elsa während der knappen Stunde, die vor mir lag, für mich zu beanspruchen. Stattdessen irrte ich durch die Gänge des Krankenhauses und kam dabei mehrmals an Zimmer 52 vorbei, aber auch an dem meines Bruders. Meine Mutter hatte die Tür angelehnt gelassen, als wollte sie ihr Glück zum x-ten Mal versuchen.

Und sie hatte recht. Ich ließ mich in Versuchung führen. Wortlos trat ich in das Zimmer. Sie versuchten, mich ins Gespräch zu ziehen, aber ich sah sie nicht an, sondern griff nach einer Zeitschrift und verzog mich damit auf einen Hocker in der Ecke, da der unbequeme Besucherstuhl am Bett von meiner Mutter besetzt war.

Mit halbem Ohr lauschte ich ihrem Gespräch, während ich in der Zeitschrift blätterte, die sich als ein Sammelsurium der absurdesten Artikel erwies. Ich bemerkte es nicht einmal, als meine Mutter hinausging. Erst als mein Bruder sich räusperte, hob ich endlich den Blick und stellte fest, dass wir allein waren. Wir sahen uns eine Zeit lang schweigend an, dann ergriff mein Bruder das Wort. Anfangs war es eine absolut belanglose Unterhaltung, doch dann fing er plötzlich von einem anderen Thema an.

»Warum kommst du mich nie besuchen?«

»Fragst du dich das wirklich?«, gab ich in neutralem Ton zurück.

»Eigentlich … nicht«, antwortete er seufzend. »Du denkst, ich verdiene, was mir zugestoßen ist. Aber ich will meine Frage anders stellen. Was treibst du, während Maman bei mir ist? Bleibst du im Wagen?«

Da schlug ich die Zeitschrift zu, warf noch einen prüfenden Blick auf die geschlossene Tür und beschloss, alles zu sagen. Ohne Punkt und Komma erzählte ich ihm von meinen deprimierten Momenten im Treppenhaus, meinen Wutanfällen, davon, wie ich mich vor zwei Wochen in der Tür geirrt und Elsa kennengelernt hatte. Ich erzählte ihm von meiner großen Ratlosigkeit und von dem Moment, in dem mir meine Gefühle für eine junge Frau im Koma bewusst geworden sind. Ich sagte ihm auch ins Gesicht, ich könne mich immer noch nicht damit abfinden, dass mein Bruder zwei Menschen umgebracht habe, weil er zu blöd gewesen sei, die Finger vom Lenkrad zu lassen.

Ich warf ihm all das vor die Füße, wild durcheinander, aber er konnte der Geschichte folgen. Einmal glaubte ich sogar, ein Glänzen in seinen Augen zu sehen, aber nein, das war unmöglich.

»Bist du mir immer noch derart böse?«, fragte er nach meinem Monolog.

»Und wie …«

»Warum bist du dann hier?«

»Was?«

»Was treibst du hier in meinem Zimmer? Wollte sie dich heute nicht empfangen?«

Ich sprang auf, und zwei Sekunden später war ich über ihm, eine Hand auf seiner Brust, mein Gesicht keine zwanzig Zentimeter von seinem entfernt.

»Ich verbiete dir, so von ihr zu sprechen.«

Ich starrte ihm in die Augen, bis er, nach einer ziemlich langen Weile, den Blick senkte. Was er dann sagte, ließ mich verblüfft zurücktreten.

»Du bist wirklich verliebt.«

Er hatte es nicht böse gesagt oder spöttisch. Er hatte es neidvoll gesagt. Ich verstand gar nichts mehr. Zumal mein Bruder auch noch weitersprach.

»Du bist wirklich verliebt, und ich beneide dich. Nicht um das Verliebtsein, sondern darum, dass du so empfinden kannst. Ich war nie superehrlich oder … tief, ja, das ist das Wort. Meine Gefühle für die Leute waren nie wirklich tief. Keine Ahnung, warum. Ob ich Angst hatte, dass sie mich nicht liebten? Vielleicht war es mir auch egal. Und jetzt finde ich das … beschissen. Aber das heißt nicht, dass ich's besser hinkriege.«

Ich hatte mich nicht gerührt, während er sprach, dann begriff ich, dass er nicht weitersprechen würde. Ich war, offen gesagt, überfordert. Ich hatte meiner Mutter nicht geglaubt, als sie gesagt hatte, mein Bruder denke über das nach, was passiert sei.

Vielleicht hätte ich das tun sollen.

»Du brauchst es ja nur zu versuchen!«, sagte ich barsch und kehrte in meine Ecke zurück.

»Ich würde es gern tun«, antwortete er schlicht.

»Worauf wartest du?«

»Ich weiß nicht.«

Von da an irrte sein Blick nach draußen ab, und er sprach nur noch mit unserer Mutter, als sie wieder zurück war. Trotzdem sah er mich, als wir aufbrachen, einige Sekunden lang an. Die verrückteste Mischung, die ich je erlebt habe. In seinen Augen lag ein solches Durcheinander von Emotionen und Empfindungen, dass ich mich kurz fragte, wie er hatte sagen können, er empfinde nichts oder nicht genug. Dann nickte ich ihm zu, um mich zu verabschieden oder auch um ihn zu ermuntern, wozu auch immer. Sein Gegengruß war noch diskreter als meiner, und dabei beließen wir es.

Im Wagen versuchte meine Mutter, mich über das auszufragen, was während der zehn Minuten ihrer Abwesenheit vorgefallen war. Mir scheint fast, sie hat uns absichtlich allein gelassen. Als wir vor ihrer Tür standen, bat sie mich zu bleiben. Ausnahmsweise sagte ich sofort Ja. Ich wollte Julien nicht noch einmal bitten, den Abend mit mir zu verbringen, zumal Clara am Sonntag getauft wird, da hat er Wichtigeres zu tun, als sich um seinen besten Freund zu kümmern.

Und jetzt muss ich mich schon seit drei Stunden sehr beherrschen, damit ich ihn nicht doch anrufe, denn ich habe das Gefühl, dass der Abend ganz schön hart wird. Zu meiner Mutter möchte ich nicht gehen, das würde mir nur einen Haufen Fragen einbringen. Zu einem Kollegen auch nicht, der würde noch mehr Fragen stellen. Ich möchte nur einfach Elsa sehen.

Plötzlich wird mein Buch-mit-Ihnen-als-Held in meinem Kopf aktiv. Den ganzen Tag ist es beharrlich auf Seite 100 aufgeschlagen geblieben, der »leeren Seite«, wie ich sie nenne. Doch jetzt scheint ein Wind die Seite zurückgeblättert zu haben, auf Seite 99 steht: »Tun Sie, wonach Ihnen ist.«

Was hindert mich daran, Elsa heute Abend zu besuchen? Jeden Tag sind Besuche erlaubt, nur zu unterschiedlichen Zeiten. Heute ist Donnerstag. Normalerweise sollte man da von 15 bis 18 Uhr kommen dürfen. Eine halbe Sekunde später habe ich meine Antwort. Ich habe um 18 Uhr Dienstschluss. Also keine Chance.

Doch. Eine Chance.

Ich nehme mir nicht einmal die Zeit, Seite 54 zuzulächeln (»Tun Sie alles Ihnen Mögliche, um Ihr Ziel zu erreichen«), sondern stürme ins Büro meines Chefs. In meinem Buch-mit-Ihnen-als-Held stand nicht, *was* ich tun sollte, um mein Ziel zu erreichen, da stand nur *alles*. Ich entscheide mich für partielle Ehrlichkeit – ich habe gar nicht die Zeit, mir irgendetwas auszudenken.

»Ich habe etwas sehr Wichtiges zu tun. Kann ich früher gehen?«

Mein Vorgesetzter mustert mich misstrauisch. Seit ich in diesem Unternehmen arbeite, habe ich nie um einen persönlichen Gefallen gebeten, aber meine wütenden Attacken gegen Cindy damals, zur Zeit unserer Trennung, haben, auch wenn sie schon ein Jahr her sind, ein dickes rotes Kreuz in meiner Personalakte hinterlassen.

»Was ist denn so wichtig?« Mein Vorgesetzter seufzt.

»Das wäre ziemlich kompliziert zu erklären«, antworte ich zögernd.

»Ich habe den Eindruck, Sie sind selbst kompliziert, Thibault.«

»Sehr gut möglich.«

Meine Antwort bringt ihn zum Lächeln, ich habe gewonnen.

»Was heißt denn ›früher‹ für Sie?«, fragt er, als er mich schon aus dem Büro gehen sieht.

»Jetzt sofort?«, frage ich und denke dabei, dass ich schlimmstenfalls ja nur eine höfliche Ablehnung riskiere.

»Na schön. Hauen Sie ab. Aber morgen früh sind Sie um 7 Uhr hier.«

Ich nicke dankbar und flitze in mein Büro, um meine Sachen zu holen. Mein Herz klopft wild – weil ich die Treppe hinuntergerannt bin oder aus Freude über den Sieg? Keine Ahnung. Es ist mir auch egal.

Ich weiß nur eins.

Ich werde sie sehen.

21

ELSA

Weihnachten zwei Wochen zu früh. Heute ist Donnerstag, und Thibault ist da.

Er ist schon seit einer Weile in meinem Zimmer. Er kam ganz euphorisch an. Er hat mir von seinem seltsamen Tag erzählt und mir sogar gesagt, er sei früher von der Arbeit weggegangen, um mich zu besuchen. Ich war völlig verblüfft, als ich das hörte. Umso mehr, als ein solches Gespräch zwischen uns bisher noch nicht oft vorgekommen ist, falls man so etwas Gespräch nennen darf. Seine farbenfrohe Stimme war voller schimmernder Nuancen. Schließlich verharrte sie in einer samtigen Textur, und ich konnte nicht mehr alles richtig verstehen. Ich verstehe übrigens immer noch nicht alles, aber das macht nichts. Ich fühle mich gut, und das ist das Wichtigste.

Trotz des auf meine Patientenakte gekritzelten »minus X« fühle ich mich gut.

Mir scheint übrigens, Thibault ist der Einzige, der nichts darüber weiß. Vielleicht fühle ich mich deshalb gut, wenn er da ist. Vielleicht kehren meine Sinne deshalb vor allem in seiner Gegenwart zurück. Ich liebe meine Familie und meine Freunde, aber … Eigentlich ist Thibault derjenige, für den ich um jeden Preis aufwachen will.

Jetzt liegt er wie all die anderen Male neben mir. Er

hat, wie all die anderen Male, mein Beatmungsgerät nicht ganz richtig wieder angeschlossen, worüber die Krankenschwester ein weiteres Mal etwas knurren wird. Bisher glaubt sie, der Schlauch verrutsche von allein. Sie ahnt nichts davon, dass jemand ihn regelmäßig abmontiert.

Mir scheint übrigens, Thibault hat jetzt mehr Übung darin, mich zu verrücken. Oder vielleicht hat er sich auch Muskeln antrainiert, aber das würde mich überraschen in so wenigen Tagen. Jedenfalls hat er mich wohl heute bis an den äußersten Rand meines Bettes geschoben, denn ich hörte ihn eben vor Behagen seufzen, als er sich auf meine Matratze sinken ließ. Ich bin allerdings nicht sicher, ob er schon schläft.

»Elsa ...«

Nein, er schläft nicht. Oder er spricht im Traum. Aber sein Murmeln ist das eines absolut wachen Menschen.

»Elsa ...«

Ich möchte erbeben. Was ich ihm am liebsten sagen würde. Sein Vorname ist mir in den letzten beiden Wochen häufiger durch den Kopf gegangen als jeder andere Gedanke in zwei Monaten. Eins der wenigen Dinge, die ich sicher über ihn weiß. Sein Vorname. Wie der ganze Rest aussieht, kann ich mir nur vorstellen.

In meinen einsamen Stunden hatte ich Gelegenheit, meine Sinne zu sortieren. Anfangs bin ich ganz selbstverständlich davon ausgegangen, der Sehsinn sei der wichtigste, aber nachdem ich so lange nur aufs Gehör angewiesen war, dachte ich, der sei schon ein echter Trumpf. Was den Geschmackssinn angeht, da habe ich damals beschlossen, er sei sekundär. Und beim Gedanken an den Geruchssinn ist mir aufgegangen, dass ich gern wüsste, wie Thibault riecht. In dem Moment geriet das kleine Piepen neben mir für ein paar Sekunden lang ins Rasen, dann widmete ich mich wieder meinen mentalen Übungen. Aber ich stelle immer wieder fest, dass sie nur wirken, wenn Thibault neben mir liegt.

Und heute möchte ich mehr denn je sein Gesicht und die Farbe seiner Augen sehen können und die Hände betrachten, die auf meinem Arm die ersten elektrischen Entladungen ausgelöst haben.

Ich möchte ihn riechen können, wissen, ob er ein Parfüm trägt, den Geruch seiner Haut wiedererkennen. Ich möchte seinen Körper mit meinem ganzen Körper berühren.

Den Geschmackssinn lasse ich jetzt lieber beiseite, weil der Pulsmesser nur allzu zuverlässig ins Galoppieren gerät, wenn ich zu sehr daran denke. Jedes Mal, wenn ich mir vorstellte, Thibault zu küssen, und mir dabei seine Lippen auf meiner Wange ins Gedächtnis rief, hörte ich, wie die Krankenschwester angerannt kam. Nach dem vierten Mal am selben halben Tag sagte der diensthabende Arzt zu ihr, sie solle deshalb nicht mehr ihre Arbeit unterbrechen. Dennoch, so erinnere ich mich, sagte er, er wolle meinen Chefarzt daran erinnern, noch einmal ein CT machen zu lassen. Aber dann sah er das »minus X« in meiner Akte und sagte der Krankenschwester, sie solle vergesssen, was er gerade gesagt habe.

Dieses Zwischenspiel hat mir kurz die Hoffnung gegeben, ich könne der Welt zeigen, dass ich noch funktioniere. Aber sie vertrauen alle auf diese doch sehr wenig empfindlichen Fühler, von denen keiner meine Hirntätigkeit anzeigt. Und dennoch … Dennoch lebe ich!

Ich möchte es schreien.

Ich lebe!

»Elsa … Wann gedenkst du aufzuwachen?«

Thibaults Stimme macht mir Lust zu weinen. Ich kann sogar meine Tränendrüsen fühlen, die in Aktion zu treten versuchen. Wahnsinn, wenn man sie in seinem Körper orten kann. Gewiss kein großer Sieg, doch wenn ich aufwache, werde ich stolz erklären, ich wisse, wo sie seien. Im Augenblick ist es eine echte Wonne, ein weiteres Mal Teile meines Organismus wahrnehmen zu können. Spüren ist nur ein Schritt auf dem Weg zur Bewegung. Eine Art Credo, das ich mir ausgedacht habe. Mein Hirn ist imstande, Informationen zu empfangen. Ich wünschte, es würde jetzt auch welche aussenden.

Ich wünschte außerdem, ich könnte Thibault eine Antwort geben. Und meine Zweifel stürzen mich gleich wieder in einen Abgrund. Ich weiß, dass ich Zeit brauche, um aufzuwachen. Aber diese Zeit habe ich nicht. Das »minus X« in meiner Akte verwandelt sich vielleicht bald in ein »minus irgendwas«. Und auch wenn ich hoffe, dass dieses Irgendwas möglichst groß ist, weiß ich doch genau, dass es nicht unendlich sein wird. Eine solche Entscheidung treffen zu müssen wird meinen Eltern natürlich sehr zu schaffen machen. Ich habe sie seit ihrem Gespräch mit dem Chefarzt nicht mehr »gesehen«, aber ich weiß, dass sie darüber nachdenken. Und ich an ihrer Stelle würde die Entscheidung, wenn es ja doch auf ein Ja hinausläuft, nicht allzu lange hinauszögern.

»Ich will, dass du aufwachst.«

Diese im sanftesten Ton gemurmelten Worte lenken mich von meinen negativen Überlegungen ab. Ich bin in meinen Gedanken hin- und hergerissen zwischen einem ironischen »Und ich erst!« und einem hochemotionalen »Danke …«. Ich muss mich damit begnügen, mir vorzustellen, das eine oder das andere zu sagen. Mein Körper allerdings scheint meinen sehnsüchtigen Wunsch wahrgenommen zu haben, denn ich höre mich seufzen. Ich bilde mir sogar ein, ich hätte die Bewegung des Zwerchfells in meinem Bauch gespürt. Noch ein Fortschritt. Wenn Thibault doch ständig bei mir sein könnte.

Ich stelle ihn mir vor, wie er Tag und Nacht jede Stunde an mich geschmiegt neben mir liegt, atmend, lebendig, anwesend wie nie zuvor. Ich denke wieder an seine Lippen auf meiner Wange. Mein Herzschlag auf dem Monitor beschleunigt sich ein bisschen, aber nicht alarmierend. Meine Gedanken schweifen ganz von allein zu dem ab, was ich mir seit einiger Zeit verbiete, aber ich kann mich nicht mehr zurückhalten. Das Piepen wird noch schneller, und ich gebe meinem Gehirn strengste Anweisung, das alles im Griff zu behalten. Anscheinend gelingt es.

Von da an entgleist meine Vorstellungskraft. Ernstlich.

Und dann erstarrt alles.

An meinen Beinen klettert eine Empfindung hoch.

Mir ist kalt.

»Elsa, du musst aufwachen und da wieder ein paar Muskeln aufbauen!«

Thibaults neckender Ton überrascht mich genauso wie das Kältegefühl. Wovon spricht er überhaupt?

»Ich erlaube mir gerade, deine Beine anzuschauen. Ich hoffe, du nimmst es mir nicht übel. Ich habe nur das untere Ende des Lakens ein bisschen hochgeschoben. Ich bin in keiner Weise unanständig, ich kann deine Beine nur von den Füßen bis zu den Knien sehen. Ich wollte einfach wissen, wie sie aussehen.«

Am liebsten würde ich lachen. Was sollte an meinen Beinen denn so interessant sein?

»Ich hab ein bisschen recherchiert, was das eigentlich ist, Alpinismus. Und als ich das alles las, dachte ich, du müsstest tolle Muskeln haben! Aber echt, meine Schöne, wenn du aufgewacht bist, wirst du ganz schön trainieren müssen!«

Wieder möchte ich endlos lachen und Thibault antworten, dass ich dann so viel trainieren werde, wie er will, aber dass es uns im Augenblick nicht die Bohne interessiert, ob meine Waden aussehen wie dürre Äste. Es ist uns wurscht! Mir ist kalt, Thibault! Mir ist kalt! Verstehst du, was das bedeutet?

»Ich bin in dich verliebt, Elsa.«

Eins. Zwei. Drei. Biiiiiiiip!

Der Pulsmesser produziert einen durchdringenden Ton, als sich meine Brust verkrampft. Meine Halsmuskeln spannen sich plötzlich an, mein Kopf fällt leicht nach hinten. Meine Schulterblätter ziehen sich nach unten. Mein Becken schiebt sich abrupt nach oben. Mein Atem stockt. Und dann fällt alles wieder in sich zusammen.

Überall in meinem Körper spüre ich ein Kribbeln, es ist wie ein Nachgeschmack oder eher Nachgefühl dessen, was mir gerade passiert ist. Eine ganze Sekunde lang war mir mein gesamter Körper bewusst. Sag es noch einmal, Thibault, ich flehe dich an. Ich will noch einmal ich selbst sein.

»Elsa … Ich … Ich glaube, du hast mich gerade gehört.«

Ja, Thibault, ich habe dich gehört! Natürlich habe ich dich gehört! Ich höre dich sogar schon seit zwei Wochen! Und ich möchte es dich wieder und wieder sagen hören. Um mich aufzuwecken, um mich zu trösten, ganz einfach um der Freude willen, es zu wissen.

Zu wissen, dass es auf dieser Erde einen Menschen gibt, der immer noch an mich glaubt.

Doch ich höre nur ein mächtiges Lakenrauschen und wie sich das Gewicht eines Körpers von der Matratze hebt. Ich nehme wahr, wie mein Körper angehoben und wieder in die Bettmitte gelegt wird. Dann zieht Thibault seine Schuhe und die übrigen Sachen wieder an. Ich kenne das Ritual auswendig. Pulli, Jacke, Reißverschluss, Schal, Handschuhe, er zieht die Mütze aus der Tasche und fährt sich mit der Hand übers Haar.

Sein Gewicht auf meiner Bettkante.

»Ich weiß, dass du mich hörst, Elsa.«

Seine Lippen an meiner Wange.

Das beschleunigte Piepen des Pulsfühlers bei der Berührung.

»Du beweist es mir. Jedes Mal.«

In diesem Augenblick höre ich Rennen auf dem Flur, aber die hastigen Schritte stocken nicht vor meiner Tür. Der Lärm scheint Thibault an das erinnert zu haben, was er gerade tun wollte.

»Bis morgen …«

Noch ein Kuss, und dann geht Thibault.

Mein Hirn hat mehr Informationen gespeichert denn je. Jetzt aber an die Arbeit.

22

THIBAULT

»Weg da!«

Ich presse mich sofort an die Wand des Flurs, der Ton des Krankenpflegers lässt klar erkennen, dass er einfach keine Zeit für Höflichkeiten hat. Ich weiß nicht, was los ist, aber auf dem fünften Stock herrscht Tumult. Krankenschwestern und Ärzte rennen in vermutlich sehr organisierten, aber auf mich dennoch chaotisch wirkenden Bahnen hin und her. Irgendetwas muss passiert sein, aber mich interessiert das alles nicht.

Mein Geist hat sich zurückgezogen. An irgendeinen Ort zwischen meinem Körper und meinem Herzen. Unter solchen Umständen habe ich noch nie eine Liebeserklärung gemacht. Andererseits soll mir erst mal einer zeigen, wo sich solche Situationen hätten bieten können.

Ich nehme die Treppe, weil alle Fahrstühle für den dringenden Fall belegt sind, der den halben fünften Stock in Aufruhr versetzt hat. Unten angekommen, stelle ich fest, dass die Aufregung auch aufs Erdgeschoss übergegriffen hat. Ich drücke mich an der Wand entlang zum Ausgang, um den Weißkitteln, die nach draußen stürzen, nicht im Weg zu sein. In etwa dreißig Meter Entfernung sehe ich ein Medizinerknäuel. Wahrscheinlich ist da der Grund für die ganze Aufregung.

Ich gehe zum Wagen, aber meine Gedanken umschweben immer noch den zarten Körper in Zimmer 52 oben im fünften Stock. Diesen Körper, den ich so gern in die Arme genommen hätte. Aber nachdem ich ihre nach Monaten der Reglosigkeit so dünnen, so zerbrechlichen Beine gesehen hatte, habe ich diesen egoistischen Wunsch gezügelt und mich nur neben sie gesetzt, bevor ich gegangen bin. Ich hatte einfach zu viel Angst, etwas kaputt zu machen.

Zwanzig Minuten später komme ich zu Hause an, ohne die Straße wirklich wahrgenommen zu haben. Ich lasse mich auf dem Sofa nieder, meine Sinne sind wie betäubt. Meine Gesten nur von Reflexen und Gewohnheiten bestimmt. Während ich einen Birnensaft schlürfe, keimt langsam ein Gedanke in mir auf.

Ich liebe jemanden, und dieser Jemand hat es gehört.

Ich stoße einen tiefen Seufzer aus und beiße mir, vergeblich, auf die Unterlippe, um das Lächeln zu unterdrücken, das sich auf meinem Gesicht ausbreitet. Jeder, der sich die Situation von mir erklären ließe, würde mich für verrückt erklären. Ich vertreibe diesen Gedanken, indem ich mir sage, dass die Lage letztlich gar nicht so anders wäre, wenn ich sie vor ihrem Koma kennen- und lieben gelernt hätte.

Das Klingeln meines Telefons zwingt mich, das Sofa und meinen Tagtraum zu verlassen.

»Hallo?«, melde ich mich gähnend.

»Was, bist du jetzt schon müde?«

»Julien … Hab ich denn nicht mal mehr das Recht zu gähnen?«

»Nicht, wenn ich dich anrufe!«

»Aha, und warum rufst du mich an?«

Mein bester Freund nimmt mich in ein kleines, von seiner Gattin geschickt vorbereitetes Kreuzverhör in Sachen Claras Taufe. Ob ich auch an dieses gedacht, jenes nicht vergessen hätte, und vor dem Gottesdienst müsse ich unbedingt und so weiter.

»Ich vergesse nichts, keine Sorge! Was will Gaëlle eigentlich noch von mir? Mich einem letzten Patenschaftstest unterziehen? Hat das Wochenende nicht gereicht?«

»Doch, doch, du hast dich sehr gut um Clara gekümmert. Gaëlle war sehr zufrieden.«

»Was also dann?«

»Ich versuche nur, ein bisschen von meinem Stress runterzukommen.«

Jetzt hat Julien mich überrascht. Mein bester Freund, gestresst?

»Was ist los?«, frage ich sofort.

»Gaëlle und ich haben halt viel um die Ohren wegen der Vorbereitungen für die Taufe.«

Juliens Ton macht mich stutzig.

»Julien … Was genau willst du von mir?«

»Hast du heute Abend einen Moment Zeit?«

»Für dich immer! Aber was ist los?«

Juliens Antworten stimmen mich allmählich wirklich besorgt.

»Och, nichts Schlimmes, keine Sorge.«

»Warum dann das Ganze?«

»Ich wollte dir nur was sagen. Ist es okay für dich,

wenn wir uns im Pub treffen? Oder nein, lieber bei dir. Würde es dir passen?«

»Klar, wunderbar! Aber bist du sicher, dass alles in Ordnung ist?«

»Ganz sicher. Bis gleich.«

Julien legt auf. Ich stehe einen Augenblick lang ratlos da und gebe dann den Plan auf, ihn noch einmal anzurufen, um mehr zu erfahren. Er wird bald bei mir sein, so lange kann ich warten.

Ich sehe mich in meiner Wohnung um. Als ich eben reinkam, habe ich nicht so darauf geachtet, weil ich ohnehin nur halb auf das konzentriert war, was ich tat, aber mein Wohnzimmer ist in einem schlimmen Zustand.

Ich nutze die halbe Stunde, die Julien bis zu mir brauchen wird, räume ein bisschen auf und überlege mir dann, was ich Julien außer Birnensaft anbieten kann. Nach fünf Minuten eifriger Suche steht die Antwort fest: nichts. Nicht schlimm, er ist mein bester Freund, er wird es mir nicht verübeln.

Es klingelt, und wir wechseln ein kurzes Hallo über die Gegensprechanlage. Ich drücke auf den Türöffner und erwarte Julien an der Wohnungstür. Als er eine Minute später auftaucht, sehe ich ihn forschend an, auf der Suche nach dem Grund für sein plötzliches Kommen. Er umarmt mich kurz, geht eilig hinein, zieht die Schuhe aus, hastet ins Wohnzimmer und lässt sich aufs Sofa fallen.

Wortlos zeige ich auf die Birnensaftflasche. Er bedeutet mir mit einer Handbewegung, das sei okay für ihn. Seit der Begrüßung an der Gegensprechanlage hat keiner von uns beiden etwas gesagt. Ich setze mich ihm gegenüber und schaue ihn aufmerksam an. Ich muss lachen, denn im Allgemeinen ist er es, der mich prüfend ansieht.

»Was gibt's zu lachen?«, fragt er.

»In letzter Zeit warst meist du derjenige, der darauf wartete, dass ich anfange zu erzählen. Aber heute musst du dich dazu überwinden, endlich rauszurücken.«

Julien nickt, und ich sehe ein Lächeln über sein Gesicht gehen. Er richtet sich auf, nimmt die rechte Hand in die linke, bei ihm ein Zeichen für gesteigerte Nervosität, und holt tief Luft.

»Gaëlle ist schwanger.«

In einem Sekundenbruchteil mache ich jede Menge Zustände durch. Ich teile das Glück meines Freundes, bin einen Hauch neidisch auf ihn, freue mich für Clara, die ein Brüderchen oder Schwesterchen bekommt, bin ein bisschen besorgt um die beiden Eltern, die nun für ein weiteres Kind zu sorgen haben, und begreife, warum Julien ein wenig »runterkommen« musste, wie er es nannte. All das fasse ich in einem einzigen Wort zusammen.

»Fantastisch!«

Julien sieht mir in die Augen, und dann sehe ich sein Gesicht endlich aufstrahlen.

»Du sagst es!«

Ich stehe auf und schließe ihn in die Arme. Ich spüre, wie sehr es ihn bewegt, dass er zum zweiten Mal Vater wird. Ich merke sogar, dass er ein bisschen weint, sicher vor Freude, ich wüsste sonst keinen Grund.

»Bist du okay?«, fragt er und setzt sich wieder aufs Sofa.

»Nach so einer Neuigkeit? Na klar!«

»Nein … Ich meinte …«

Ich verstehe Juliens leichtes Unbehagen. Er weiß, dass ich Kinder über alles liebe. Alle wissen es. Und er weiß auch, dass es mir allmählich zu schaffen macht, selbst keine zu haben.

»Alles gut, Julien. Mach dir keine Gedanken. Ich werde schon noch rechtzeitig die Richtige finden.«

»Das nenne ich einen Fortschritt!«, ruft er ehrlich erfreut.

»Schon gut, ich weiß. Aber sagst du mir jetzt endlich, was dich stresst?«

Ich möchte das Gespräch in andere Bahnen lenken, denn ich habe wenig Lust, mit ihm über die Lage zwischen Elsa und mir zu sprechen.

»Nun ja, das war es, was mir zu schaffen machte«, gesteht er.

»Was?«

»Du.«

»Ich?«

»Es dir zu sagen.«

Ich würde in Tränen ausbrechen, wenn meine männlichen Prinzipien in einer solchen Situation nicht absoluten Vorrang hätten. Als ich neulich im Pub weinte, ließ ich sie außer Acht, aber jetzt klammere ich mich regelrecht daran.

»Julien … Du kannst wirklich aufhören, dir deswegen den Kopf zu zerbrechen. Ja, ich bin ein bisschen neidisch auf diese wunderbare Familie, die du hast, aber ich glaube, inzwischen bereit zu sein, selbst eine zu gründen, also lass das bitte alles hinter uns, ja?«

Julien scheint in meinem Gesicht nach einer Lüge zu suchen, die ich in alldem versteckt habe könnte. Offenbar findet er nichts. Er nickt, und ich lächele ihm amüsiert zu. Als wir gemeinsam loslachen, klingelt das Telefon.

»Entschuldige, ich bin gleich wieder da«, sage ich, immer noch lachend.

In meiner Euphorie über die gute Nachricht nehme ich ab, ohne auf die Nummer des Anrufers zu achten. Doch als ich die Geräuschkulisse hinter der Frauenstimme höre, werde ich plötzlich ernst. Ich kann sie nicht mit einem Ort verbinden, aber mein Gefühl sagt mir, dass dieser Anruf etwas zu bedeuten hat.

»Monsieur Gramont?«

»Am Apparat.«

»Guten Abend. Hôpital des Rosalines.«

Mir gefriert das Blut. Die Stimme der Krankenschwester verschwindet hinter einer Dämmwand, die mein Gehirn von ganz allein produziert, um die Informationen von mir abzuhalten, während ich nach den möglichen Gründen für einen solchen Anruf suche. Als Erstes fällt mir Elsa ein. Aber ich wüsste nicht, warum mich das Krankenhaus ihretwegen anrufen sollte.

»Hallo? Monsieur Gramont? Sind Sie noch da?«

»Äh … Ja, entschuldigen Sie bitte. Ich habe nichts verstanden. Könnten Sie es wiederholen, bitte?«

»Ich sagte, dass ich Sie anrufe, weil ich die andere Person, Madame Gramont, nicht erreichen konnte. Sie ist Ihre Mutter, nicht wahr?«

»Ja, das stimmt. Was ist los?«

»Ich … Es tut mir wirklich sehr leid, Ihnen das am Telefon sagen zu müssen, aber … Ihr Bruder ist gestorben. Er ist vor etwa einer Stunde aus dem Fenster seines Zimmers gestürzt. Wir haben versucht, ihn zu reanimieren, leider vergeblich. Das ganze Team ist davon überzeugt, dass es Selbstmord war. Es tut mir wirklich leid. Sie … Sie müssten ins Krankenhaus kommen, wegen der Formalitäten und um … Sie verstehen schon.«

Wenn sie noch ein Mal sagt, es tue ihr leid, lege ich auf.

»Monsieur Gramont?«

Alle Kraft hat mich verlassen. Mir ist furchtbar kalt. Obwohl mein Geist völlig leer geworden ist, bringe ich noch eine Antwort zustande.

»Meine Mutter und ich werden in einer halben Stunde da sein.«

Ich lege auf, ohne ihre Antwort abzuwarten. Ich war, wie sonst auch beim Telefonieren, aus dem Wohnzimmer gegangen, um Julien nicht mit meinem Gespräch zu stören. Er ist mir schließlich nachgegangen, ich fühle ihn in meinem Rücken.

»Thibault? Was ist los?«

Anfangs bleibe ich noch mit dem Gesicht zum Fenster stehen, dann drehe ich mich langsam um. Meine männlichen Prinzipien brechen gerade in tausend kleine Stücke.

»Sylvain …«

Julien versteht sofort. Mir ist gar nicht klar, wieso. Oder er hat einfach nur begriffen, dass etwas passiert ist.

»Müssen wir ins Krankenhaus?«

»Ich muss erst noch meine Mutter holen.«

»So schlimm?«

Ich nicke, ich bringe kein Wort mehr hervor. Ich bleibe starr stehen, während Julien aktiv wird, mir meine Schuhe und meine Kosmonautenjacke zuwirft. Ich weiß nicht, wie ich es auf den Beifahrersitz seines Wagens schaffe. Ich weiß auch nicht, wie meine Mutter es auf den Rücksitz schafft. Ich weiß nichts mehr. Gar nichts mehr. Nichts außer dem Schmerz und dieser verdammten Barriere, die wir um ihn zu ziehen versuchen.

23

ELSA

»Bis morgen«, hat er zu mir gesagt.

Das ist jetzt schon fast eine Woche her.

Ich habe unsere letzte Begegnung unzählige Male durchgespielt, um herauszufinden, ob ich mich vielleicht geirrt habe, aber nein. Ich bin sicher, er hat »Bis morgen« gesagt. Anfangs war ich noch ganz gelassen. Er hatte vielleicht etwas anderes zu tun. Er hatte *sicher* etwas anderes zu tun. Trotzdem konnte ich eine winzige Aufwallung von Eifersucht nicht unterdrücken

Einmal, als der Türgriff quietschte, hatte ich einen kleinen Hoffnungsschimmer, aber es war nur ein Arzt. Ich weiß nicht, welcher, aber ich nehme schwer an, es war mein Assistenzarzt. Ich glaube, er blätterte in meinem Heft und schrieb etwas hinein. Er hielt sich auch sehr lange vor meinen sämtlichen Monitoren auf, als würde er sie genau studieren, und dann ging er wieder, ohne etwas zu sagen. Warum hätte er auch mit mir sprechen sollen?

Ich erprobe also neue Emotionen. Enttäuschung, vorübergehende Panik. Angst.

Die musste ich ja irgendwann bekommen. Aber lieber hätte ich sie als Letzte kommen sehen. Zumal es nicht die Sorte Angst ist, die ich gern spüre.

Früher, auf dem Gletscher, mit den Steigeisen unter

den Füßen, bekam ich auch immer ein bisschen Angst, wenn ich eine Schneebrücke oder eine Spalte sah. Aber es war eine Angst mit kontrolliertem Adrenalin, wie ich immer zu Steve sagte. Wir wussten, dass fast alles nur von uns abhing, davon, wie wir sie überquerten, von unserer Schnelligkeit und Umsicht, von unserer Beweglichkeit und Intelligenz. Klar, es war immer auch ein bisschen Glück dabei, aber Bergsteigen kann ohnehin nur, wer bereit ist, bei jedem Schritt ein Risiko einzugehen.

Die Angst jedoch, die ich jetzt spüre, ist eine Angst, die mich von innen auffrisst. Ich habe keinerlei Einflussmöglichkeit, keine Möglichkeit, sie unter einer anderen Emotion zu ersticken. Ich bin im Wartezustand, und das Warten ist unerträglich.

Anfangs hatte ich Angst, Thibault würde nie mehr wiederkommen. Was bedeuten würde, dass meine Übungen nicht mehr so wirksam wären und ich nicht mehr rechtzeitig aufwachen würde. Und mitten in dieser Angst hatte ich Angst, es könne ihm etwas zugestoßen sein. Kurz gesagt, mit dieser scheußlichen Chemie im Mittelpunkt muss mein Organismus wieder anfangen zu funktionieren.

Zum Glück hat es den Rest ein bisschen stimuliert. Mein Tastsinn hat zugenommen. Mir scheint sogar, ich habe einen schwachen Jasminduft wahrgenommen, als mir die Pflegehelferin zwei Tropfen auf den Hals träufelte, aber ich weiß nicht, ob es nur die Frucht meiner Einbildungskraft war oder real. Wieder einmal habe ich einfach beschlossen, dass es real war. Wenn ich schon sterben muss, dann kann ich genauso gut noch möglichst viele Informationen speichern, auch wenn es nur darum geht, Jasminduft zu riechen. Oder ihn zu erfinden.

Ich komme mir vor wie ein Sack voller loser Sachen. Ein Sack voller ebenso grotesker wie natürlicher Dinge, alles in wildem Durcheinander. Ich kann zwischen den Informationen, die auf mich einstürmen, nicht mehr richtig unterscheiden. Es werden immer mehr. Es ist, als hätte mein Gehirn eine Sättigungsgrenze erreicht. Als hätten die aktiven Bereiche nur eine Fläche von ein paar Quadratnanometern und als hätten die letzten drei Wochen diese ganze Fläche eingenommen. Es stapelt und überlagert sich. Ich fürchte, am Ende wird sich alles mischen. Deshalb versuche ich, mir jeden Tag aufs Neue einzureden, es sei vielleicht doch noch keine ganze Woche her, dass Thibault »Bis morgen« zu mir gesagt hat, doch das Radio der Putzfrau bestätigt mir allnächtlich das aktuelle Datum.

Und seltsamerweise ist auch meine Schwester am Mittwoch nicht gekommen. Vielleicht hatte sie eine Prüfung. Vielleicht ist sie noch zu aufgewühlt von ihrem letzten Besuch. Ich habe keinerlei Hoffnung, dass sie schon mit Steve zusammen ist. Er gehört absolut nicht zu ihrem Anbeterschwarm. Aber ich hoffe, dass sie es irgendwann schaffen wird. Steve hat eine schöne Beziehung verdient, und für sie wäre es an der Zeit, eine aufzubauen.

Ich hätte auch so sehr eine aufbauen wollen.

Ich finde es zugleich wesentlich und lächerlich, dies zu denken. Wie kann ich in meinem Zustand einer Liebesbeziehung so viel Bedeutung beimessen? Ich sollte leben wollen, um mich zu bewegen, wieder auf einen Gletscher zu kommen, meine Familie zu sehen, Leute kennenzulernen, die Welt zu entdecken, ständig zu lächeln und wieder und wieder zu lachen. Ich weiß, diese Dinge sind mir wichtig. Enorm wichtig. Aber ich weiß auch, dass erst das Gefühl zu lieben alldem die rechte Farbe gibt.

Ich lächle innerlich. Mit meinen Farbgeschichten könnte ich meiner Schwester so viel Neues erzählen. Es könnte ihr bei ihrer Kunst wirklich helfen. Ich wünsche ihr wahrhaftig nicht, an meiner Stelle zu sein und all das zu entdecken, was ich gelernt habe, aber ich würde ihr gern davon erzählen. Ob sie es danach mit Pinsel und Farbe auf eine reale Leinwand bringen kann, weiß ich nicht, aber es wäre einen Versuch wert.

Da haben wir's, ich fange an zu spinnen. Ich muss mit dem Denken aufhören. Genauer: damit, an so viele Dinge auf einmal zu denken. An so viele Menschen auf einmal. Das verwirrt mich.

Gestern – das heißt, ich vermute, es war gestern – habe ich die Lösung gefunden. Ich hatte sie eigentlich schon eine ganze Weile, aber mir war nie klar gewesen, wie sehr mir diese kleine Tätigkeit half, den ganzen Rest auszublenden. Erst als ich sie anwandte, merkte ich, welche Erleichterung sie für meinen Geist bedeutete. Deshalb wende ich sie auch jetzt an.

Ich will den Kopf drehen und die Augen öffnen.

Ich will den Kopf drehen und die Augen öffnen.

Hin und wieder drängt sich ein flüchtiger Gedanke dazwischen. Ein »Ich will lieben«, das ich aber sofort verscheuche. Das würde mich auf viel zu gefährliche Abwege führen.

Ich will den Kopf drehen und die Augen öffnen.

Selbst wenn es erst eine halbe Sekunde vor dem endgültigen Erlöschen meines Geistes geschieht, ich will den Kopf drehen und die Augen öffnen.

24

THIBAULT

Das Zuschlagen einer Wohnungstür auf meinem Stockwerk lässt mich hochfahren. Ich öffne mühsam die Augen und lasse meinen Pupillen Zeit, sich an die Dunkelheit zu gewöhnen.

In einer Ecke des Zimmers zeigt die elektronische Uhr 2 Uhr 44 an. Ich höre das Gurgeln des Kühlschranks in der Ecke, das Brummen von ein, zwei Autos unten auf der Straße. In meiner Nähe leuchten ein paar rote Standby-Lichter. Das orangefarbene Licht der Straßenlaternen bringt ein wenig Helligkeit in meine Wohnung.

Wenn ich nicht diesen schrecklichen Druck im Magen hätte, würde ich sagen, es ist eine normale, ruhige Nacht, in der ich beim Lesen auf dem Sofa eingeschlafen bin. Aber auf meinem Couchtisch liegt kein Buch, nur der Kadaver einer Birnensaftflasche, und wahrscheinlich war ich schon seit zwei Tagen nicht mehr unter der Dusche. Vielleicht auch seit drei Tagen …

Ich strample die alte Decke mit den Füßen weg und richte mich auf. Mir dreht sich der Kopf. Ich glaube, ich habe auch seit vierundzwanzig Stunden nichts mehr gegessen. Seit wann genau liege ich auf meinem Sofa?

Besser gar nicht darüber nachdenken.

Mein Magen verkrampft sich noch mehr. Ich kann

nicht sagen, ob ich Hunger habe oder nicht. Wie auch immer, es wäre vernünftig, etwas zu essen.

Ich stehe unbeholfen auf und gehe in die Küche. Mein Kühlschrank ist noch relativ gut gefüllt, aber die ersten Lebensmittel, die ich heraushole, sind entweder uninteressant oder ihr Haltbarkeitsdatum ist überschritten. Ich entscheide mich schließlich für ein Hacksteak mit Nudeln. Das typische Studentenessen, aber um fast 3 Uhr morgens habe ich einfach auf sonst nichts Lust.

Ich setze Wasser auf und öffne schon mal die Packung mit den Nudeln. Die Pfanne ist inzwischen heiß, ich werfe das Hacksteak ins Fett. Die letzten Handgriffe, also Teller, Besteck und ein Sieb rausholen, erledige ich in völliger Benommenheit, dann lasse ich mich auf einen der Stühle fallen.

Ich habe das alles im Dunkeln gemacht, meine einzige Orientierungshilfe war das schwache Licht, das mir die Straßenlaternen freundlicherweise spendeten. Ich weiß nicht, wie es wäre, im Halbdunkel zu essen, aber ich weiß, dass ich es nicht ausprobieren möchte. Ich lasse mich mit meinem Stuhl ein Stück nach hinten Richtung Dunstabzugshaube kippen. Mein Arm ist gerade lang genug, um den kleinen Schalter zu erreichen. Das gelbliche Licht bleibt in meinem Rücken, ist aber so hell, dass ich meine Umgebung erkennen kann. Es wird reichen.

Im Wohnzimmer zieht ein anderes kleines Licht, weiß und blinkend, meine Aufmerksamkeit auf sich. Mein Handy. Auch darum habe ich mich seit einigen Tagen nicht mehr gekümmert, genauso wenig wie um das Festnetz-Telefon. Ich habe mir sogar die Mühe gemacht, die Anrufbeantworteransage des Letzteren neu zu besprechen. Wenn es wirklich Wichtiges gebe, solle man eine Nachricht hinterlassen, und ich würde sie abhören. In allen anderen Fällen bäte ich um auflegen. Ich erinnere mich, zwei Mal meine Mutter gehört zu haben, die wissen wollte, wie es mir geht. Auch Julien und Gaëlle. Aber nach dem ersten Tag nichts mehr.

Beim Handy habe ich nichts unternommen. Ich würde doch nicht der ganzen Welt eine Botschaft senden, um meine Lage zu erklären. Ich dürfte mindestens dreißig Nachrichten aller Art haben. Die mündlichen und schriftlichen Nachrichten zusammen könnten mich wohl einen kompletten Vormittag beschäftigen. Ich weiß, dass außer Julien und meiner Mutter noch weitere Verwandte angerufen haben, und zwar, was es noch schlimmer macht, wegen des Weihnachtsessens, das in einigen Tagen stattfinden soll. Auch mein Vetter versucht mich sicher seit letztem Samstag zu erreichen.

Hinter mir kocht das Wasser. Ich stehe auf, werfe die Nudeln hinein, dann wende ich das Steak, dessen Geruch mir bereits das Wasser im Munde zusammenlaufen lässt, und rede im Geiste meinem Magen gut zu, er werde bald etwas bekommen. Seltsam, wie sehr unsere primitiven Instinkte in Momenten auftauchen können, in denen man es überhaupt nicht erwarten würde. Ich bin traurig über den Tod meines Bruders, und mein Körper verlangt nach Essen. Es könnte gefühllos wirken, doch nein, das ist der natürliche Kreislauf der Dinge.

Das sagte auch der Mensch, der meinen Bruder letzten Samstag beerdigt hat. Alles ist nur ein Kreislauf. Man kommt zur Welt, lebt und stirbt. Es ist zyklisch, für die anderen geht es weiter, bis auch sie sterben. Was mich angeht, ich weiß nicht, wo ich angefangen habe, aber ganz sicher habe ich den Eindruck, mittendrin stecken geblieben zu sein, und zwar rettungs- und ausweglos.

Doch, eigentlich weiß ich genau, wo ich angefangen habe. Ich habe letzten Donnerstag angefangen, als ich mit meiner Mutter und Julien im Krankenhaus ankam. Sehr bald war klar, dass mein Bruder tatsächlich Selbstmord verübt hatte und es sich nicht um einen Unfall handelte. In seinem Zimmer hatte er einige Indizien dafür hinterlassen, eines davon war ausdrücklich für mich bestimmt. Als Kinder hatten wir immer gesagt, eines Tages würden wir Linienpiloten sein, und wir würden zusammen in die Luft abheben. Auf dem Papierflugzeug auf seinem Bett stand: »Wir sind beide abgeflogen, wir haben uns nur nicht dieselbe Landepiste ausgesucht.« Darunter war ein Smiley, und obwohl die Verbindung mit der Art seines Suizids verstörend hätte sein können, weiß ich, dass mein Bruder nur unsere unterschiedlichen Lebenswege meinte.

Danach kam eins nach dem anderen, ohne dass ich wirklich darauf geachtet hätte. Die Papiere, die Beerdigung, mein Chef, der mir zwei Wochen Urlaub gab, Claras Taufe, auf der ich von allen in Ruhe gelassen wurde, weil Gaëlle und Julien den meisten Bescheid gesagt hatten. Aber immerhin brachte ich ein Lächeln zustande, als ich, mit Clara auf dem Arm, in dem riesigen Buch unterschrieb. Nach dem Gottesdienst bin ich gleich gegangen, und als ich nach Hause kam, änderte ich die Ansage auf meinem Anrufbeantworter. Seither hatte ich mit niemandem mehr Kontakt.

Der Geruch des gebratenen Fleischs bringt mich wieder zu mir. Ich fülle mir den Teller und stelle ihn auf den Tisch. Ich bin überrascht über den Heißhunger, mit dem ich über ihn herfalle. Ich trinke einen halben Liter Wasser und fülle die Flasche wieder auf, bevor ich ins Wohnzimmer gehe. Ich weiß nicht, ob es daran liegt, dass ich gegessen habe, oder an der Uhrzeit, jedenfalls bin ich schrecklich müde. Ich lasse mich auf das Sofa fallen und habe, zum ersten Mal seit mehreren Tagen, wirklich die Absicht zu schlafen. Ich kann nicht mal bis drei zählen, bevor es Nacht um mich wird.

Jetzt ist es die Türklingel, die mich aufweckt. Rascher Blick auf die Uhr. Elf Uhr morgens. Sonnenlicht flutet in mein Wohnzimmer, dennoch habe ich wirklich tief geschlafen. Wieder zucke ich unter dem schrillen Klingeln zusammen und murmele ein vages »Komme schon«, während ich mich aus der Decke befreie.

Der kleine Spiegel hinter der Wohnungstür tut wohl zum ersten Mal in diesem Jahr seinen Dienst, denn ich nehme mir drei Sekunden, um mein Haar zurechtzustreichen. Was den Rest angeht, so bin ich angezogen, genauso wie seit Ewigkeiten, aber das ist immer noch besser als nichts.

Fest entschlossen, den Klingler zum Teufel zu jagen, öffne ich die Tür, doch ich schlucke meine unfreundliche

Bemerkung herunter, als ich meine betagte Nachbarin vor mir stehen sehe.

»Ah! Da sind Sie ja!«, ruft sie. »Ich wusste nicht, ob Sie im Urlaub sind oder nicht, Ihr Briefkasten quillt nämlich über! Ich habe mir erlaubt, alles was raushing, mitzunehmen. Hier. Und … Sie sollten mal duschen.«

Sie zwinkert mir zu, und ich sehe ihr verblüfft nach, während sie in ihre Wohnung zurückkehrt. Jetzt wird mir klar, dass sie es war, die ihre Wohnungstür gegen 3 Uhr morgens zugeschlagen hat. Für ihr Alter hat sie eine enorme Energie. Und sie verschwendet keine Zeit mit unnötigem Getue.

Zuerst werfe ich einen Blick auf die Briefe, die sie mir gegeben hat. Nichts sonderlich Wichtiges, ich lege alles im Wohnzimmer ab. Ich schwanke zwischen Kaffee und Dusche und entscheide mich für erst Kaffee, dann Dusche. Der Hunger treibt mich wieder aus dem Badezimmer hinaus und Richtung Kühlschrank. Während mein Essen vor sich hinköchelt, greife ich nach dem Stapel Post und tue so, als würde ich mich dafür interessieren.

Ich hatte recht, nichts davon ist dringend. Manches ist sogar absolut überflüssig. Als ich alles in die Diele trage, gerät wieder das kleine weiße Blinken meines Handys in mein Blickfeld. Wenn ich schon die Briefe geöffnet habe, sage ich mir, kann ich mir auch die Nachrichten auf dem Handy vornehmen.

Ich sehe rasch die schriftlichen Nachrichten durch und schicke meiner Mutter, Julien und meinem Vetter eine kurze Antwort. Ich habe keine Lust, jemanden anzurufen.

Dann kommt die lange Liste der Sprachnachrichten, und ich drücke auf die Lautsprechertaste, um sie alle anzuhören und hin und wieder »Löschen!« zu rufen, während ich in der Küche über die Kochtöpfe wache. Etwa bei der zwölften Nachricht höre ich eine neue Stimme.

»Guten Tag, Thibault. Hier ist Rebecca. Weißt du noch? Wir haben uns schon zwei Mal im Krankenhaus gesehen. Du wunderst dich bestimmt, dass ich deine Nummer habe, ich habe sie mit viel Hartnäckigkeit beim Krankenhauspersonal herausbekommen. Ich finde, du solltest es wissen, und Alex und Steve finden das auch. Elsa wird abgeschaltet. Ja, so ist das. Ihre Familie hat beschlossen, dass es in vier Tagen geschehen soll. Ich weiß nicht, ob du dich noch von ihr verabschieden möchtest oder so. Du hast ja jetzt meine Nummer, du kannst mich jederzeit anrufen.«

Mein Körper und mein Hirn setzen sich blitzartig in Bewegung. Ich stürze mich aufs Handy, um die Nachricht noch einmal abzuhören, und kämpfe mit der Tastatur. Nach einer Minute weiß ich endlich das Datum des Anrufs. Rebecca hat mich am Montag, dem 16., anzurufen versucht. Wenn stimmt, was das Display anzeigt, ist heute der 20. Man braucht also nicht allzu lange nachzudenken, um zu begreifen, dass »in vier Tagen« heute ist. Meine innere Uhr bleibt kurz stehen, bevor sich das Räderwerk in meinem Kopf langsam wieder in Bewegung setzt.

Ich drehe das Gas ab und greife hastig nach meinen Sachen. Ich nehme mir gar nicht erst die Zeit, die Schuhe zuzubinden oder die Jacke überzuziehen. Als ich an meinem Wagen ankomme, weiß ich nicht mehr, ob ich die Wohnungstür abgeschlossen habe. Ich weiß nur eins: Ich bin der größte Idiot dieser Erde.

Wie konnte ich sie nur vergessen? Wie konnte ich Elsa vergessen?

Während des Fahrens wird mir klar, dass ich sie nicht vergessen habe, aber dass ich aufgehört habe, an sie zu glauben. Der Selbstmord meines Bruders hat mich alles noch einmal überdenken lassen, auch meinen Glauben, dass Elsa mich hören könne. Sie war mein Passierschein, solange mein Bruder da war. Als er uns verlassen hatte, bekam ich das Gefühl, dass auch Elsa mich verließ. Dabei habe letzten Endes ich sie verlassen. Ich Idiot …

Ich weiß, dass sie mich hören kann. Ich bin mir dessen sicher.

Die Frage, die ich mir jetzt stellen muss, lautet nicht: Wie konnte ich so dumm sein, das nicht zu berücksichtigen?, sondern: »Warum wollen sie sie abschalten?«

Mit dieser Frage also stürme ich ins Krankenhaus und auf den Flur des fünften Stocks, mein Herz und mein Verstand bereiten sich auf die Auseinandersetzung vor, die ich in wenigen Augenblicken vom Zaun brechen muss.

25

ELSA

Ich habe Angst.

Das wenigstens ist klar. Ich habe schreckliche Angst.

Übrigens bin ich vermutlich nicht die Einzige. Der Chefarzt und sein Assistent sind längst weggegangen. Sie waren nur am Anfang zugegen, beim medizinischen Teil. Ich würde es eher den elektrischen Teil nennen, denn ehrlich gesagt wäre auch ein Sechsjähriger in der Lage gewesen, meine Geräte abzuschalten.

Jetzt sind nur noch drei Menschen bei mir. Wir waren heute, mich mitgezählt, schon bis zu neun Personen in diesem Zimmer. Es war regelrecht überfüllt. Steve, Rebecca und Alex sind vor einer Weile hinausgegangen. Ich glaube, verstanden zu haben, dass sie unten warten wollen. Schon bei dem Gedanken daran möchte ich mich übergeben. Meine Freunde warten gerade darauf, dass ich … Grauenvoll. Ich an ihrer Stelle hätte bereits mein Mittagessen ausgekotzt und wäre möglichst weit weggerannt. Sie sind nur fünf Etagen nach unten geflüchtet. Das schafft einen gewissen Abstand, aber sie sind immer noch mehr oder weniger im Krankenhaus.

Meine Eltern und meine Schwester sind noch da, auch sie warten. Am liebsten würde ich sie hinauswerfen. Ich will ihre Liebe nicht und ihren Kummer schon gar nicht.

Sie haben nicht an mich geglaubt, es ist abstoßend. Aber vielleicht haben sie im Grunde recht. Was ist schon ein Leben, in dem ich nichts geben und nur empfangen kann? Wenn ich den Rest meiner Tage nur hören und fühlen kann, frage ich mich auch, ob es nicht besser ist …

Die Tür wird geöffnet. Rasche Schritte, keuchender Atem. Meine Eltern wirken überrascht, aber ihr Schniefen geht unverändert weiter, es ist also nicht der Chefarzt, der seine Meinung geändert hat.

»Guten Tag«, sagt meine Mutter unendlich traurig. »Wollen Sie zu …«

»Maman«, unterbricht meine Schwester sie. »Zu wem wird er schon wollen? Also komm, wir lassen ihn zwei Minuten mit ihr allein. Wir sind schon anderthalb Stunden hier, sie wird nicht im nächsten Augenblick sterben.«

Der Ton meiner Schwester, zugleich fest und unglaublich schmerzvoll, vernichtet mich.

»Warum machen Sie das?«

Mein Herz macht einen Satz in meiner Brust und beschleunigt kurz meinen schon schwächer werdenden Puls, doch niemand achtet darauf.

Mein Regenbogen.

Ich habe weder seinen Gang noch seinen Atem wiedererkannt, dabei ist es im Zimmer ohne den Lärm des Beatmungsgeräts eher still. Vielleicht wird mein Hirn wirklich nicht mehr ausreichend mit Sauerstoff versorgt, ich atme ja schon länger als eine Stunde aus eigener Kraft oder versuche es zumindest. Mein Hirn weiß, dass es schwierig ist, und ich versuche durchzuhalten. Doch jetzt, wo ich

Thibaults Stimme gehört habe, ist es, als wollte sich mein Organismus noch an eine letzte Hoffnung klammern.

Meine Mutter stammelt eine Art Frage hervor.

»Wie meinen Sie das, warum …«

»Maman! Ich fass es nicht! Warum wir sie abschalten! Na? Das will er wissen! Nicht wahr, das ist es doch? Ist es nicht das, was Sie wissen wollen?«

Die Bitterkeit meiner Schwester hallt durch den ganzen Raum. Ich glaube, sie war mit meinen Eltern nie einer Meinung, was das Abschalten angeht.

»Ja, das würde ich gern wissen«, antwortet Thibault schließlich.

»Dann fragen Sie sie!«, faucht meine Schwester und rennt nach draußen.

»Pauline!«, ruft meine Mutter. »Komm zurück! Was für eine … Ich hole sie.«

»Lass sie doch«, seufzt mein Vater.

»Nein, ich hole sie.«

Die Tür schlägt zu. Ich stelle mir meinen Vater und Thibault vor, die jetzt in meinem Zimmer mit mir allein sind. Unter anderen Umständen wäre es eine sehr interessante Begegnung gewesen. Aber jetzt habe ich zwei gleichermaßen verlorene Seelen bei mir.

Thibault tritt zu mir und küsst mich auf die Wange. Ich sehe geradezu, wie mein Vater steif wird. Er hat nicht die geringste Ahnung, wer Thibault ist, und bei genauerem Nachdenken kann selbst ich nicht behaupten, ich wüsste es, aber auf jeden Fall lässt es meinen Vater nicht kalt, wenn ein Fremder seine Tochter küsst.

»Du atmest noch«, flüstert Thibault mir erleichtert ins Ohr, dann richtet er sich auf. »Nun?«, fragt er meinen Vater, lässt aber dabei seine Hand auf meiner Schulter.

»Es gibt keine Hoffnung mehr«, sagt mein Vater resigniert.

»Aber nur, weil Sie es so entschieden haben.«

»Glauben Sie, es war eine einfache Entscheidung?«

Mein Vater gerät langsam in Wut. Ich würde Thibault gern warnen, aber ich kann nichts machen. Also höre ich einfach nur zu. Das kann ich schließlich am besten. In den wenigen Augenblicken, die mir noch bleiben.

»Jedenfalls einfacher, als an sie zu glauben«, gibt Thibault zurück. »Sie hört uns! Sie weiß, dass wir hier sind. Wie können Sie sie zum Tode verurteilen?«

»Ja, ja, ich weiß«, sagt mein Vater genervt. »All das Gerede, dass die Leute im Koma uns hören. Aber Sie müssen sich mit dem Offensichtlichen abfinden: Elsa hat beschlossen, uns zu verlassen.«

»Sie hat überhaupt nichts beschlossen! Was soll sie denn in ihrem Zustand beschließen?«

Jetzt würde ich Thibault gern sagen, dass er unrecht hat. Doch, ich habe beschlossen, es zu versuchen. Blöd ist nur, dass es nicht rechtzeitig funktioniert hat.

»Wer sind Sie überhaupt?«, fragt mein Vater plötzlich.

»Ein Freund von Elsa.«

Diese Antwort kenne ich schon auswendig. Ich weiß nicht, warum, aber heute enttäuscht sie mich ein bisschen.

»Ich habe Sie noch nie gesehen«, sagt mein Vater. »Gehören Sie zu denen, die sie auf diesen … diesen Gletschern begleiten?«

Das Wort »Gletscher« hat er mit solchem Abscheu ausgesprochen, dass er sicher gleichzeitig eine entsprechende Grimasse gezogen hat.

»Nein. Aber das ist doch auch egal. Sie dürfen sie nicht abschalten. Nicht, bevor sie aufgewacht ist!«

»Elsa wird nicht mehr aufwachen.«

»Woher wollen Sie das wissen? Wenn ich Ihnen doch sage, dass sie uns hören kann!«

»Es ist einfach so! Ich brauche Ihnen nicht zuzuhören, Ihnen, diesem sogenannten Freund von Elsa, von dem ich noch nie gehört habe und der überhaupt nicht wissen kann, was meine Frau und ich auf dem Weg zu dieser Entscheidung durchgemacht haben! Ich liebe meine Tochter! Meine Frau und ich, wir lieben unsere Tochter! Mit welchem Recht wollen Sie mir gute Ratschläge geben?«

Die letzten Worte hat mein Vater gebrüllt. Thibault ist im Gegenteil ganz leise. Er flüstert seine Antwort beinah.

»Weil ich Ihre Tochter liebe.«

Kälte und Hitze zugleich. Kribbeln in den Fingerspitzen. Der Pulsmesser, das einzige Gerät, an das ich noch angeschlossen bin, spiegelt meinen beschleunigten Herzschlag wider. Ich höre, wie Thibault sich mir zuwendet.

»Elsa? Elsa, ich weiß, dass du mich hörst! Haben Sie das gesehen?«, sagt er, an meinen Vater gewandt. »Sie hat reagiert.«

»Ach, hören Sie auf, das ist nur eine zufällige Abweichung. Ihre Ärzte haben uns das alles erklärt. Lassen Sie sie jetzt in Ruhe.«

Der Zorn meines Vaters hat sich in überdrüssige Gereiztheit verwandelt.

»Kommt nicht in Frage«, erwidert Thibault. »Ich rühr mich hier nicht weg.«

»Ach … Machen Sie doch, was Sie wollen. Aber … Was treiben Sie da?«

Jetzt kann ich ganz klar Angst in der Stimme meines Vaters erkennen. Und dann höre ich inzwischen vertraute Geräusche, nämlich die meiner Geräte, wenn man an ihnen hantiert. Dumm ist nur, dass keins mehr an mich angeschlossen ist. Ich begreife, dass Thibault alles wieder in Gang setzen will. Nur weiß er nicht, wie man eine Infusion anschließt oder ein Röhrchen durch die Nase schiebt.

»Was Sie selbst hätten machen müssen«, antwortet Thibault, ganz auf mich konzentriert.

»Aber Sie sind ja verrückt … Hören Sie auf! Hören Sie sofort damit auf!«

»Versuchen Sie doch, mich daran zu hindern.«

Thibaults Ton hätte jeden ernüchtert. Der Regenbogen ist für einen Augenblick zu einem Weißblau erstarrt, das dem härtesten Gletscher, den ich kenne, zur Ehre gereichen würde.

»Ich hole die Ärzte.«

Mein Vater geht, die Tür klappt zu. Ich bin mit Thibault allein.

Er schiebt die Geräte herum, sucht nach den Schläuchen. Aber ich fürchte, die Krankenschwestern haben ganze Arbeit geleistet. Außer dem Beatmungsgerät, das zu schwer ist, um leicht wegtransportiert werden zu können, und dem Pulsmesser, der das Ende verkünden wird, dürfte nichts mehr in meinem Zimmer sein. Ich spüre eine zitternde Hand auf meiner Schulter.

»Elsa, bitte. Ich weiß, dass du mich hörst. Ich verstehe nichts vom Koma. Aber ich weiß, dass du da bist. Bitte …«

Die Tür fliegt mit Getöse auf, aber die Geräusche dringen nur erstickt zu mir. Ich höre meinen Vater. Schritte stürzen auf mich zu. Oder vielmehr auf Thibault, denn ich höre, dass man ihn von mir wegreißt. Die Geräusche werden immer blasser. Ich kann in diesem lärmenden und dennoch seltsam gedämpften Tumult nur die Stimmen erkennen. Der Arzt, der Assistenzarzt, mein Vater, meine Mutter und meine Schwester, alle hysterisch. Steve ist auch da. Er spricht mit jemandem, er schreit sogar jemanden an.

Ich fühle mich schwer und leicht zugleich. Ich weiß nicht mehr, wo ich bin. Alles verschwimmt. Wie jedes Mal, wenn alles verschwimmt, rette ich mich in meine Übung.

Nur ein einziges Mal.

Nur ein einziges Mal, bevor alles erlischt.

26

Ich habe alles ausgeblendet, was ringsum passierte. Ich bin nur auf sie konzentriert. Mein ganzer Körper wird nur noch von Reflexen geleitet, oder aber mein Hirn beschränkt sich auf zwei Aufgaben: mich aus Steves Griff zu befreien und sie anzusehen, sie.

Wenn sie zu atmen aufhört, dann, glaube ich, höre ich auch auf.

Jetzt, wo ich mich nicht mehr wehre, hört man nur noch leises Räuspern, Atmen, Murmeln. Auch Schluchzen. Vielleicht auch meins. Unwichtig. Doch all diese Geräusche folgen dem langsamen, schrecklich langsamen Piepton des Monitors.

Die Lichtkurve hypnotisiert mich. Ich sehe von ihr zu Elsa, in dem Bewusstsein, dass ich zum ersten Mal ihre ganz natürliche Atmung höre. Sie wirkt so langsam, so zart.

Bei all den Leuten, die mich umringen und im Auge behalten, wage ich den Mund nicht mehr aufzumachen. Ich möchte Elsa so vieles sagen. Und zugleich ließe sich alles in wenige Worte fassen. Abrupt lasse ich meine Schultern nach unten sacken, Steves Griff lockert sich langsam.

»Du musst sie gehen lassen, mein Junge.«

Mein Kopf fällt nach vorn, und meine Augen füllen sich mit Tränen. Unablässig wiederholt mein Mund Elsas

Namen, aber nur leise murmelnd, bis ich in einer letzten Aufwallung von Hoffnung meine Stimme wiederfinde: »Elsa, zeig es ihnen!«

Ich spüre, wie sich mir alle Blicke zuwenden.

Der Piepton pulsiert weiter, aber langsamer. Ich balle meine Fäuste so fest, dass meine Hände ganz weiß sein müssen. Ich beginne innerlich mit einem Countdown. Zehn … Neun … Elsa wach auf … Acht … Sieben … Ich weiß doch, dass du mich hören konntest … Sechs … Du hast reagiert, als … Fünf … Vier …

»Was ist …?«

Die Stimme des jungen Mädchens, dem ich schon mal begegnet bin, reißt mich aus meinem Zählen. Ich vermute, sie ist Elsas Schwester. Auch wenn sie sich nicht sehr ähneln, konnte ich gewisse gemeinsame Gesichtszüge erkennen.

»Es sieht so aus, als würde sich ihr Herzschlag beschleunigen …«

Ich sehe auf. Ihre Schwester hat recht, die Zahlen auf dem Monitor sind höher als die letzten, die ich eben noch gesehen habe. Ich schaue die Ärzte links von mir an. Einen von ihnen kenne ich, er hat mir Elsas elektronische Helfer erklärt. Sie wirken beide verblüfft, doch in den Augen des Assistenzarztes meine ich Hoffnung leuchten zu sehen. Sein Vorgesetzter schüttelt den Kopf und flüstert ihm etwas zu. Der Assistenzarzt wendet sich der Familie zu.

»Zufall.«

Mehr sagt er nicht. Dieses Wort will ich in meinem Leben nicht mehr hören.

Ein einziges Mal. Nur ein einziges Mal.

Auch die kleinste aktive Zelle meines Hirns ist darauf konzentriert.

Ich höre nichts mehr. Ich wünsche mir nur noch eins.

Nur ein einziges Mal.

Ich will den Kopf drehen und die Augen öffnen.

Mein Herz hört auf zu schlagen, als ihres schneller schlägt. Ich tauche in diese Augen ein, die ich nur ein einziges Mal gesehen habe. Meine Lippen öffnen sich, ich hole Luft, im Chor mit allen anderen im Raum. Alles schwebt.

Ich weiß, dass die Zeiger meiner Armbanduhr weiterwandern, aber die völlige Reglosigkeit der Anwesenden, selbst Steves, gibt mir das Gefühl, die Zeit sei stehen geblieben. Ich komme mir vor wie ein Beschenkter, ich bin der Einzige, der sich ihr nähert.

Ich schließe die Augen wieder. Es war zu hell. Ich öffne sie noch einmal langsam, und da steht er vor mir. Ich werde jetzt nicht sagen, dass er mir als Regenbogen lieber war, denn mein Hirn kann die sichtbaren Farben noch nicht alle interpretieren. Ich weiß nur, dass ich es geschafft habe, und seine Worte bestätigen meine Gedanken.

»Du bist da.«

Ich bin da.

Der auf Initiative der Fondation Bouygues Telecom gestiftete Prix Nouveau Talent ermöglicht es alljährlich einem jungen Talent, seinen ersten Roman zu veröffentlichen. Entsprechend ihrem Ziel, Nachwuchsschriftsteller und die französische Sprache zu fördern, begleitet und unterstützt die Stiftung den Preisträger gemeinsam mit ihren beiden Partnern, *Metronews* und dem Verlag Jean-Claude Lattès.

In diesem Jahr ließen sich die Autoren von einem Zitat Marcel Pagnols inspirieren:

Alle dachten, es sei unmöglich.
Dann kam ein Dummkopf, der das nicht wusste,
und machte es einfach.

Weitere Informationen auf www.lesnouveauxtalents.fr